O teste do casamento

HELEN HOANG

O teste do casamento

Tradução
ALEXANDRE BOIDE

pa ra _e_a

Copyright © 2019 by Helen Hoang

A Editora Paralela é uma divisão da Editora Schwarcz S.A.

Grafia atualizada segundo o Acordo Ortográfico da Língua Portuguesa de 1990, que entrou em vigor no Brasil em 2009.

TÍTULO ORIGINAL The Bride Test
DESIGN DE CAPA ORIGINAL E ILUSTRAÇÃO Colleen Reinhart
IMAGENS DE CAPA Background: tovovan/ Shutterstock
Ícone avião: Harish Marnad/ Shutterstock
PREPARAÇÃO Laura Chagas
REVISÃO Valquíria Della Pozza e Marise Leal

Dados Internacionais de Catalogação na Publicação (CIP)
(Câmara Brasileira do Livro, SP, Brasil)

Hoang, Helen
   O teste do casamento / Helen Hoang ; tradução Alexandre
Boide. — 1ª ed. — São Paulo : Paralela, 2022.

   Título original: The Bride Test.
   ISBN 978-85-8439-270-4

   1. Romance norte-americano I. Título.

22-112093   CDD-813

Índice para catálogo sistemático:
1. Romances : Literatura norte-americana 813

Eliete Marques da Silva — Bibliotecária — CRB-8/9380

[2022]
Todos os direitos desta edição reservados à
EDITORA SCHWARCZ S.A.
Rua Bandeira Paulista, 702, cj. 32
04532-002 — São Paulo — SP
Telefone: (11) 3707-3500
editoraparalela.com.br
atendimentoaoleitor@editoraparalela.com.br
facebook.com/editoraparalela
instagram.com/editoraparalela
twitter.com/editoraparalela

Dedicado a

M

*Obrigada por me amar e me ensinar a ir atrás dos meus sonhos.
Tenho orgulho de ser sua.*

e

Johnny

*Ainda sinto sua falta, mas principalmente nos casamentos.
Com amor, sempre.*

Prólogo

DEZ ANOS ATRÁS
SAN JOSE, CALIFÓRNIA

Khai deveria estar chorando. Ele sabia que deveria. Todo mundo estava.

Mas não havia lágrimas nos seus olhos.

Se estavam ardendo, era por causa do acúmulo de fumaça de incenso no salão da funerária. Ele estava triste? Achava que sim. Só que deveria estar *mais triste*. Depois de seu melhor amigo ter morrido daquele jeito, era para ele estar arrasado. Se vivesse em uma ópera vietnamita, suas lágrimas formariam rios que afogariam todo mundo ao seu redor.

Por que sua mente se mantinha tão lúcida? Por que ele estava pensando no dever de casa que precisava entregar no dia seguinte? Por que ele continuava funcional?

Sua prima Sara chorou tanto que precisou correr até o banheiro para vomitar. Ela ainda estava lá — ao que parecia — passando mal. A mãe dela, Dì Mai, estava imóvel na primeira fileira, com as mãos unidas e a cabeça baixa. A mãe de Khai dava tapinhas nas costas dela de tempos em tempos, mas Dì Mai não reagia. Assim como Khai, não derramava uma lágrima, mas era porque já tinham secado de tanto que ela chorou nos dias anteriores. A família toda estava preocupada com ela, que vinha definhando até virar praticamente pele e osso desde que recebera a ligação.

As fileiras de monges budistas com mantos amarelos bloqueavam a visão dele do caixão aberto, mas isso era bom. Apesar de os agentes funerários terem se esforçado ao máximo, o corpo parecia deformado e todo errado. Aquele não era o garoto de dezesseis anos que tinha sido o grande amigo de Khai e seu primo favorito. Não era Andy.

Andy não estava mais lá.

As únicas partes dele que sobreviveram foram as lembranças na mente de Khai. As lutas com bastões e espadas, as disputas de luta livre que Khai nunca vencia, mas se recusava a perder. Khai preferiria ter os dois braços quebrados a jogar a toalha para o primo. Andy dizia que Khai era um teimoso patológico. Khai insistia que era só uma questão de princípios. Ele ainda se lembrava das longas caminhadas de volta para casa, quando o sol pesava mais do que suas mochilas cheias de livros, e das conversas que eles tinham durante o trajeto.

Mesmo agora, conseguia ouvir seu primo zombando dele. As circunstâncias específicas fugiam da memória, mas as palavras permaneciam.

Nada afeta você. Parece até que o seu coração é feito de pedra.

Ele não tinha entendido o que Andy queria dizer. Agora estava começando a entender.

O zumbido dos cantos budistas preenchia o recinto, sílabas fora do tom em uma língua que ninguém compreendia. O som flutuava ao seu redor e vibrava dentro de sua cabeça, e ele não conseguia parar de sacudir a perna, apesar de as pessoas estarem olhando feio. Uma espiada furtiva no relógio confirmou que, sim, aquilo estava durando horas. Ele queria que toda a barulheira parasse. Quase conseguia se imaginar entrando no caixão e fechando a tampa para fugir do ruído. Mas nesse caso ficaria confinado em um lugar apertado com um cadáver, e não sabia se isso era muito melhor do que o tormento que estava enfrentando agora.

Se Andy estivesse ali — ali *vivo* —, os dois dariam um jeito de escapulir juntos e encontrar alguma coisa para fazer, mesmo que fosse chutar pedrinhas no estacionamento. Andy era bom nisso. Sempre estava por perto quando alguém precisava dele. Menos dessa vez.

Seu irmão mais velho se sentou ao seu lado, mas Khai sabia que Quan não ia querer sair mais cedo. Funerais existiam para gente como Quan. Ele precisava de um ritual de encerramento, ou o que quer que as pessoas considerassem aquilo. Com seu físico intimidador e as tatuagens novas no pescoço e nos braços, Quan tinha pose de durão, mas seus olhos estavam vermelhos. De tempos em tempos, ele limpava discretamente as lágrimas do rosto. Como sempre, Khai desejou ser um pouco mais parecido com o irmão.

Um recipiente de metal ressoou, e a cantoria parou. O alívio foi instantâneo e atordoante, como se uma enorme pressão tivesse se dissipado de repente. Os monges se aproximaram do caixão com as pessoas que iam carregá-lo, e em seguida uma procissão se formou lentamente no corredor central. Como não gostava de andar em filas e se sentia claustrofóbico no meio de muita gente, Khai continuou sentado enquanto Quan se levantou, apertou seu ombro e se juntou aos outros.

Ele observou os parentes passarem com passos lentos. Alguns choravam abertamente. Outros se mostravam mais estoicos, mas sua tristeza era óbvia, mesmo para Khai. Tias, tios, primos, parentes distantes e amigos da família amparavam uns aos outros, unidos por uma coisa chamada luto. Como sempre, Khai ficava de fora.

Um grupo de mulheres mais velhas formado por sua mãe, Dì Mai e duas outras tias ficou para trás por causa de um princípio de desmaio; eram unha e carne mesmo depois de velhas, como todos diziam que eram quando meninas. Se não estivessem todas de preto, seria possível dizer que tinham ido a um casamento. Diamantes e jades enfeitavam suas orelhas, pescoços e dedos, e ele podia sentir o cheiro de maquiagem e perfume mesmo em meio à névoa do incenso.

Quando passaram por sua fileira, ele se levantou e ajeitou o terno, que tinha sido de Quan. Ainda precisava crescer muito se quisesse que aquela roupa lhe servisse direito. E fazer muitos exercícios. Milhares de repetições na barra. Começaria naquela mesma noite.

Ao olhar para cima, percebeu que as mulheres tinham parado ao seu lado. Dì Mai estendeu a mão na direção de seu rosto, mas deteve o gesto antes de tocá-lo.

Ela o observou com olhos solenes. "Pensei que vocês dois fossem próximos. Você não está lamentando a perda dele?"

Seu coração disparou, batendo tão forte que até doía. Quando tentou falar, não saiu nada. Sua garganta estava fechada.

"Claro que eles eram próximos", sua mãe falou para a irmã antes de puxá-la pelo braço. "Venha, Mai, vamos. Estão esperando por nós."

Com os pés pregados no chão, ele as observou saindo. Pela lógica, sabia que estava parado, mas sentia como se estivesse caindo. Despencando cada vez mais fundo.

Pensei que vocês fossem próximos.

Desde que sua professora do ensino primário tinha insistido para que o levassem a um psicológo, ele sabia que era diferente. A maioria de sua família, porém, desdenhava do diagnóstico, dizendo que ele era apenas "um pouco estranho". Não existiam coisas como autismo ou síndrome de Asperger nos vilarejos rurais do Vietnã. Além disso, ele não se metia em confusão e ia bem na escola. Que diferença aquilo fazia?

Pensei que vocês dois fossem próximos.

Aquelas palavras não paravam de ecoar em sua cabeça, levando-o a uma conclusão nada bem-vinda: ele era mesmo diferente, mas de um jeito *ruim.*

Pensei que vocês dois fossem próximos.

Andy não era só seu melhor amigo. Era seu *único* amigo. Andy era o mais próximo que alguém poderia ser de Khai. Se ele não conseguia sofrer pela perda de Andy, não conseguiria sofrer por coisa alguma. E, se não conseguia sentir o peso do luto, o inverso também valia.

Ele era incapaz de amar.

Andy estava certo. O coração de Khai era mesmo metaforicamente feito de pedra.

Essa constatação se espalhou por seu corpo como petróleo vazando no mar. Ele não gostou, mas não havia nada a fazer a não ser aceitar. Não era algo que pudesse mudar. Ele era assim.

Pensei que vocês dois fossem próximos.

Ele era... uma pessoa ruim.

Khai abriu os punhos cerrados, alongou os dedos. Suas pernas se moviam de acordo com sua vontade. Seus pulmões se enchiam de ar. Ele via, escutava, vivenciava tudo. E isso lhe pareceu extremamente injusto. Se pudesse, teria escolhido outra pessoa para estar naquele caixão.

A cantoria começou de novo, indicando que o funeral estava quase no fim. Era hora de se juntar aos outros para o último adeus. Ninguém parecia entender que *não era* uma despedida se Andy não podia se despedir também. De sua parte, Khai não diria nada.

1

DOIS MESES ATRÁS
T.P. HỒ CHÍ MINH, VIỆT NAM

Limpar privadas não costumava ser tão interessante. Mỹ fazia aquilo tantas vezes que já tinha virado rotina. Borrifar desinfetante em tudo. Jogar desinfetante lá dentro. Esfregar, esfregar, esfregar, esfregar. Enxugar, enxugar, enxugar. Apertar a descarga. Tudo em menos de dois minutos. Se existisse um concurso de limpar privadas, Mỹ seria uma das favoritas. Mas não naquele dia. Os barulhos na cabine ao lado a estavam distraindo.

Ela estava quase certa de que a garota lá dentro estava chorando. Ou isso, ou fazendo exercícios. A respiração dela estava bem ofegante. Que tipo de exercício era possível fazer numa cabine de banheiro? Agachamentos, talvez.

Um som estrangulado saiu de lá, seguido de um gemido agudo, e Mỹ largou a escova. Aquilo com certeza era choro. Encostando o ouvido na divisória, ela pigarreou e perguntou: "Algum problema, moça?".

"Não, problema nenhum", a garota respondeu, mas começou a chorar ainda mais alto antes de parar abruptamente e recomeçar com a respiração ofegante abafada.

"Eu trabalho aqui no hotel." Como faxineira e arrumadeira. "Se alguém tratou você mal, posso ajudar." Ou tentar, pelo menos. Nada a irritava mais do que gente bruta. Mas ela não podia se dar ao luxo de perder aquele emprego.

"Não, está tudo bem." O trinco da porta chacoalhou, e sapatos saíram batucando o piso de mármore.

Mỹ enfiou a cabeça para fora de sua cabine a tempo de ver uma garota bonita ir até as pias. Estava usando os saltos mais altos e assustadores que Mỹ já tinha visto e um vestido vermelho justíssimo que cobria pouco mais que a bunda. Se o que a avó de Mỹ dizia fosse verdade, aquela garota engravidaria assim que pusesse os pés na rua. Provavelmente já estava grávida — só pela força dos olhares indecentes que devia receber dos homens.

Já Mỹ engravidou sem precisar de vestidinhos minúsculos nem saltos assustadores; bastou se envolver com um playboy do colégio. No começo, ela resistiu. Sua mãe e sua avó sempre disseram que os estudos vinham primeiro, mas ele insistiu até ela ceder, pensando que fosse amor. Em vez de se casar com ela quando soube do bebê, porém, o cara aceitou com muita má vontade mantê-la como uma amante secreta. Ela não era o tipo de garota que sua família da alta sociedade poderia aceitar e, surpresa, ele estava noivo e pretendia levar o casamento adiante. Obviamente, Mỹ o dispensou, o que foi ao mesmo tempo um alívio e um choque para aquele filho de uma cadela. A família dela, por outro lado, ficou decepcionadíssima — todos tinham tantas esperanças para seu futuro. Mas Mỹ sabia que elas cuidariam dela e de seu bebê.

A garota do vestido vermelho lavou as mãos e enxugou o rosto manchado de rímel antes de jogar a toalha na bancada e sair do banheiro. As luvas de borracha amarela de Mỹ rangeram quando ela cerrou os punhos. O cesto de toalhas estava *bem ali*. Resmungando, ela foi pisando duro até as pias, tirou a toalha do balcão e jogou no cesto. Então fez uma rápida inspeção da pia, bancada, espelho e pilha de toalhas de mão enroladas; vendo que estava tudo em ordem, voltou para limpar a última privada.

A porta do banheiro se abriu, e outra garota entrou. Com cabelos até a cintura, silhueta magra, pernas compridas e saltos perigosos, era bem parecida com a anterior. Só que o vestido era branco. O hotel estava sediando algum tipo de concurso de beleza? E por que aquela garota também estava chorando?

"Está tudo bem, moça?", Mỹ perguntou, dando um passo hesitante na direção dela.

A garota jogou água no rosto. "Está, sim." Apoiou as mãos na bancada de granito, fazendo mais lambança para Mỹ limpar, e ficou se olhando no espelho, respirando fundo. "Pensei que ela fosse me escolher. Tinha certeza. Por que fazer aquela pergunta se não queria ouvir a resposta? Que mulher traiçoeira."

Mỹ desviou os olhos da água espalhada pela bancada e se concentrou no rosto da garota. "Que mulher? Escolher você pra quê?"

A garota avaliou o uniforme de Mỹ de cima a baixo e revirou os olhos. "Você não entenderia."

Mỹ sentiu suas costas ficarem tensas, e a pele, vermelha de vergonha. Não era a primeira vez que recebia aquele olhar e aquele tom de voz. Ela sabia o que significavam. Antes que pensasse em uma resposta à altura, a garota já tinha ido embora. E era melhor se esquecer do que ia chamar o avô dela e a todos os seus outros ancestrais, porque tinha outra toalha amarrotada na bancada.

Foi pisando duro de novo até a pia, enxugou a aguaceira e jogou a toalha no cesto. Bem, tentou. Sua pontaria estava ruim, e a toalha caiu no chão. Bufando de irritação, abaixou-se para pegar.

Quando seus dedos enluvados pegaram a toalha, a porta se abriu de novo. Ela olhou para o teto. Se fosse outra garota mimada chorando, deixaria aquele banheiro de lado e iria trabalhar do outro lado do hotel.

Mas não era. Uma mulher mais velha e com aparência cansada foi até a saleta na outra extremidade do banheiro e se sentou em uma das namoradeiras de veludo. Mỹ percebeu logo de cara que aquela senhora era uma Việt *kiều*. Uma combinação de coisas denunciava isso: a enorme bolsa Louis Vuitton legítima, as roupas caras e os pés. Com unhas bem-feitas e sem nenhum calo, aqueles pés envolvidos em sandálias eram de uma vietnamita que morava fora do país. Essas pessoas davam gorjetas *muito* boas, para tudo. Basicamente saíam distribuindo dinheiro por aí. Talvez aquele fosse o dia de sorte de Mỹ.

Ela jogou a toalha de mão no cesto e se aproximou da mulher. "Deseja alguma coisa, senhora?"

A mulher a dispensou com um gesto desdenhoso.

"Qualquer coisa, é só me dizer, senhora. Aproveite sua estadia aqui. É um ótimo banheiro." Ela fez uma careta, desejando poder retirar aquelas últimas palavras, e se voltou de novo para as privadas. Por que havia uma saleta ali, ela não fazia a menor ideia. Era bonita e bem decorada, claro, mas por que relaxar em um lugar onde dava para ouvir as pessoas fazendo suas necessidades?

Ela terminou seu trabalho, colocou o balde de materiais de limpeza no chão perto da pia e fez uma última inspeção no banheiro. Uma das toalhas de mão estava mal enrolada, então Mỹ a pegou, sacudiu, enrolou de novo e pôs na pilha com as demais. Em seguida reposicionou a caixa de lenços de papel. Pronto. Estava tudo em ordem.

Agachou-se para pegar o balde, mas antes que seus dedos se fechassem em torno da alça a mulher falou: "Por que você ajeitou a caixa de Kleenex desse jeito?".

Mỹ ficou de pé, olhou para a caixa de lenços e inclinou a cabeça em direção à mulher. "Porque é assim que o pessoal do hotel gosta, senhora."

A mulher fez uma expressão pensativa, depois de um instante, chamou Mỹ e deu um tapinha no espaço ao seu lado no sofá. "Venha falar comigo um minutinho. Pode me chamar de Cô Nga."

Mỹ abriu um sorriso confuso, mas obedeceu, se sentando ao lado da mulher e mantendo as costas bem retas, as mãos cruzadas no colo e os joelhos unidos como se fosse a mais virgem das virgens. Sua avó ficaria orgulhosa.

Olhos inquisitivos encravados em um rosto pálido e empoado a avaliaram como Mỹ havia acabado de fazer com a bancada do banheiro. A jovem então juntou os pés, sem jeito, e abriu seu sorriso mais simpático para a mulher.

Depois de ler seu crachá, a mulher falou: "Então seu nome é Trần Ngọc Mỹ".

"Sim, senhora."

"E você limpa os banheiros aqui? O que mais você faz?"

O sorriso ameaçou desaparecer do rosto de Mỹ, mas ela se esforçou para mantê-lo firme. "Também limpo os quartos dos hóspedes, aí limpo mais banheiros, troco os lençóis, arrumo as camas, passo aspirador. Essas coisas." Não era o que ela sonhava quando mais jovem, mas era um salário garantido, e Mỹ fazia questão de dar o melhor de si.

"Ah, veja só... Você é birracial." A mulher se inclinou para a frente, segurou o queixo de Mỹ e levantou seu rosto. "Seus olhos são *verdes*."

Mỹ prendeu a respiração e tentou adivinhar o que a mulher acharia disso. Às vezes as reações eram boas. Na maioria das vezes, não. Ser birracial era melhor para quem tinha dinheiro.

A mulher franziu a testa. "Mas como? Não tem soldados americanos por aqui desde a época da guerra."

Mỹ encolheu os ombros. "Minha mãe falou que ele era um empresário. Eu nunca o conheci." Segundo lhe foi dito, sua mãe era arrumadeira na casa do cara — e algo mais —, e o caso terminou assim que ele concluiu seu trabalho e foi embora do país. Só depois sua mãe descobriu que estava grávida, e àquela altura já era tarde demais. Ela não sabia como encontrá-lo. Não teve escolha a não ser voltar para a casa da família. Mỹ sempre achou que fosse se sair melhor que a mãe, mas acabou seguindo os passos dela à risca.

A mulher assentiu e apertou seu braço. "Você acabou de se mudar para a cidade? Não parece ser daqui da região."

Mỹ desviou o olhar e seu sorriso desapareceu. Ela teve uma criação humilde, mas só quando se mudou para a cidade grande se deu conta do quanto era pobre. "Nós nos mudamos alguns meses atrás, porque eu consegui trabalho aqui. É tão fácil assim perceber?"

A mulher deu um tapinha no rosto de Mỹ, de um jeito estranhamente afetuoso. "Você ainda é ingênua como uma garota do interior. De onde é?"

"De um vilarejo perto de Mỹ Tho, na beira do rio."

Um sorriso largo se abriu no rosto da mulher. "Eu sabia que tinha gostado de você. São os lugares que fazem as pessoas. Eu cresci lá. Meu restaurante se chama Mỹ Tho Noodles. É um ótimo restaurante na Califórnia. É comentado na TV e nas revistas. Mas acho que aqui vocês nunca ouviram falar." Ela suspirou, mas então seus olhos se acenderam e perguntou: "Quantos anos você tem?".

"Vinte e três."

"Parece mais nova", Cô Nga falou com um sorriso. "Mas é uma boa idade."

Uma boa idade para quê? Mas Mỹ não perguntou. Com gorjeta ou sem, estava na hora de encerrar aquela conversa. Talvez uma garota da cidade grande já tivesse feito isso muito tempo antes. Os banheiros não se limpam sozinhos.

"Você já pensou em ir para os Estados Unidos?", Cô Nga perguntou.

Mỹ fez que não, mas era mentira. Quando criança, ela fantasiava em viver num lugar onde não chamasse tanta atenção e talvez pudesse conhecer seu pai de olhos verdes. Mas havia um oceano entre o Việt Nam e os Estados Unidos, e, conforme ela ia ficando mais velha, essa distância só aumentava.

"Você é casada?", a mulher quis saber. "Tem namorado?"

"Não, nem marido, nem namorado." Ela passou as mãos nas coxas e segurou os joelhos. O que essa mulher queria? Mỹ já tinha ouvido histórias horrorosas sobre pessoas desconhecidas. Aquela mulher que parecia simpática estava tentando enganá-la e vendê-la como escrava sexual no Camboja?

"Não precisa se preocupar. As minhas intenções são boas. Veja só, vou mostrar uma coisa para você." A mulher remexeu dentro da bolsa Louis Vuitton enorme até encontrar uma pasta de papel pardo, sacou lá de dentro uma fotografia e a estendeu para Mỹ. "Esse é Diệp Khải, meu filho mais novo. Bonitão, hã?"

Mỹ não queria olhar — sinceramente não estava nem aí para aquele desconhecido que vivia no paraíso que era a Califórnia —, mas decidiu agradar à mulher. Observaria a foto e teria as reações que eram esperadas dela. Diria para Cô Nga que seu filho parecia um astro de cinema e então arrumaria alguma desculpa para ir embora.

Quando bateu os olhos na foto, porém, seu corpo ficou estático, assim como o céu momentos antes de uma tempestade.

Ele parecia *mesmo* um astro de cinema, e dos mais bonitos, com os cabelos jogados ao vento de um jeito sexy e feições marcantes e bem desenhadas. O mais cativante de tudo, porém, era a intensidade silenciosa que emanava dele. Um esboço de sorriso marcava seus lábios enquanto ele observava alguma coisa ao seu lado, e Mỹ se pegou se inclinando para mais perto da foto. Se o cara fosse um ator, ganharia todos os papéis de herói inalcançável e perigoso, como o de um guarda-costas ou um mestre de kung fu. Era o tipo de imagem que levava as pessoas a questionar: no que ele poderia estar tão concentrado? Qual era sua história? Por que ele não abria um sorriso de verdade?

"Ah, então Mỹ se interessou. Eu falei que ele era bonitão", Cô Nga disse, com um sorriso sagaz.

Mỹ piscou algumas vezes, como se estivesse saindo de um transe, e devolveu a foto à mulher. "Sim, é mesmo." A sortuda que despertasse seu interesse triplicaria sua sorte ao lado dele. Eles teriam uma vida longa e feliz juntos. E ela torceu para que tivessem também uma intoxicação alimentar pelo menos uma vez. Nada grave, claro. Só inconveniente — ou melhor, *muito* inconveniente. E um pouco doloroso. E vergonhoso também.

"Ele também é inteligente e talentoso. Entrou na pós-graduação."

Mỹ conseguiu abrir um sorriso. "Estou impressionada. Eu teria muito orgulho se tivesse um filho assim." Sua mãe, por outro lado, tinha uma filha que limpava privadas. Ela deixou a amargura de lado e se lembrou de manter a cabeça baixa e cuidar da própria vida. A inveja não lhe traria nada além de sofrimento. Mas desejou mais alguns incidentes de intoxicação alimentar mesmo assim. Precisava existir algum tipo de justiça no mundo.

"Tenho muito orgulho dele", Cô Nga disse. "Na verdade, é por causa dele que estou aqui. Para encontrar uma esposa para ele."

"Ah." Mỹ franziu a testa. "Não sabia que os americanos faziam isso." Parecia uma coisa extremamente antiquada.

"Não fazem, e Khải ficaria zangado se soubesse. Mas eu preciso tomar uma providência. O irmão dele é bom até demais com as mulheres — e eu não tenho com que me preocupar —, mas Khải está com 26 anos e nunca teve namorada. Quando marco encontros, ele não aparece. Quando as garotas telefonam, ele desliga. No próximo verão, vai ter três casamentos na família, *três*, mas algum é o dele? Não. Como ele não sabe o que fazer para arrumar uma esposa, decidi fazer isso eu mesma. Estou entrevistando candidatas o dia todo. Nenhuma atendeu às minhas expectativas."

Mỹ ficou boquiaberta. "Aquelas garotas que estavam chorando..."

Cô Nga fez um gesto de desdém. "Elas estavam chorando de vergonha. Mas vão se recuperar. Eu precisava saber se estavam levando a sério a ideia de se casar com o meu filho. Não estavam. Nenhuma delas."

"Elas pareciam estar levando tudo bem a sério." O choro no banheiro não foi fingimento; não mesmo.

"Mas e você?" Cô Nga cravou nela seu olhar de avaliação de novo.

"O que tem eu?"

"Está interessada em se casar com meu Khải?"

Mỹ olhou para trás antes de apontar para o próprio peito. *Eu?*

Cô Nga assentiu. "Sim. Você chamou a minha atenção."

Ela arregalou os olhos. *Como?*

Como se tivesse lido os pensamentos de Mỹ, Cô Nga disse: "Você é uma menina boa e trabalhadora e tem uma beleza incomum. Acho que posso confiar em você para ficar com o meu Khải."

Mỹ ficou olhando para ela sem reação. Os vapores dos produtos químicos tinham finalmente danificado seu cérebro? "Quer que eu case com seu filho? Mas nós nem nos conhecemos. A *senhora* pode até ter gostado de mim..." Ela balançou a cabeça, ainda sem conseguir se conformar com aquilo. Ela ganhava a vida *limpando privadas*. "Mas seu filho provavelmente não vai. Ele parece exigente, e eu não..."

"Ah, não, não", Cô Nga interrompeu. "Ele não é exigente. É *tímido*. E teimoso. Ele acha que não quer formar uma família. Precisa de uma garota que seja ainda mais teimosa. Você precisaria fazê-lo mudar de ideia."

"Como é que eu..."

"*Ơi*, você sabe. Se arrumando, cuidando dele, cozinhando o que ele gosta, fazendo coisas que ele gosta..."

Mỹ não conteve a careta, e Cô Nga a surpreendeu caindo na risada.

"É por *isso* que eu gosto de você. Porque é autêntica. O que você acha? Poderia passar o verão conosco nos Estados Unidos para ver se vocês dois combinam. Se não, sem problemas, você volta para casa. Na pior das hipóteses, vai comparecer a todos os casamentos da nossa família e comer e se divertir. Que tal?"

"Eu..." Ela não sabia o que dizer. Era muita informação para absorver.

"Tem mais uma coisa." A expressão de Cô Nga se tornou inquiridora, e ela fez uma pausa prolongada antes de continuar. "Ele não quer ter filhos. Mas eu faço questão de ter netos. Se você conseguir engravidar, sei que ele vai fazer a coisa certa e se casar, vocês se dando bem ou não. Eu até pago por isso. Vinte mil dólares americanos. Você faz isso por mim?"

Todo o ar escapou dos pulmões de Mỹ, e ela sentiu sua pele gelar. Cô Nga queria encomendar um golpe da barriga no próprio filho. Ela foi atingida pela futilidade e pela decepção daquilo tudo. Por um momento, Mỹ chegou a pensar que aquela mulher tinha visto algo de especial nela, mas Cô Nga a havia julgado com base em coisas que estavam além de seu controle, assim como as garotas dos vestidos exíguos.

"As outras garotas recusaram, não é? A senhora pensou que eu fosse dizer sim porque..." Ela apontou para o uniforme.

Cô Nga não disse nada, mas manteve o olhar firme.

Mỹ se levantou do sofá, foi buscar o balde de materiais de limpeza, abriu a porta e parou antes de sair. Com os olhos voltados para a frente, respondeu: "Minha resposta é não".

Ela não tinha dinheiro, contatos ou qualificações, mas ainda podia ser cabeça-dura e insensata quanto quisesse. E torceu para que sua rejeição tivesse incomodado. Sem olhar para trás, saiu.

Naquela noite, depois da caminhada de uma hora até sua casa — a mesma que fazia duas vezes todos os dias —, Mỹ entrou na ponta dos pés em seu cubículo e desabou na parte da esteira onde dormia. Ela precisava se trocar para se deitar, mas antes queria ficar um momento sem fazer nada. Só nada. O nada era um tremendo luxo.

Seu bolso vibrou, arruinando seu nada. Com um suspiro de frustração, ela pegou o celular.

Número desconhecido.

Ficou em dúvida se atendia, mas alguma coisa a fez apertar o botão verde e levar o telefone à orelha. "Alô?"

"Mỹ, é você?"

Ela ficou confusa ao ouvir aquela voz. Era ligeiramente familiar, mas não conseguiu associá-la a ninguém que conhecesse. "Sim. Quem é?"

"Sou eu, Cô Nga. Não, não desligue", a mulher se apressou em acrescentar. "Consegui seu telefone com a gerência do hotel. Queria conversar com você."

Ela apertou o telefone e se sentou. "Eu não tenho mais nada para dizer."

"Não vai mudar de ideia?"

Ela teve que se segurar para não jogar o telefone na parede. "Não."

"Ótimo", Cô Nga respondeu.

Franzindo a testa, Mỹ abaixou o celular e ficou olhando para a tela. O que ela queria dizer com *ótimo*?

Levou o telefone de volta à orelha a tempo de ouvir Cô Nga dizer: "Era um teste. Eu não quero você tramando nada para engravidar do meu filho, mas precisava saber que tipo de pessoa você é".

"Então quer dizer..."

"Quer dizer que você é a escolhida, Mỹ. Venha para os Estados Unidos conhecer o meu filho. Você vai ter o verão inteiro para conquistá-lo e ir ao casamento dos primos dele. Vai precisar desse tempo. Não vai ser fácil entendê-lo, mas vai valer a pena. É um ótimo rapaz. Se tem alguém que consegue fazer isso, acho que é você. Se quiser. Você quer?"

A cabeça dela começou a rodar. "Não sei. Preciso pensar."

"Então pense e depois me ligue. Só não demore muito. Preciso providenciar seu visto e sua passagem", Cô Nga falou. "Vou ficar esperando seu contato." Depois disso, a linha ficou muda.

Um abajur se acendeu do outro lado do cômodo, banhando o espaço pequeno e apinhado com uma luz suave e dourada. Roupas e utensílios de cozinha ficavam pendurados nas paredes, cobrindo cada centímetro quadrado da superfície de tijolo esfarelento que não fosse ocupado pelo velho fogão elétrico, a geladeira minúscula e a TV em miniatura que elas usavam para ver sagas de kung fu e filmes americanos pirateados. O centro do espaço era ocupado pelos corpos adormecidos de sua filha, Ngọc Anh, e sua avó. Sua mãe estava entre sua avó e o fogão, com a mão no interruptor do abajur. Um ventilador soprava o ar úmido nelas, ligado na potência máxima.

"Quem era?", sua mãe murmurou.

"Uma Việt *kiều*", Mỹ respondeu, mal conseguindo acreditar em suas próprias palavras. "Quer que eu vá para os Estados Unidos para me casar com o filho dela."

Sua mãe se apoiou em um dos cotovelos, e seus cabelos caíram como uma cortina sedosa por cima do ombro. A hora de dormir era o único momento em que os deixava soltos, o que a fazia parecer dez anos mais jovem. "Ele é mais velho que o seu avô? É feio como um gambá? Qual é o problema dele?"

Nesse momento, o telefone de Mỹ vibrou de novo, com uma mensagem de Cô Nga.

Para ajudar você a pensar.

Mais uma vibração, e a fotografia de Khải surgiu na tela — a mesma de antes. Ela entregou o celular para a mãe sem dizer nada.

"É *ele*?", sua mãe perguntou com os olhos arregalados.

"O nome dele é Diệp Khải."

Sua mãe continuou olhando para a foto por um tempão, sem emitir nenhum ruído, a não ser o barulho da respiração. Por fim, devolveu o telefone. "Você não tem escolha. Precisa ir."

"Mas ele não quer se casar. Eu teria que ir atrás dele e fazê-lo mudar de ideia. Não sei como..."

"Dá um jeito. Faça o que for preciso. Estamos falando dos *Estados Unidos*, Mỹ. Você precisa fazer isso por ela." Sua mãe estendeu a mão por cima do corpo magro e adormecido de sua avó e puxou o cobertor fino de Ngọc Anh até o pescoço. "Se eu tivesse a oportunidade, teria feito isso por você. É pelo futuro dela. O lugar dela não é aqui. E ela precisa de um pai."

Mỹ cerrou os dentes quando as memórias da infância ameaçaram sair do recanto de sua mente onde as mantinha aprisionadas. Ainda conseguia ouvir as pessoas cantando *Menina mesticinha tem doze buracos na bundinha* para ela quando voltava da escola. Sua infância foi difícil, mas a preparou para a vida. Ela era mais forte por isso, mais durona. "Eu não tive pai."

O olhar de sua mãe endureceu. "E veja só onde isso levou você."

Mỹ olhou para a menina. "Também me trouxe ela." Ela se arrependia de ter se envolvido com o pai sem coração de sua filha, mas nunca de ter tido a criança. Nem por um segundo.

Mỹ afastou os cabelos finos e úmidos da testa da menina, e um amor imenso se inflou em seu coração. Ver o rosto da filha era como olhar para um espelho que refletia uma imagem de vinte anos atrás. A garotinha era a cara de Mỹ naquela idade. As mesmas sobrancelhas, o mesmo formato do rosto, o mesmo nariz, a mesma cor de pele. Até o formato dos lábios era igual. Mas Ngọc Anh era muito, muito mais meiga do que Mỹ tinha sido. Mỹ faria qualquer coisa por aquela pequenina.

Menos abrir mão dela.

Quando o pai de Ngọc Anh se casou, a esposa dele descobriu que não podia engravidar e eles se ofereceram para criar a menina como filha. Mais uma vez, Mỹ recusou uma proposta que todos achavam que deveria aceitar. Foi chamada de egoísta. A família dele poderia dar a Ngọc Anh todas as *coisas* de que ela precisava.

Mas e amor? Amor era importante, e ninguém poderia amar sua bebê da mesma forma que Mỹ. Ninguém. Ela sentia isso no fundo de seu coração.

Mesmo assim, de tempos em tempos, temia ter feito a escolha errada.

"Se não gostar dele", sua mãe falou, "pode se divorciar depois de conseguir seu *green card*, aí você se casa com outro."

"Eu não posso me casar com ele só por causa de um *green card*." Ele era uma pessoa, não um pedaço de papel, e, se decidisse se casar, seria porque ela conseguiu conquistá-lo, porque ele se importava com ela. Mỹ não poderia usar alguém daquele jeito. Isso a rebaixaria ao mesmo nível do pai de Ngọc Anh.

Sua mãe balançou a cabeça como se pudesse ouvir seus pensamentos. "O que acontece se você for e não conseguir mudar a cabeça dele?"

"Eu volto para cá no fim do verão."

Sua mãe soltou um grunhido de desgosto. "Não acredito que você ainda precisa pensar. Não tem nada a perder."

Quando Mỹ olhou de novo para a tela do celular, um pensamento lhe ocorreu. "Cô Nga disse que ele não quer formar uma família. E eu tenho Ngọc Anh."

Sua mãe revirou os olhos. "E que jovem quer formar uma família? Se ele amar você, vai amar Ngọc Anh."

"Não é assim que funcionam as coisas, e você sabe disso. Quando um homem sabe que você é mãe, na maioria das vezes perde o interesse." E, se continua interessado, é só pelo sexo.

"Então não conte logo de cara. Dê tempo para ele se apaixonar por você, e só fale sobre ela mais tarde", sua mãe disse.

Mỹ meneou a cabeça. "Isso me parece errado."

"Se ele disser que ama você, mas não quiser se casar porque você tem uma filha, então ele não vale a pena. Mas essa mulher conhece o filho que tem, e ela *escolheu* você. Você precisa tentar. Na pior das hipóteses, passa um verão inteiro nos Estados Unidos. Não está vendo a sorte que tem? Não quer conhecer os Estados Unidos? Em que lugar do país ela mora?"

"Ela disse que é na Califórnia, mas eu não sei se aguento ficar tanto tempo longe." Mỹ passou os dedos na pele macia do rosto da filha. Nunca tinha ficado mais de um dia longe de casa. E se Ngọc Anh se sentisse abandonada?

Sua mãe franziu a testa, pensativa, e se levantou para mexer em uma pilha de caixas guardadas em um canto. Eram suas coisas especiais, e ninguém tinha permissão para abri-las. Quando era criança, Mỹ costumava espiar as caixas escondida, principalmente a última. Quando sua mãe abriu justamente essa e começou a mexer lá dentro, o coração de Mỹ disparou.

"Seu pai é de lá. Tome aqui, veja só." Sua mãe lhe entregou uma foto amarelada de um homem com o braço em torno dos ombros dela. Mỹ já havia passado infinitas horas olhando para aquela foto, segurando-a perto de si, vendo-a de cabeça para baixo, com os olhos espremidos, qualquer coisa para tentar confirmar se o homem tinha mesmo olhos verdes e era de fato seu pai, mas nunca conseguiu. A foto tinha sido tirada de longe. Os olhos dele podiam ser de qualquer cor. Para ela pareciam castanhos, na verdade.

O que estava escrito na camiseta, porém, era fácil de ler. *Cal Berkeley*.

"É isso que 'Cal' quer dizer?", ela perguntou. "Califórnia?"

Sua mãe assentiu. "Eu procurei. É uma universidade famosa. Quando estiver lá, talvez possa ir visitar. Talvez... possa tentar encontrá-lo."

O coração de Mỹ disparou com tanta força que ela sentiu os dedos formigarem. "Você vai finalmente me contar o nome dele?", ela perguntou com um sussurro. Só sabia que era "Phil". Era o nome que sua avó cochichava com ódio quando estava sozinha com Mỹ. *Aquele* Phil. *Senhor* Phil. O Phil *da sua mãe*.

Um sorriso amargo tocou o rosto da mãe. "Ele dizia que seu nome completo era feio. Todo mundo o chamava só de Phil. Acho que o sobrenome começava com *L*."

As esperanças de Mỹ caíram por terra antes mesmo de se formarem por inteiro. "Impossível, então."

A expressão de sua mãe era de determinação. "Você só vai saber se tentar. Talvez, com aqueles computadores caros, eles podem fazer uma lista. Se você se esforçar, existe uma chance."

Mỹ olhou para a foto do pai, sentindo o anseio dentro de seu peito crescer a cada segundo. Ele morava na Califórnia? Como iria reagir se abrisse a porta e... desse de cara com ela? Ele a acusaria de procurá-lo para pedir dinheiro?

Ou ficaria feliz por descobrir uma filha que nunca soube que tinha?

Ela abriu a foto de Khải no celular e colocou as duas fotos lado a lado no colo. O que Cô Nga tinha visto nela para achar que Mỹ era uma boa escolha para seu filho? O rapaz conseguiria ver isso também? E ele aceitaria a filha dela? O pai dela aceitaria a própria filha?

De qualquer forma, sua mãe estava certa. Ela não teria como saber se não tentasse. Em ambos os casos.

Mỹ digitou uma mensagem para Cô Nga e apertou enviar.

Sim, eu quero tentar.

"Eu vou", ela falou para sua mãe. Tentou parecer confiante, mas estava tremendo. No que havia se metido?

"Eu sabia que ia, e fico feliz. Vamos cuidar de Ngọc Anh enquanto você estiver fora. Agora vá dormir. Você ainda precisa ir trabalhar amanhã." A luz se apagou. Mas, depois que o quarto ficou às escuras, sua mãe ainda disse: "Não esqueça que, só em um verão, não dá tempo de fazer as coisas da forma tradicional. Você precisa jogar para ganhar, mesmo sem saber se quer mesmo ficar com ele. Desde que ele não seja maldoso, o amor pode surgir. E não esqueça, meninas boazinhas não conseguem os caras. Você precisa ir com tudo, Mỹ".

Mỹ engoliu em seco. Ela não fazia ideia do que significava "ir com tudo", e ficou surpresa por sua mãe ter a ousadia de sugerir aquilo com sua avó no quarto.

2

HOJE

Quando os tênis de corrida de Khai pisaram no chão de cimento da calçada de sua casa em Sunnyvale, que precisava de uma reforma que ele nunca fazia, o cronômetro de seu relógio apitou. Exatos quinze minutos.

Isso.

Não havia nada mais satisfatório do que decursos perfeitos de tempo. A não ser acertar o valor redondo quando enchia o tanque no posto de gasolina. Ou quando a conta do restaurante era um número primo ou um segmento da sequência de Fibonacci ou só números oito. Oito era um número tão elegante. Se acrescentasse um minuto a sua corrida, poderia determinar um ponto de checagem na metade. Não seria prazeroso?

Estava refazendo mentalmente a rota de seu trajeto diário quando viu a Ducati preta estacionada ao lado de seu Porsche todo salpicado de cocô de pombo no meio-fio. Quan estava ali, e dirigia *aquilo*, mesmo que sua mãe odiasse e Khai lhe tivesse mostrado todas as estatísticas relacionadas a morte e lesões cerebrais inúmeras vezes. Passou bem longe da motocicleta, deu uma corridinha até a porta da frente, evitou a moita cheia de espinhos que tinha crescido à sombra do toldo, e entrou.

Uma vez dentro, tirou os sapatos e logo em seguida as meias. O paraíso era sentir os pés descalços afundando no carpete felpudo de sua casa da década de 1970. No começo, ele detestou — aquele tom de verde-abacate chegava a ser ofensivo —, mas andar ali era como caminhar nas nuvens, ao estilo Mary Poppins. Costumava ter um cheiro meio estranho, mas o tempo tratou de resolver isso. Isso ou ele havia incorporado o cheiro de naftalina e mulheres velhas à sua própria identidade. Ele manteria o carpete até que a estrutura da casa fosse oficialmente condenada pelos inspetores de segurança do Condado de Santa Clara.

Lá estava Quan, sentado no sofá de Khai, com os pés apoiados na mesinha de centro de Khai, vendo um programa sobre finanças no canal de notícias CNBC enquanto bebia a única Coca-Cola gelada de Khai — dava para ver as gotas de condensação sobre as letras cursivas, como num comercial. O restante de seus refrigerantes estava em temperatura ambiente, porque só cabia uma lata por vez na geladeira. O espaço mais valioso lá dentro estava ocupado por Tupperwares cheios da comida de sua mãe. Ela achava que ele morreria de fome se ela não cuidasse pessoalmente de sua alimentação e, com o zelo de que só as mães são capazes, nunca fazia nada pela metade.

"Ei, você chegou. Como é que estão as coisas?", Quan perguntou, tomando um gole de Coca e soltando o ar com força enquanto sentia o líquido descer queimando a garganta.

"Tudo bem." Khai estreitou os olhos para o irmão. O chiado e a queimação da Coca gelada eram duas das coisas favoritas de Khai, e agora ele precisava esperar quatro horas para uma nova lata ficar no ponto. "Por que você está aqui?"

"Sei lá. Foi a mamãe que me mandou vir. Parece que ela está vindo também."

Ah, merda, ele pressentiu tarefas sem sentido num futuro próximo. O que seria dessa vez? Dirigir até San Jose para comprar laranjas com desconto? Ou importar extrato de alga marinha do Japão no atacado para curar o câncer de sua tia? Não, devia ser alguma coisa pior, porque ela precisava que os dois filhos participassem. Ele não fazia a menor ideia do que podia ser.

"Preciso tomar um banho." Suas roupas estavam molhadas e grudentas, e ele queria se livrar delas.

"É melhor ir logo. Acabei de ouvir alguém parando aí na frente." Quan deu uma boa olhada em Khai nesse momento, e suas sobrancelhas se levantaram. "Você veio correndo do trabalho de terno e tudo?"

"É, eu faço isso todo dia. Esse modelo é projetado para facilitar os movimentos." Ele apontou para as bainhas com elástico nos tornozelos. "E o tecido respira muito bem. Além disso, dá para lavar na máquina."

Quan sorriu e deu um gole na Coca-Cola surrupiada. "Então o meu irmão anda correndo pelas ruas do Vale do Silício como um Exterminador do Futuro asiático e malvado. Gostei."

A estranha comparação deixou Khai meio hesitante e, quando abriu a boca para responder, uma voz familiar do lado de fora da casa anunciou em vietnamita: "Ei, ei, ei, ei, trouxe um monte de comida. Me ajudem a levar para dentro". Sua mãe nunca falava inglês, a não ser que fosse absolutamente necessário. Na prática, só falava inglês com o inspetor sanitário no restaurante dela.

"Quê?", Khai perguntou em inglês. Ele na verdade não sabia falar vietnamita, apesar de até entender bem. "Eu ainda *tenho* muita comida aqui. Vou ter que começar a alimentar os sem-teto se você..."

Sua mãe apareceu na porta com um sorriso orgulhoso e três caixas de mangas. "Olá, *con*."

Como não queria que ela travasse a coluna, ele enfiou as meias no bolso e pegou as caixas da mão dela. "Eu não como frutas, esqueceu? Vai estragar tudo."

Quando ele estava entrando com as caixas, ela falou: "Não, não, não são para você. São para Mỹ. Para ela não sentir tanta saudade de casa".

Ele deteve o passo. Quem diabos era Mỹ?

Quan ficou de pé. "O que está acontecendo?"

"Me ajude a trazer o resto das frutas antes." Para Khai, ela falou: "Ponha tudo na cozinha".

Khai foi com as caixas para a cozinha em um estado de extrema confusão. Por que tinha frutas na casa *dele* que supostamente eram para que Mỹ, sabe-se lá quem, não sentisse saudade de casa? Ele colocou as caixas na bancada de fórmica e notou que havia três variedades diferentes de manga. Algumas grandes e vermelho-esverdeadas, outras amarelas de tamanho médio e tinha umas verdes, pequenas, na caixa com inscrições em tailandês. Sua mãe tinha comprado para ele alguma espécie de macaca selvagem que comia frutas? Por que ela faria isso? Ela não gostava nem de cachorros e gatos.

Por que Quan estava demorando tanto para trazer as caixas para dentro? Khai foi ver o que estava acontecendo e encontrou seu irmão e sua mãe discutindo perto do Camry velho dela. Khai e seus irmãos tinham feito uma vaquinha para comprar um Lexus suv de presente de Dia das Mães no ano anterior, mas ela insistia em continuar andando em seu Toyota de vinte anos, a não ser que fosse uma ocasião especial. Ele viu que não tinha ninguém dentro do carro. Nenhuma *Mỹ*.

"Mãe, isso é errado. Nós estamos nos Estados Unidos. As pessoas não *fazem* isso", Quan disse, parecendo mais irritado do que de costume com a mãe deles.

"Eu precisava fazer alguma coisa. E você precisa me ajudar. Ele ouve você."

Quan olhou para cima. "Ele me ouve porque eu sou sensato. Ao contrário disso aqui."

"Você é igualzinho àquele pai fedorento de vocês. Sempre me deixa na mão quando preciso", sua mãe resmungou. "O seu irmão, sim, é confiável."

Quan bufou e esfregou as mãos no rosto e na cabeça raspada antes de tirar mais três caixas de fruta do porta-malas. Quando viu Khai, ele deteve o passo. "Se prepara." Em seguida levou as caixas para dentro.

Ora, isso não era nada promissor. Na cabeça de Khai, a hipotética macaca selvagem se transformou em um gorila macho gigante. Aquelas frutas provavelmente só alimentariam a criatura por um dia. Pelo lado bom, ele não precisaria pagar pela demolição da casa, e talvez pudesse até receber uma indenização do seguro. *Motivo do sinistro: gorila indomado furioso por não ter mangas.*

"Pegue a jaca e entre. Preciso conversar com você", sua mãe disse.

Ele pegou a fruta espinhosa — puta merda, pesava mais de dez quilos — e a levou até a cozinha, onde Quan havia colocado as outras caixas perto das mangas e se sentado à mesa com a Coca. Preocupado com a resistência da bancada, Khai colocou bem devagar a jaca perto do resto das frutas. Como não foi tudo parar no chão, soltou um suspiro de alívio.

Sua mãe olhou para a cozinha dos anos 1970 com a testa franzida. Aquele olhar era o retrato da insatisfação. Caso colocasse seus antigos cartões de expressões faciais ao lado do rosto dela naquele momento, veria que combinariam perfeitamente.

"Você precisa de uma casa nova", ela falou. "Esta é velha demais. E precisa tirar todos esses aparelhos de ginástica da sala de estar. Só solteirões vivem desse jeito."

Khai *era* de fato solteiro, então não entendeu o problema. "A localização é boa para o meu trabalho, e eu gosto de fazer exercícios de onde posso ver a tv."

Ela fez um gesto de desdém, murmurando: "Esse menino".

Um longo silêncio se instalou, interrompido apenas por goles ocasionais de Coca-Cola — que pertencia a Khai, ainda por cima. Quando não aguentou mais, olhou para o irmão, para a mãe e perguntou: "Então... quem é Mỹ?". Pelo que sabia, *mỹ* significava *bonita*, mas também era como se dizia *América* em vietnamita. De qualquer forma, parecia um nome estranho para um gorila, mas quem era ele para dizer?

A mãe dele ajeitou a postura. "É a garota que você precisa ir buscar no aeroporto sábado à noite."

"Ah, ok." Não era assim tão terrível. Ele não gostava da ideia de transportar alguém que não conhecia e de mudar sua programação, mas pelo menos não era nada que exigisse uma vacina antirrábica nem uma licença especial do governo. "Só me manda as informações do voo. E para onde ela vai?"

"Vai ficar aqui com você", ela disse.

"Quê? Por quê?" Khai sentiu seu corpo inteiro ficar tenso com a ideia. Aquilo era uma invasão, pura e simples.

"Não fique irritado", ela falou em um tom insistente. "Ela é jovem e muito bonita."

Ele olhou para Quan. "Por que ela não pode ficar com você? Você gosta de mulheres."

Quan engasgou com a Coca-Cola e começou a esmurrar o peito enquanto tossia.

Sua mãe lançou seu olhar de desaprovação para Quan antes de voltar a se concentrar em Khai e empertigar toda a extensão de seu um metro e meio de altura. "Ela não pode ficar com Quan porque ela é a *sua* futura esposa."

"Quê?" Ele deu uma risadinha. Só podia ser uma piada, embora ele não estivesse entendendo a graça.

"Eu escolhi essa moça para você quando fui para o Việt Nam. Você vai gostar dela. É perfeita para você", sua mãe falou.

"Eu não... Você não pode..." Ele balançou a cabeça. "*Quê?*"

"Pois é", Quan falou. "Essa foi a minha reação também. Ela arrumou uma noiva por correspondência do Vietnã para você, Khai."

A mãe fulminou Quan com o olhar. "Por que você faz parecer uma coisa tão ruim? Não é uma 'noiva por correspondência'. Nós nos conhecemos pessoalmente. Era assim que as coisas funcionavam antigamente. Se eu seguisse a tradição, já teria arrumado uma esposa para você desse mesmo jeito, mas você não precisa da minha ajuda. O seu irmão, sim."

Khai nem tentou falar alguma coisa. Seu cérebro se recusava a processar o que estava acontecendo.

"Comprei vários tipos de frutas." Ela começou a mexer nas caixas na bancada. "Lichia, rambutão..."

Enquanto ela continuava com a lista de frutas tropicais, a mente dele finalmente voltou a funcionar. "Mãe, *não*." As palavras saíram com mais força e volume do que o pretendido, mas era compreensível. Ele ignorou o instinto que lhe dizia que ao dizer não para sua mãe estava cometendo um sacrilégio. "Eu não vou me *casar*, e ela não vai ficar aqui, e você não pode *fazer* uma coisa dessas." Porra, eles estavam no século XXI. As pessoas não saíam mais por aí adquirindo esposas para os filhos.

Ela franziu os lábios e pôs a mão na cintura, parecendo uma instrutora de aeróbica dos anos 1980 com sua roupa rosa-choque e cabelos curtos com permanente. "Eu já aluguei o buffet para o casamento. O cheque caução foi de mil dólares."

"*Mãe.*"

"Escolhi o dia oito de agosto. Sei quanto você gosta do número oito."

Ele passou os dedos pelos cabelos e suprimiu um grunhido. "Eu reembolso os seus mil dólares. Por favor, me passa o contato do buffet para eu cancelar a reserva."

"Não seja assim, Khải. Tenha a mente aberta", ela falou. "Não quero que você fique solitário."

Ele bufou, incrédulo. "Eu não sou solitário. Eu *gosto* de ficar sozinho."

Solidão era para pessoas que tinham sentimentos, e esse não era o seu caso.

Não era solidão se podia ser resolvida com trabalho, maratonas de Netflix ou um bom livro. A solidão de verdade era o tipo de coisa que grudaria na pessoa o tempo todo. A solidão de verdade era um sofrimento constante.

Khai não estava sofrendo. Na maior parte do tempo, não sentia nada.

Era exatamente por isso que mantinha distância de relações românticas. Se alguém gostasse dele, a coisa ia terminar em decepção quando ele não fosse capaz de retribuir o sentimento. Não seria certo.

"Mãe, eu não vou fazer isso, e você não pode me obrigar."

Ela cruzou os braços. "Eu sei que não posso. Nem *quero* obrigar você. Se não gostar dela de verdade, não deve mesmo se casar. Mas estou pedindo para você dar uma chance. Deixe que ela passe o verão aqui. Se não gostar dela depois disso, ela volta para casa. Simples assim." Ela voltou sua atenção para Quan. "Coloque algum juízo na cabeça do seu irmão."

Quan ergueu as mãos e um sorriso amarelo apareceu em seu rosto. "Nada para dizer."

Sua mãe olhou feio para ele.

"Isso é inútil", Khai falou. "Eu não vou mudar de ideia." E realmente não queria uma desconhecida morando em casa. Aquele era seu santuário, o único lugar onde podia fugir das pessoas e ser quem ele era.

Quando sua família não a invadia, pelo menos.

"Você não pode decidir antes de conhecer a moça. Não é justo. Além disso, eu preciso dela no restaurante. A garçonete nova pediu demissão, e eu preciso de gente para o turno do dia. Me ajude", ela pediu.

Khai fechou a cara para a mãe. Sentia nitidamente que estava sendo manipulado — ele não era tão alheio assim —, mas não sabia como se desvencilhar da situação. Além disso, quando estava com escassez de mão de obra, ela obrigava Khai e seus irmãos a pedirem licença do emprego para ajudar. Se fosse para escolher entre servir mesas do restaurante ao mesmo tempo que lida com a mãe o dia todo e ter uma desconhecida em sua casa...

Como se tivesse pressentido sua fraqueza, ela deu o golpe de misericórdia. "Releve um pouquinho da dificuldade e faça isso por mim. Eu vou ficar feliz."

Que merda. A frustração foi se acumulando dentro dele, crescendo cada vez mais e chegando perto de causar uma explosão. Ele não tinha resposta para isso, e ela sabia.

Ela era sua mãe.

Se agarrando ao pouco de autocontrole que ainda lhe restava, ele falou: "Só se você me prometer que vai parar de bancar a casamenteira depois disso. Não vai mais tentar me apresentar para a filha do dr. Son, nem para a filha do dentista, nem para as amigas da Vy, nem para ninguém. Não vai mais armar emboscadas para mim com convidadas-surpresa quando eu for jantar com você".

"Claro", sua mãe falou, assentindo efusivamente. "Eu prometo. Só neste verão, e só desta vez. Se não gostar dela, eu paro. Acho que não consigo encontrar uma garota melhor que Mỹ mesmo, então..." Ela hesitou, e fez uma expressão pensativa. "Mas você precisa *tentar* de verdade. Se eu perceber que não está tentando fazer dar certo, vou ser *obrigada* a continuar insistindo nisso. Está me entendendo, Khai?"

Ele estreitou os olhos. "Como assim, 'tentar'?"

"Fazer o que um noivo de verdade faz. Sair com ela, apresentar para os seus amigos e para a família, fazer coisas juntos, e por aí vai. Você vai levá-la a todos os casamentos deste verão."

Aquilo parecia *horrível*.

Ele não conseguiu disfarçar a careta. Quan caiu na gargalhada.

"Sabe, mãe, talvez seja, sim, uma boa ideia", Quan comentou.

"Está vendo? Vocês acham que eu sou louca, mas a mãe de vocês sabe das coisas."

Isso era questionável, mas Khai não teve escolha a não ser dizer: "Certo. Vou fazer tudo isso no verão se você prometer que depois vai parar com essa coisa de me arrumar esposa".

"Prometo, prometo, prometo. Fico feliz que você esteja sendo sensato. Você vai gostar dela. Vai ver só", ela disse, sorrindo de orelha a orelha como se tivesse ganhado na loteria.

Khai tinha cem por cento de certeza de que era *ela* quem iria ver só, mas não falou nada. "Vou tomar banho." Virou de costas e foi para seu quarto.

Era a cara da sua mãe bolar um esquema como aquele. Aquilo tudo era um absurdo. Ele não ia mudar de ideia. Mỹ podia ser a mulher mais perfeita do mundo que não mudaria nada. Se ele ia gostar dela ou não, não faria diferença. Na verdade, se gostasse dela, seria o principal motivo para não se casar.

3

Mỹ se agarrou aos braços do assento quando o avião aterrissou com um solavanco de revirar o estômago. Ruídos mecânicos estranhos chegaram aos seus ouvidos, e as luzes se acenderam de novo. Ela nunca mais queria viajar de avião. Uma vez na vida já bastava. O sistema de som apitou.

"Bem-vindos a San Francisco, Califórnia. O horário local é 16h40. Obrigado por escolherem a Air China..."

Obrigada aos céus e a Buda pelas aulas de inglês no colégio, por todos os filmes americanos piratas que ela viu e pelas aulas de inglês em áudio que ela escutou sem parar enquanto fazia limpeza nos dois últimos meses. Ela entendeu quase tudo.

Califórnia. Enfim estava lá.

Isso significava que o conheceria em breve.

A náusea a atingiu com tanta força que seu rosto começou a formigar e sua visão ficou borrada. *Não vomita. Não vomita. Não vomita.* Não era assim que ela queria passar seus primeiros momentos nos Estados Unidos da América.

E se a arrastassem para algum lugar por perturbar a ordem com seu vômito? Ou — ela olhou para a velhinha simpática de blusa de tricô ao seu lado — por sujar as pessoas ao seu redor? Ela poderia ser presa por isso? Ou *deportada*? Talvez fosse mandada de volta antes mesmo de pôr o pé fora do avião.

Todo mundo começou a se enfileirar no corredor, e Mỹ deu um pulo do assento para pegar suas coisas no bagageiro logo acima. Um homem alto de jaqueta de couro marrom foi mais rápido e alcançou sua mala antes dela. "Pode deixar que eu pego pra você."

Ela abriu a boca para falar, mas nada saiu. A vergonha fez as palavras em inglês ficarem presas na garganta. Mỹ havia aprendido as palavras no colégio muito tempo antes e sabia ler e escrever um pouco — o suficiente para preencher o formulário de desembarque e a declaração da alfândega com o mínimo de ajuda da comissária de bordo —, mas falar sempre tinha sido um desafio. Ela cerrou inutilmente os punhos. Como fazê-lo parar? Só o que tinha na bolsa eram *đồng* vietnamitas, que não valiam quase nada ali. Não era o suficiente para uma gorjeta.

Ele colocou a pequena mala azul-marinho no chão do corredor e sorriu, e ela a puxou para junto de si antes que ele a segurasse. O homem parou de sorrir e se virou para a frente. Enquanto as pessoas se dirigiam à ponte de desembarque, Mỹ continuou esperando que ele a "ajudasse" mais e depois pedisse um pagamento, mas isso não aconteceu.

Quando chegaram ao terminal, ele desapareceu no meio da enorme multidão, e o pânico tomou conta dela. Ele sabia o que estava fazendo. Poderia ter lhe explicado para onde ir, mas agora ela estava sozinha. E se fosse para o lugar errado e fizesse a coisa errada? Ia acabar tendo que encarar uma revista corporal completa e um interrogatório no detector de mentiras.

Enquanto seguia cegamente a multidão, tentou ler as placas presas ao teto, mas sua mente embaralhada pelo medo não conseguia decifrar as palavras em inglês.

"Passaporte, por favor."

De alguma forma, ela já era a primeira da fila. Com o coração disparado, tirou o livrinho verde da bolsa e o entregou junto com todos os formulários que a comissária de bordo havia distribuído no avião. Havia chegado a hora. A parte que ela tanto temia. A parte da *papelada*. Havia chegado a hora em que tudo poderia dar errado.

O funcionário do aeroporto passou os olhos pelos formulários, folheou o passaporte, carimbou uma página e lhe entregou tudo de volta. "Bem-vinda aos Estados Unidos, Esmeralda Tran. Tenha uma boa estadia."

Ela o encarou com uma expressão vazia. Ah, sim, *ela* era Esmeralda Tran. Levaria algum tempo para se acostumar a seu novo nome — que Ngọc Anh escolhera porque a Esmeralda de *O corcunda de Notre Dame*, da Disney, tinha a mesma cor de pele delas. Ngọc Anh escolhera aquele

35

momento para anunciar que também queria um novo nome. Depois de pesquisarem um pouco, elas decidiram que seria Jade.

O funcionário do aeroporto gesticulou para que ela seguisse em frente. "Por favor, se encaminhe para o setor de inspeção de bagagem. Próximo."

Só isso? Ela levava mais tempo para limpar uma privada. Segurando o passaporte junto ao peito com uma das mãos, ela foi puxando a mala até a fila de inspeção. Colocou tudo o que tinha na esteira e passou por aqueles dispositivos de scanner alienígenas.

Quando saiu do outro lado, pegou sua mala e ficou parada por um instante, observando o caos do terminal. Línguas estrangeiras por toda parte. Cheiro de perfume e de comida e de corpos. Lojas que pareciam caríssimas. Cores, roupas, mãos segurando malas, mãos segurando outras mãos. Todos calmos, resolutos, seguindo seu caminho. Mỹ gostaria de saber qual era o dela.

Tudo aquilo era novo demais. Até *ela* se sentia nova.

Lugar novo, nome novo, pessoa nova, vida nova. Talvez. Durante o verão, pelo menos.

Ela deveria estar empolgada. Hollywood e a Disneylândia estavam logo ali. Mas só o que sentia era... medo. Voltar para casa, porém, não era uma opção. Ela precisava fazer isso por sua menina.

O conselho de sua mãe ressoava em sua cabeça: *Sedução primeiro. O amor vem depois.*

Estava na hora de conhecer um homem.

Ela foi até o banheiro mais próximo, entrou em uma cabine vazia e trocou as roupas confortáveis de viagem por um vestido rosa justinho. Depois de trocar os sapatos baixos por um par de saltos que pareciam armas, ela saiu da cabine, escovou os dentes até as gengivas doerem e aplicou uma quantidade mínima de delineador, rímel, um negócio cintilante para esconder as olheiras e batom vermelho-sangue. Pronto. Era o melhor que poderia fazer.

Quando se olhou no espelho que ia do chão ao teto ao lado das pias, seu reflexo lhe mostrou uma pessoa irreconhecível. Mas isso era bom. Mỹ era uma menina pobre do campo que nunca encontrou seu lugar no mundo. Ela estava deixando essa garota para trás. Agora era Esme.

Erguendo o queixo, saiu do banheiro e se juntou à multidão. Leu em voz alta com determinação as palavras das placas penduradas no teto e seguiu o fluxo de passageiros do aeroporto. Depois de passar pelo posto de segurança, esquadrinhou o rosto das pessoas, procurando, procurando, procurando...

Lá estava ele.

Esperar diante do posto de segurança era uma experiência surreal. Khai pensou que devia ser mais ou menos assim quando as pessoas recebiam um Schutzhund importado da Holanda. Só que nesse caso não era um cão de proteção treinado e certificado. Era uma *pessoa*.

Conforme os minutos se passavam, ele permanecia imóvel, com os ombros alinhados e as costas retas, como seus anos de treinamento em artes marciais haviam lhe ensinado. Não ficou andando de um lado para o outro, batendo o pé, nem se balançando. Não fazia mais esse tipo de coisa. Mas gostaria de fazer.

Se essa garota aparecesse mesmo, ele teria que morar com ela durante o verão inteiro. Pior ainda, precisaria tratá-la como sua noiva. Que diabos ele sabia sobre isso?

Tirou o celular do bolso e abriu a foto que sua mãe tinha mandado. Se ela não tivesse garantido que a conheceu pessoalmente, ele acharia que esse era um exemplo perfeito de golpe. A pessoa na fotografia era quase bonita demais para...

Alguém invadiu seu espaço pessoal. "*Chào Anh.*"

Ele levantou os olhos do celular. E se viu diante dos mesmos olhos verdes da foto. Só que na vida real.

Era ela.

"Oi", ele falou por reflexo.

Ela sorriu, e o raciocínio dele travou. Lábios de um vermelho vivo, dentes brancos e alinhados, olhos arrebatadores. As pessoas diriam que ela era bonita. Não, ela era mais que isso. Gata. Maravilhosa. Estonteante. Não que ele se importasse com coisas como...

O olhar dele acidentalmente desceu para o peito dela e sua boca secou. *Puta merda*. Ela era uma espécie de fantasia sexual ambulante. Pelo jeito, ele era um admirador de seios. E de corpo violão. E de pernas.

Como podiam parecer ser tão longas em uma pessoa tão baixinha? Talvez fossem os saltos de oito centímetros que ela estava usando.

Quando percebeu o que estava fazendo, se forçou a olhar de novo para o rosto dela. Na época em que sua família ainda tinha esperança de que ele namorasse, sua irmã o obrigou a memorizar um conjunto de regras, porque regras, sim, eram o forte dele.

REGRAS PARA QUANDO ESTIVER COM UMA GAROTA:

1. Abra *e* feche as portas.
2. Puxe as cadeiras e empurre de volta.
3. Pague tudo.
4. Carregue tudo. (Inclusive a bolsa dela, se ela quiser. Não interessa se você quer manter as mãos livres.)
5. Dê seu casaco para ela se ela estiver com frio. (Não, não interessa se você também estiver com frio.)
6. Não importa como ela esteja vestida, não fique olhando para partes inapropriadas do corpo dela.*

*Especificamente peitos, bunda e coxas. Pode haver uma exceção caso ela sofra algum ferimento sério.

Um calor desconfortável subiu por seu rosto e fez arder a ponta de suas orelhas. Ele tinha acabado de mandar a Regra Número Seis para o espaço. Em sua defesa, não tinha nenhuma prática com uma mulher como aquela.

Ela colocou a mala no chão, respirou e soltou o ar rapidamente antes de sorrir mais uma vez. "Você é Diệp Khải. Eu sou Esme", ela falou em vietnamita.

A sensação surreal voltou. Aquilo estava mesmo acontecendo. Sua noiva por correspondência estava se apresentando para ele. Mas o nome dela não era Mỹ?

Por favor, duas não. Já não sabia o que fazer com uma mulher. Se sua mãe tivesse arranjado um harém para ele, precisaria fazer terapia. Depois de um segundo com o coração disparado, a lógica voltou ao seu cérebro, e ele concluiu que ela devia ter adotado um nome ocidental para facilitar sua vida nos Estados Unidos. Ele não teria um harém.

Graças a Deus.

"Só Khai", ele falou em inglês, deixando de lado o sobrenome e a entonação. Sua mãe era a única que o chamava de Diệp Khải, e geralmente quando estava brava.

A reação dela foi inclinar a cabeça, intrigada, e ele se perguntou se ela havia entendido. Quando o encarou, uma ruga se formou em sua testa. "Por que você está todo de preto? Os americanos usam preto nos funerais. Eu vi isso nos filmes. Alguém morreu?", ela perguntou, de novo em vietnamita.

"Não, ninguém morreu. Eu gosto, só isso." Escolher o que vestir era bem mais fácil com todas as roupas da mesma cor. Além disso, preto não manchava e era versátil, servia para qualquer ocasião, desde uma reunião de trabalho até um bar mitzvah.

Enquanto ela parecia absorver a informação, ele pegou a mala pela alça e tomou o caminho do estacionamento.

"Por aqui", ele falou.

A cada passo que dava pelo aeroporto, as palavras martelavam na cabeça de Khai.

Onde sua mãe estava com a cabeça?

Sua noiva por correspondência não era o que ele esperava — uma réplica mais jovem da sua mãe, com conjuntos esportivos combinando e os molhos sriracha e de hoisin, que ela sempre tem na bolsa. Com isso ele saberia lidar. Mas essa garota, *Esme*, parecia uma coelhinha da *Playboy*. Faltava o cabelo platinado, mas o resto se encaixava perfeitamente na descrição. O que ele ia fazer com uma coelhinha da *Playboy*? Além de sexo. Não que ele estivesse pensando em sexo.

Só que claramente ele *estava* pensando em sexo. *Foda*. Não, não ia ter foda nenhuma. Uma parte mais sacana de seu cérebro o lembrou que ele tinha prometido fazer tudo o que um noivo faria. E noivos faziam sexo...

Ele meneou a cabeça para afastar os pensamentos pornográficos. Era errado reduzir uma pessoa a seu valor como parceira sexual. Ele era um ser racional. Deveria ser melhor que isso. Além do mais, ela podia ser o tipo de gente que pratica rituais de sacrifício de animais no quintal. Era seguro ficar pelado na frente de uma mulher assim? A ideia eliminou imediatamente os pensamentos sexuais, e o resto do trajeto pelo aeroporto transcorreu sem problemas.

Quando passou pelas portas deslizantes de vidro, os estalos dos sapatos de Esme o seguiram pelo chão de cimento do estacionamento até o carro. Ele guardou a mala no porta-malas primeiro e ia dar a volta no carro para seguir a Regra Número Um, mas Esme abriu a porta e se acomodou no banco da frente. E depois fechou a porta.

Por um momento, ele ficou imóvel, olhando para o lado dela do carro. Ela sabia que tinha acabado de desrespeitar a etiqueta social? Ele deveria avisar? E isso não era irônico? Que ele conhecesse as Regras melhor que ela? Ou cada país teria as suas?

Dando de ombros mentalmente, ele sentou diante do volante, ligou o motor e engatou a ré.

"Espera um pouco", ela falou. "Podemos conversar?"

Ele suspirou e desligou o carro de novo. Pelo jeito, eles iam fazer mais vezes essa coisa de falar cada um em sua língua sem nenhum dos dois entender direito o outro, assim como acontecia quando ele falava com a mãe.

"Obrigada, Anh Khải." *Anh* significava *irmão*, mas quando não havia relação de parentesco era só uma forma carinhosa de tratamento. Ele não achou carinhoso. No entanto, foi só ela abrir outro daqueles sorrisos desconcertantes para ele deixar a irritação de lado. Enquanto suas funções cerebrais começavam a falhar, ela olhou ao redor. "Que carro bonito."

"Obrigado." Em geral ele não gostava de coisas chamativas, mas adorava dirigir. Seu carro era de longe sua posse mais extravagante. Pena que estava cheio de merda de pombo no para-brisa.

Ela respirou fundo. "Eu sei que você não quer se casar comigo."

"Pois é." Ele não viu nenhum motivo para mentir.

O silêncio pairou no ar enquanto ela mordia o lábio inferior, e ele sentiu seus músculos se enrijecerem de um jeito desagradável.

"Você vai chorar?", ele perguntou. "Tem lenços de papel no console central." Ele deveria pegá-los para ela? Não sabia mais o que fazer. Talvez dar um tapinha no braço dela.

Ela balançou a cabeça antes de levantar o queixo e olhá-lo nos olhos. "Sua mãe quer que eu faça você mudar de ideia."

"Você não tem como me fazer mudar de ideia."

"Você tem..." Ela desviou o olhar enquanto procurava as palavras. "Uma mulher perfeita em mente? Como ela é?"

"Ela me deixa em paz." Ele já tinha uma mãe, uma irmã e um zilhão de tias e primas para mandá-lo fazer um monte de coisas inúteis, atormentá-lo por causa das roupas que usava e lhe dizer como cortar o cabelo. Não precisava de mais mulheres em sua vida.

"Não é isso que você quer", ela falou, balançando a cabeça com determinação. "Vou ajudar você a ser feliz. Você vai ver."

Ele ficou tenso. "Não preciso desse tipo de ajuda." Era uma insinuação irritante de um jeito sem precedentes. Se ela passasse o verão o obrigando a dançar e cantar, ele provavelmente teria um colapso mental de proporções épicas. Felicidade, assim como o luto, não fazia parte de seu arsenal emocional. Mas emoções menos intensas, como irritação e frustração, sim. E ele estava sentindo uma boa dose das duas no momento.

Um olhar cético surgiu no rosto dela. "Pessoas felizes não se vestem só de preto."

A história das roupas de novo. Ele apertou o volante com força. "Eu discordo." Roupa preta era perfeitamente aceitável em casamentos, que eram eventos felizes. Para as outras pessoas, pelo menos. Ele preferia fazer um exame de próstata. Os médicos só o torturavam por alguns segundos, enquanto casamentos duravam horas e horas.

Ela franziu os lábios, e um momento de tensão se instalou antes que perguntasse: "Que trabalho você faz? Você gosta?".

"É complicado de explicar, mas, sim, eu gosto."

Ela moveu os lábios em silêncio por um momento, e ele teve quase certeza de que ela estava testando a sensação de falar a palavra *complicado*. Mas em seguida olhou o carro, observou mais uma vez sua camisa e terno pretos e fez uma cara estranha. Seus lábios se curvaram de leve. "Você é um espião como James Bond?"

Ele piscou algumas vezes. "Não."

"Um assassino profissional?"

"Não, eu não sou um assassino profissional." Qual era o problema dela?

"Que pena." Mas ela não *parecia* decepcionada, a julgar pelo sorriso em seu rosto. Que tipo de coisas bizarras estariam passando pelo cérebro dela?

Ele disse: "Você é mais estranha que eu".

Ela o deixou ainda mais confuso quando abraçou o próprio peito e deu risada, olhando para o colo. Era um som bonito, musical. Quando ela cruzou as pernas, os olhos dele inevitavelmente foram atraídos para suas coxas. A saia tinha subido, revelando mais alguns centímetros de pele impecável.

Regra Número Seis, Regra Número Seis, Regra Número Seis.

Ele desviou os olhos e encarou o painel. "Eu me formei em contabilidade, mas hoje sou especialista em tributação. Um amigo e eu criamos uma empresa de software de contabilidade. Ele cuida da programação, e eu, das questões contábeis, o que significa que preciso estar atualizado em relação aos princípios contábeis geralmente aceitos e às leis fiscais determinadas pelo Código de Receita Interna. Há pouco tempo, nós acrescentamos a análise de preço de transferência ao pacote do software, então tive que me familiarizar com a seção 482 do código. É muito interessante tentar determinar se as transações comerciais estão seguindo o princípio de plena concorrência quando se trata de corporações multinacionais. Às vezes elas estão em paraísos fiscais como, digamos, as Bahamas, então você precisa..."

Ele se obrigou a parar. As pessoas ficavam entediadas quando ele falava sobre trabalho. Às vezes até pessoas de seu próprio ramo. As minúcias e a elegância dos princípios contábeis e das leis fiscais não eram do gosto de qualquer um. Ele não fazia ideia por quê.

"Contabilidade", ela falou devagar, dessa vez em inglês.

"Não exatamente, mas eu tenho uma licença de contador público certificado. Tenho autorização para cuidar da documentação fiscal de empresas públicas nos Estados Unidos."

"Eu também."

Ele soltou um suspiro de surpresa. Ela era contadora? Isso era inesperadamente maravilhoso.

Ela pareceu bem interessada na bainha do vestido e ficou remexendo um fio solto enquanto disse em vietnamita: "No Việt Nam. Não aqui. Deve ser muito diferente".

"Aposto que é diferente. Não tenho nenhuma experiência com as leis ficais vietnamitas. Devem ser fascinantes. Eles incluem o suborno nos custos empresariais? E conseguem deduções nos impostos por isso?" Seria divertido ver o suborno como um item em uma declaração fiscal. Era por isso que ele gostava tanto de contabilidade. Não eram só números no papel. Se você soubesse como interpretá-los, os números tinham significado e refletiam culturas e valores.

Ela se abraçou como se estivesse com frio e não disse nada.

Ele a teria insultado sem querer? Repassou seus comentários na mente, tentando determinar o que poderia ser ofensivo, mas não adiantou. Depois de um silêncio constrangedor, ele perguntou: "Podemos ir? Eu não gosto de jogar conversa fora desse jeito". E claramente não era bom nisso.

"Sim, vamos. Obrigado, Anh." Afundando no assento, ela olhou pela janela.

Ele saiu da vaga, pagou o estacionamento e foi embora. A princípio, ficou tenso à espera de mais perguntas, mas ao deixarem o aeroporto e pegarem a via expressa ela felizmente continuou calada. Ao contrário de sua mãe e irmã, que eram capazes de manter seus monólogos por horas.

Talvez ela tivesse dormido, mas toda vez que ele olhava a pegava observando a paisagem, que consistia em prédios baixos de escritórios, mato alto e ocasionais grupos de eucaliptos ou pinheiros. Nada muito glamoroso. Bem, pelo menos para ele não. Ele não conseguia imaginar o que deveria parecer aos olhos dela.

"Uni-vers-ity Av", ela falou, do nada. Em seguida, se ajeitou no assento e torceu o corpo para ver a saída por onde haviam acabado de passar. "É onde fica Cal Berkeley?"

"Não, é onde fica Stanford."

"Ah." Ela se virou para a frente e afundou de novo no assento.

"Berkeley fica a uma hora de viagem, a norte daqui. Foi lá que eu fiz a graduação e a pós."

"É mesmo?" O entusiasmo na voz dela o pegou de surpresa. A maioria das pessoas por aqui só se impressionava com Stanford, ou alguma das universidades da Ivy League.

"Sim, eles têm um bom curso de contabilidade." Ele continuou dirigindo, concentrando sua atenção na estrada, mas quase podia sentir o peso do olhar dela em sua pele. Olhando de soslaio, perguntou: "Que foi?".

"Os estudantes são próximos uns dos outros lá? Todo mundo se conhece?"

"Na verdade, não", ele falou. "A universidade é gigante. A cada ano chegam mais de dez mil novos alunos. Por que a pergunta?"

Ela deu de ombros e balançou a cabeça, olhando pela janela.

Ele voltou sua atenção para o trânsito do início da noite, pegou a saída da avenida Mathilda e percorreu as ruas ladeadas de carvalhos altos e carregados de folhas, fileiras de casas, prédios residenciais e galerias comerciais.

Dez minutos depois, entrou na rua lateral que levava a sua casa de dois dormitórios precisando de uma reforma e candidata a demolição. Em comparação com as casas remodeladas e recém-construídas da vizinhança, era meio que uma monstruosidade, mas ele apostava que ninguém tinha um carpete felpudo e desgastado na medida certa como o seu. Estacionou na rua, puxou o freio de mão e desligou o motor.

"Chegamos."

4

Esme ainda não conseguia se perdoar por ter mentido daquele jeito. Ela por acaso queria ser fulminada pelos céus? Por que tinha feito aquilo?

Sabia por quê. Porque era faxineira e arrumadeira, e ele era muito melhor. Queria impressioná-lo, mostrar que era alguém que *valia a pena*. Mas agora, além de manter a filha em segredo, ia precisar fingir que trabalhava com contabilidade, sendo que nem sabia o que era isso. Era uma mentirosa, e estava com vergonha de si mesma.

Se fosse uma boa pessoa, confessaria tudo naquele instante, mas a sensação de ser igual a ele era muito viciante. Não importava que não fosse verdade. Ela gostou mesmo assim. Já estava fingido ser algo que não era — uma mulher sexy e experiente (ainda que sem muito sucesso, a julgar por sua tentativa fracassada de flertar com ele no carro). Por que não ir em frente e acrescentar inteligência e sofisticação a essa lista, agora que já tinha começado?

Quando morresse, seria atormentada por demônios durante toda a eternidade em vez de reencarnar. Ou pior, conseguiria reencarnar, mas seria um bagre que viveria embaixo de uma latrina à beira do rio. Era justo. Era o que merecia por desejar que as pessoas sofressem uma intoxicação alimentar.

Khải desceu do carro, e ela foi atrás. O som de seus sapatos batendo nas pedras soou incomumente alto aos seus ouvidos, e sua cabeça rodou quando olhou para os pés. Quando foi a última vez que tinha comido? Estava cansada demais para lembrar.

Abrindo e fechando a boca para espantar o sono, ela se forçou a dar uma olhada nos arredores. As casas eram tão simples em comparação com as mansões que ela tinha imaginado. E baixas — a maioria tinha só um andar. O ar. Ela encheu os pulmões. Que cheiro era aquele?

Depois de um momento, percebeu que era a *ausência* de cheiros. Não sentia odor de lixo e frutas apodrecendo. A névoa da fumaça dos escapamentos não deixava o pôr do sol com a cor enferrujada do tamarindo. Ela esfregou os olhos cansados pela mudança de fuso horário e admirou um céu com tons vivos de damasco e jacinto.

Que diferença um oceano fazia.

A saudade de casa bateu nesse momento, e ela quase sentiu falta da poluição. Seria bom ter alguma coisa familiar enquanto estava ali, em uma rua desconhecida, em uma cidade desconhecida, em um mundo muito distante de todas as pessoas que amava. Que horas seriam no Việt Nam? Ngọc Anh — não, era *Jade* agora — já estaria dormindo? Estaria com saudade da mamãe? A mamãe estava com saudade dela.

Se estivesse em casa, se deitaria ao seu lado, beijaria suas mãozinhas e colaria a testa à dela, como sempre fazia antes de dormir.

Ela tropeçou, e teria caído, se não fosse a caixa de correio. Khải lançou um olhar de desaprovação para seus sapatos, depois de tirar sua mala do bagageiro. "É melhor andar descalça do que com isso aí."

"Mas eles são tão úteis. É como ter um sapato *e* uma faca." Ela tirou os sapatos e fingiu esfaquear algo.

Ele a observou por um bom tempo, sem rir, nem ao menos sorrir, e ela contorceu os lábios e olhou para os pés descalços. Mais uma vez, seu flerte fracassava. Em sua defesa, fazia um bom tempo que não saía com um homem, e já tinha esquecido como era.

Enquanto olhava para seus dedos feios — ela detestava as mãos e os pés de formato esquisito que tinha herdado do pai de olhos verdes; não havia nada de elegante ou atraente neles —, percebeu as ervas daninhas que ameaçavam destruir o gramado de Khải. "E se eu pisar nesses espinhos?" Abriu um sorriso que esperava que fosse sexy. "Você me carrega?"

Ele levou a mala até a porta da frente sem se virar para olhá-la. "Pisa só no cimento que fica tudo certo."

Saltitando atrás dele, ela falou: "Posso limpar o jardim para você. Sou boa nisso".

Ele pegou a chave no bolso e destrancou a porta. "Eu gosto do jeito que está."

Ela olhou para trás para se certificar de que não tinha imaginado coisas e, não, aquilo ainda era uma selva de espinhos, trepadeiras enroscadas e arbustos secos.

Ele estava errado antes, quando disse que Esme era a mais estranha entre os dois. Essa disputa ele ganhou sem fazer nenhum esforço. Era de longe a pessoa mais estranha que ela já tinha visto. Ainda não o conhecia direito, mas havia percebido a estranheza logo de cara. Ele não a olhava nos olhos quando falava, estava todo de preto, gostava daquele jardim desolado e dizia um monte de coisas esquisitas. Isso deu esperança a ela.

A esquisitice era uma coisa boa. A esquisitice era uma oportunidade. Além disso, ela também era esquisita. Só não tanto quanto ele.

"Você é bem... mente aberta", ela arriscou.

Ele a olhou como se estivesse diante de uma louca, e ela se repreendeu mentalmente.

"Por que você estaciona na rua se tem isso aqui?" Ela apontou para a garagem. A julgar pelo tamanho da porta, ele podia guardar dois carros ali dentro. Não fazia sentido parar um carro tão bonito na rua. A não ser que ele tivesse três, mas ela duvidava que ele tivesse dinheiro para tanto, com base no estado do jardim e da casa.

Em vez de responder, ele entrou em casa. Ela se perguntou se ele não tinha ouvido ou se a ignorou de propósito, mas deixou pra lá. A casa era mais estranha por dentro do que por fora, com um carpete grosso mais parecido com grama do que o gramado da frente, aparelhos de ginástica na sala principal e decorações e cortinas de outra época. Depois de deixar os sapatos no chão, ela seguiu Khải por um corredor estreito, e as fibras do carpete macio abraçavam seus pés descalços a cada passo.

Ele pôs sua mala em um quarto pequeno que tinha uma escrivaninha, um sofá e um armário. Quando ela reparou no papel de parede antigo, seus olhos se encheram de lágrimas. Ursos de pelúcia, bolas de praia, sapatilhas de balé e bloquinhos de montar. Aquele tinha sido um quarto de criança. Ela passou os dedos pelas sapatilhas de bailarina. Jade adoraria aquilo.

47

"Este é o seu quarto", ele falou. "Você vai ter que se virar com o sofá."

"É bonito. Obrigada, Anh Khải." Ela nunca tinha dormido em uma coisa tão confortável como um sofá na vida. Ela nunca *teve* um sofá. Mas não mencionou isso. Agora ela era Esme, a contadora sofisticada. A Esme contadora provavelmente tinha um apartamento bonito com dois ou três sofás e nunca havia dormido em uma esteira de palha em um chão de terra batida.

A menina solitária do campo dentro dela olhou para aquele sofá grande e vazio e sentiu saudade de casa de novo. Ela queria a esteira de palha, o chão de terra, a casa de um cômodo e os corpos adormecidos de sua menininha, avó e mãe. Estava exausta, mas não sabia como conseguiria dormir sozinha.

"O telefone ali na mesa é para você." Ele apontou para a mesa antes de se virar para sair.

"Espera um pouco, para *mim*?" Ela correu para a escrivaninha e levou a mão ao aparelho prateado e reluzente, mas fechou os dedos antes de tocá-lo. Seria uma pena manchar aquele celular chique com seus dedos.

"Minha mãe falou que você precisava de um chip novo, mas um aparelho novo é mais fácil. Se não gostar, acho que posso trocar pelo modelo maior."

Mas isso custaria ainda mais. "É *novo*", ela falou.

Ele enfiou uma das mãos no bolso. "É." Disse, como se fosse a coisa mais normal do mundo.

"Você tem como devolver?"

Ele franziu a testa e inclinou a cabeça para o lado. "Acho que não. Você não gostou mesmo?"

Ela apertou as mãos uma contra a outra. "Não, eu *gostei*, mas..."

"Então problema resolvido. Todo seu."

Uma onda de calor subiu até seu rosto, mas ela conseguiu se obrigar a dizer: "Eu pago para você assim que começar a trabalhar". Esperava ganhar o bastante para isso. Em seu país, precisaria economizar quase o salário todo em um ano para pagar um aparelho tão chique.

"Não precisa."

Ela ergueu o queixo. "Preciso, sim." Era importante deixar claro que ela não se casaria por dinheiro. A questão para ela nunca foi dinheiro. Aliás, até gostou de ver que ele *não* tinha tanto dinheiro quanto os vizinhos. Eles combinavam mais assim. Ela não precisava de um homem rico. Só de alguém que fosse seu. E de Jade.

Ele se limitou a encolher os ombros. "Você que sabe. Vou esquentar o jantar. Venha comer quando estiver com fome."

Os ombros dela despencaram. Ele não entendeu que ela queria conseguir as coisas por seu próprio esforço. "Vou ligar para casa primeiro, tudo bem?"

"Sim, pode ligar."

Assim que ele saiu do quarto, ela fechou a porta com todo o cuidado, tirou o cabo branco do carregador do aparelho e se sentou no sofá, olhando para seu celular *novo* incrivelmente chique. Ela não estava esperando por isso, de jeito nenhum. Era de longe o melhor presente que alguém poderia lhe dar. E ele nem gostava dela.

Ele era estranho e insensível e muito provavelmente um assassino profissional, mas, quando ela observava suas ações, só o que via era bondade. Cô Nga estava certa. Khải *era* mesmo ótimo. Realmente ótimo.

Ela tinha memorizado como fazer ligações internacionais dos Estados Unidos antes de ir embora e digitou o número do celular de sua mãe, que atendeu no primeiro toque. "Oi, Má."

"Vamos, vamos, me conte tudo."

"Primeiro, como Ngọc Anh está? Posso falar com ela?"

"Ela está bem, empolgada para ter um pai em breve. Fale um pouco comigo. Como estão as coisas? Gostou dele?", sua mãe perguntou.

"Sim, eu gostei dele."

Sua mãe soltou um *hmmmmm* de satisfação do outro lado da linha. "Que bom. E a casa dele? É bonita?"

"Eu gostei", Esme falou. "O quarto onde vou ficar tem um papel de parede bem bonito. Se Ngọc Anh visse, ela ia gostar. Tem um sofá aqui para mim."

"Você não vai dormir com ele?"

Ela revirou os olhos. "Não, Má. Eu não vou dormir com ele. Esqueceu? Ele não quer uma esposa."

"Isso não significa que ele queira dormir sozinho."

"Eu acabei de descer do avião", explicou para a mãe. Ela precisava de algum tempo para que seu poder de sedução fizesse efeito sobre ele. Isso se ela ainda tivesse algum. Como trabalhava tanto, não tinha tempo para sair com ninguém. Nem vontade. Só de lembrar os olhares de sua mãe e sua avó quando descobriram que ela estava grávida já bastava para tornar qualquer homem desinteressante.

"Ah, é verdade, a viagem é longa", sua mãe falou. E, depois de um instante de silêncio, continuou: "Você não pode desencaixar um dos pés do sofá e dizer que quebrou?"

"Por que eu faria isso?"

"Para dormir com ele, filha minha."

Esme afastou o telefone da orelha e ficou olhando para a tela. Quem era aquela mulher do outro lado da linha? Tinha a voz da sua mãe, mas não falava as mesmas coisas. "Eu não posso fazer isso. É *errado*."

"Tudo bem, esquece o que eu falei", sua mãe resmungou. "Aqui, fale com a sua menina."

"*Má*." A vozinha fez o coração de Esme derreter e se partir ao mesmo tempo. Ela deveria estar lá, e não ali, do outro lado do mundo, correndo atrás de um homem.

"Oi, minha menina. Tenho tanta saudade de você. O que você tem feito desde que eu fui embora?"

"Eu peguei um peixão no lago ontem. A bisa matou ele batendo numa árvore, e depois disso nós comemos no jantar. Meu peixe estava *gostoso*."

Esme cobriu os olhos com a mão. *Matou ele batendo numa árvore...* A Esme contadora teria ficado chocada com essa conversa. Não só ela não teria uma filha de cinco anos fora do casamento, como sua filha jamais precisaria capturar o próprio jantar. E com certeza ninguém bateria nada em uma árvore para matar.

Mas pelo menos sua menina estava feliz. Era pecado tirar uma vida, mesmo a de um peixe, mas Esme sacrificaria de bom grado um cardume inteiro de trutas para distrair Jade da saudade que sentia da mãe. Ela pôs os pés para cima e apoiou a cabeça cansada no braço do sofá enquanto Jade tagarelava sobre peixes, minhocas e grilos. Quando suas pálpebras se fecharam, quase conseguiu sentir o sol do Việt Nam em sua pele, quase sentiu a filha em seus braços. Ela adormeceu com um sorriso nos lábios.

5

Alguma coisa molhada caiu sobre o rosto de Khai. E de novo. Como gotas de chuva. Só que ele estava na cama. Seu telhado estava com goteira? A casa ia desabar em cima dele?

Ele abriu os olhos e quase gritou.

Esme estava de pé do lado da cama, ensopada e coberta apenas com uma toalha.

"Acho que quebrei seu chuveiro. Tem água por toda parte." Ela puxou a toalha mais para cima do peito.

Ele se sentou, esfregou o rosto e se preparou para sair da cama. "Deixa que eu arrumo. Deve ser só o ajuste de... *Merda*."

Puxou rápido a coberta para cima do quadril. Estava com uma ereção gigantesca. Ela não precisava ver isso. Havia uma barraca grotesca armada em sua cueca boxer, e Esme provavelmente acharia que era uma reação a *ela*. Mas não era.

Na maior parte dos dias, ele acordava assim, não porque fosse um viciado em pornografia ou coisa do tipo. Era só uma resposta natural aos níveis de testosterona pela manhã. Ele os dispensaria de bom grado. Sua rotina matinal seria bem mais eficiente se não precisasse bater uma no chuveiro todos os dias.

Quando a pegou olhando para seu peito e sua barriga, porém, ele parou de pensar em eficiência e níveis inconvenientes de hormônio. Ela mordeu o lábio, e ele podia jurar que sentiu os dentes dela em seu próprio lábio. Os músculos de sua barriga se contraíram, e seus sentidos ficaram mais aguçados. Ela era bonita mesmo sem maquiagem, saudável, mais *real*. As gotas d'água em sua pele lisa se destacavam na claridade, atraindo-o. Algo lhe dizia que deviam ter um gosto melhor que a água normal. Ele não achava que isso fosse possível, mas sentiu seu pau ficar ainda mais duro.

Porra.

Fazendo o possível para esconder aquela ereção infernal, ele se levantou da cama e foi mancando até o banheiro — o único cômodo reformado da casa. Então parou diante do chuveiro e ficou olhando abismado enquanto luzes de todas as cores piscavam e água jorrava de buracos escondidos no teto e nas laterais do boxe. Como ela tinha feito aquilo? Ele não sabia que seu chuveiro tinha um modo lava-jato.

"O chuveiro quebrou? Eu pago o conserto", Esme falou.

"Não, acho que você só apertou os botões errados." Vários botões errados. Talvez todos ao mesmo tempo. Ou talvez fosse como um videogame em que você precisa apertar os botões na ordem certa. Sem querer ela descobriu a combinação secreta que não era revelada no manual.

Não tinha jeito. Ele precisava entrar no boxe.

Respirou fundo e entrou de cueca. A água quente o atingiu de todas as direções, encharcando seu cabelo e massageando seus músculos. Teria sido bom, se não fossem as luzes piscando, a cueca agora molhada e a plateia. Quando chegou ao painel de controle, apertou o botão de liga e desliga. As luzes coloridas pararam de piscar, e o dilúvio cessou. Um pouco de água residual ainda escorria e caía no chão em pingos íntimos.

Ele puxou os cabelos para trás e falou: "Vem cá, vou mostrar para você como ligar".

Abaixando a cabeça e segurando a toalha no peito, ela foi para o lado dele.

"Primeiro você aperta o botão para ligar, aqui. Ele também serve para desligar. E eu geralmente só uso o modo chuva, que é aqui. Só dois botões. Assim, está vendo?" Ele apertou os botões, e a água começou a cair suavemente sobre eles dois. "Entendeu?"

Ela fez que sim. "Você consertou?"

"Não estava quebrado."

Ela deu um suspiro aliviado e um sorriso. Quando a água caiu em seus olhos, ela passou a mão no rosto, mas não adiantou nada. Eles estavam no boxe com o chuveiro ligado. A cada segundo, a toalha ficava mais ensopada. Ela precisava tirá-la do corpo.

Mas então ficaria nua. Com ele. Cercada de água e vapor e paredes de pedra suadas.

Aquele estranho estado de consciência ampliada voltou, dessa vez mais forte. O rugido da água ficou mais alto, e ele sentia cada gota se dissolver em sua pele como um pequeno beijo. Imagens dele tirando a toalha molhada surgiram em sua mente, mas o corpo dela continuava difuso do peito até as coxas. Ele não sabia como visualizá-la sem a toalha. Mas queria. Não, não queria. Sim, queria. Não, não queria mesmo. Ele não precisava daquele tipo de imagem rondando sua mente pervertida.

"Nós somos espertos, hein?", ela falou com um sorriso. "Estamos lavando roupas, toalhas e tomando banho ao mesmo tempo. Economizando água."

"Não acho que estamos ficando mais limpos."

Ela abaixou a cabeça e tirou a água dos olhos. "Estou só brincando."

"Você alguma vez fala sério?", ele perguntou.

Ela levantou um dos ombros elegantes e tentou dar um sorriso inocente para ele. "Só quero que você seja você mesmo quando está comigo."

"Eu sou." Não era? Ele com certeza não estava fingindo ser outra pessoa, mas, se analisasse as coisas objetivamente, era isso que as pessoas perto dele costumavam querer — que ele agisse diferente, de um jeito mais apropriado, mais intuitivo, mais atencioso, menos excêntrico, menos... ele mesmo. Sério que ela não se incomodava com seu jeito?

O sorriso dela cresceu, mas ele não conseguiu fazer nada além de encará-la. Que mulher estranha, incompreensível e linda. Ela dizia coisas tão esquisitas e sorria *o tempo todo*. Os dedos dele coçaram para tocar aquele sorriso, mas ele deu um passo para trás para se preservar.

"Vou deixar você tomar seu banho. Fique à vontade para usar aquela outra toalha ali."

Ele fugiu. Quando se deu conta, estava no closet, pingando no carpete enquanto olhava apático para as roupas pretas penduradas nos cabides. Seu coração batia como se ele tivesse tomado cinco latas de Red Bull, e seu pau tinha feito obscenidades na parte da frente da cueca molhada.

Foi necessário um esforço consciente para lembrar qual era o dia da semana e a sua respectiva programação, e então a frustração tomou conta de seu corpo. Ela havia atrapalhado tudo com aquele fiasco do chuveiro. Não dava nem para escovar os dentes com ela lá. Não sem vê-la por inteiro, o que, para ser sincero, ele provavelmente até que ia gostar... Ele bateu a cabeça na parede do closet. Maldição, ele precisava parar com aquilo.

Determinado a colocar o resto do dia em ordem, vestiu suas roupas de ginástica, amarrou os cadarços dos tênis de treino, pegou a escova e a pasta de dente extras que guardava no armário de roupas de cama e foi para a cozinha escovar os dentes na pia, engolir uma barrinha de proteína e beber um copo d'água. Era uma manhã de domingo, e isso significava que era dia de malhar peito, braços e costas. Se relaxasse a rotina de exercícios, ele começava a perder peso muito rápido e não gostava disso. Acabava lembrando muito de quando era mais jovem, desajeitado e extremamente embaraçoso. Ele ainda podia ser embaraçoso às vezes, mas desajeitado, não. Tinha condicionado seus músculos com horas e mais horas de treino.

Como sempre, foi para a sala e assumiu seu lugar no aparelho adequado. Enquanto levantava quase sessenta quilos acima da cabeça, percebeu que Esme entrou na cozinha, se serviu do banquete de frutas fornecido por sua mãe e pegou um copo d'água, que depois esqueceu no balcão, mas continuou concentrado e realizou com eficiência suas cinco séries de cinco repetições.

Quando terminou de treinar os bíceps, não sabia mais onde Esme estava, mas tudo bem. Ela era adulta. Não precisava de supervisão. Ele começou suas séries na barra, cinco de dez repetições.

Um, dois, três...

Antes ele detestava a barra, mas, depois que ficou bom nesse exercício, passou a gostar. Conseguia sincronizar perfeitamente a respiração com a flexão dos músculos.

Quatro, cinco, seis...

Se tentasse, provavelmente conseguiria fazer um número absurdo de repetições antes de exaurir o corpo, ainda mais se não estivesse com um peso de dez quilos preso na cintura.

Sete, oito, nove...

Um movimento lá fora chamou sua atenção, e ele ficou paralisado com os pés ainda acima do chão. Esme estava no quintal, com um rabo de cavalo, uma calça larga de estampa floral — aquilo era uma *calça Hammer?* — e uma camiseta branca sem nem um maldito sutiã por baixo. Os seios dela balançavam de um jeito sedutor enquanto ela cortava uma árvore com... uma de suas facas japonesas de cozinha.

Quando os pés bateram no carpete com um baque forte, ele ficou vagamente consciente de que por sorte não se machucou com o peso pendurado entre as pernas. Ainda assim, não conseguia desviar os olhos da janela.

Ah, droga, era o cutelo. Ela estava derrubando uma árvore com um cutelo de carne. Ele duvidava que aquela lâmina tivesse entre suas funções o trabalho de lenhador, mas, como a maior parte da tecnologia japonesa, a faca excedia as expectativas. E ele conseguia ver os mamilos escuros dela através da camiseta transparente.

Era impossível que só ele achasse aquilo absolutamente desconcertante. Era excitante e fascinante, mas assustador, considerando que ela estava armada, e um pouco frustrante, pelo uso tão infeliz de uma faca de tão boa qualidade.

Ele foi até a janela, abriu e perguntou: "Por que você está cortando essa árvore?". Com um cutelo de carne.

Ela puxou o cutelo do tronco estreito da árvore e sorriu para ele como se aquilo fosse perfeitamente normal. "Estou dando uma limpada."

Os lábios dele se mexeram por um tempo sem emitir nenhum som antes que ele enfim dissesse: "Não precisa fazer isso".

"Vou deixar o jardim mais bonito. Você vai ver."

Mas ele não se importava se estava bonito ou não. Quer dizer, não era bem assim. Ele se importava um pouco. Só o suficiente para extrair um prazer perverso de irritar seus vizinhos com sua fachada dilapidada e seu gramado em péssimo estado. Ele pretendia começar a arrumar as coisas, mas a senhora baixinha do outro lado da rua, Ruthie, mandou uma carta ameaçando processá-lo se ele não adequasse o imóvel ao padrão da vizinhança.

Ele fazia quase qualquer coisa quando as pessoas pediam com educação — como era possível ver pela situação em que se encontrava, dividindo seu teto com uma mulher armada com uma faca —, mas se fosse ameaçado...

Ele e Ruthie travavam uma batalha silenciosa, e ele ia acabar com ela. Não importava se a vizinha tinha cem anos.

Esme deu mais uma boa pancada na arvorezinha, e o tronco se partiu em dois. Quando a copa foi ao chão, ela ergueu o cutelo com orgulho e falou: "Eu sou boa com facas".

Ele se afastou lentamente da janela.

Em que número estava mesmo? Não fazia ideia, então recomeçou do início.

Um, dois, três...

Esme deixou a faca de lado e se abaixou para recolher a árvore caída, fazendo sua calça se esticar na bunda de uma forma muito atraente. Não deveria ser sexy. Agora ele tinha certeza absoluta de que era uma calça Hammer. Mas seu pau não estava nem aí. Foi logo endurecendo e pressionando seu short de ginástica.

Ele meneou a cabeça e se forçou a recuperar o foco. A mente no controle do pau. A mente no controle do pau. Ele conseguia. Regra Número Seis, droga.

Quatro, cinco, seis...

A árvore devia ter enroscado em alguma coisa, porque ela começou a puxar com mais força, e sua bunda perfeita, envolvida pela calça Hammer, passou a sacudir como se ela estivesse em um clipe da Beyoncé. Khai ficou olhando, irresistivelmente capturado pela excitação mais confusa de sua vida.

Quando a árvore se soltou, ela cambaleou alguns passos para trás e a arrastou para o canto mais distante do jardim. Esme tinha encontrado uma pá em algum lugar — ele não sabia onde; nem sabia que possuía uma pá —, e voltou para cavar junto à base do tronco recém-cortado. Seus seios pulavam, e o suor brilhava no rosto vermelho, que ela limpou com o dorso do braço.

Ocorreu a ele que talvez devesse ajudar em vez de ficar assistindo a tudo como se fosse um pornô paisagístico. Não se deveria deixar mulheres fazerem qualquer tipo de trabalho pesado. Ele poderia acrescentar isso às Regras. Mas já tinha dito a Esme que não precisava fazer aquilo. Se as mãos dela queriam muito trabalhar o solo do Vale do Silício, que direito ele tinha de acabar com essa alegria? Além disso, ele se opunha por uma questão de princípios, com sua batalha com Ruthie e tudo o mais.

Ele conseguiu tirar os olhos lá de fora e voltou para a barra. Foco. A mente no controle do pau.

Um, dois, três...

Ela se inclinou para a frente, fazendo a calça esticar sobre a bunda de novo, e um grunhido escapou do peito dele. Depois de desencavar uma pedra e jogá-la para o lado, ela voltou a cavar.

Um, dois, três...

Cada vez que enfiava a pá na terra seca, a determinação de Esme crescia. Ela tinha acordado naquela manhã com o celular novo colado no rosto e um cobertor sobre o corpo. Ele a tinha coberto depois que ela pegou no sono. Era um gesto sutil, mas o quarto estava frio. E se ela ficasse doente? Era um sinal. Ele não era perfeito, longe disso, mas era perfeito *para ela*. E para Jade. E ela faria o que estivesse ao seu alcance para se casar com ele.

Seu nome, Khải, significava *vitória*, mas como ele pronunciava, sem a entonação certa, queria dizer *abrir*. Era exatamente isso que ela precisava fazer. Ele era fechado, e ela precisava abri-lo. Sua experiência dizia que, quando se quer abrir alguma coisa, é preciso limpar primeiro para ver com o que se está lidando e depois se esforçar bastante. Esme não sabia fazer muitas coisas, mas era boa em limpar e em se esforçar bastante. Disso ela dava conta. Talvez tivesse nascido para isso.

Ela começaria arrumando o jardim de Khải. Depois passaria para a casa. E, por fim, para a vida dele. Khải tinha dito que não estava insatisfeito com nada, mas ela apostava que era mentira. Por algum motivo, ele tinha erguido um grande muro em torno de si mesmo. Ela iria derrubá-lo, assim como havia feito com a árvore, e encontrar o caminho para o coração dele.

Com isso em mente, continuou limpando o jardim até o sol ficar alto no céu. Então entrou para almoçar com ele e seduzi-lo com sutileza, ou nem tanto.

Mas ele não estava lá.

Tinha largado Esme sozinha em casa sem nem ao menos avisá-la.

6

Quando o despertador de Khai tocou na manhã seguinte, ele deu um tapa no aparelho, se sentou e ficou olhando para o quarto, a vista ainda embaçada. Tinha passado o domingo no escritório para fugir dela, mas ela invadiu seus sonhos. Com sorte, conseguiu dormir umas três horas. Fantasias o atormentaram a noite toda. Sexuais. Estrelando uma certa calça Hammer.

Ele estava oficialmente enlouquecendo, e lá estava a barraca armada de novo. Seu pau estava tão duro que conseguia levantar o edredom pesado sozinho. Ele precisava dar um jeito na situação, mas como fazer isso com outra pessoa logo ali, do outro lado da porta? E se ela aparecesse bem no meio? Nenhuma fechadura da casa funcionava direito. Não eram necessárias até então.

Andando com o pau apontando para a frente como a agulha de uma bússola, ele foi até o banheiro, acendeu a luz e abriu a gaveta do gabinete da pia onde guardava a escova e a pasta de dente. Não estavam lá. Arrancou a gaveta para fora, mas elas não tinham rolado e caído lá atrás. Sabia que as tinha guardado ali na noite anterior. Nunca deixava de guardá-las.

Ele estava alucinando? Estaria no meio de um pesadelo? Ou alguém realmente muito esquisito tinha *roubado* seus produtos de higiene oral? Por que alguém...

Sua escova e pasta estavam na bancada, ao lado da torneira e de um copo da cozinha. Como assim?

Só podia ter sido a Esme.

Ele pegou a escova, pôs um pouco de pasta e enfiou na boca. Enquanto escovava os dentes, olhou o banheiro a seu redor. Ela devia ter se levantado quando o sol nasceu, porque tinha novos detalhes por toda parte. Não estava como na noite anterior. Sua caixa de Kleenex não estava mais paralela à parede, e a ponta do lenço para fora estava dobrada em um triângulo perfeito. As toalhas penduradas nos toalheiros estavam dobradas em três, com uma toalha de mão e uma de rosto por cima. O banheiro estava arrumado, mas era uma arrumação prática? Mal conseguindo segurar um grunhido, ele virou a caixa de lenços como estava antes, laterais rentes à parede.

Durante o banho, usou o condicionador no lugar do xampu, porque ela havia trocado a ordem dos frascos, e teve que aplicar uma segunda vez depois de lavar, o que foi tremendamente irritante. Ao sair, quando pegou a toalha de banho, as menores foram para o chão. Ele se abaixou para pegá-las e bateu a cabeça no toalheiro ao se levantar.

Depois de vestido, saiu do quarto aborrecido, preocupado com o horário e possivelmente sofrendo de uma concussão. Entrou na cozinha com passos apressados e o cheiro o atingiu de imediato. Pungente. De frutos do mar. Tão forte que uma tosse escapou de sua garganta. Esme estava de pé diante do fogão, despejando molho de peixe em uma panela borbulhante de sopa enquanto limpava distraidamente um respingo perto das chamas com um pano molhado.

Por um momento de perplexidade, ele esqueceu os vapores emitidos pelo molho de peixe queimado. Ela estava usando uma camiseta — e nada mais. Uau, aquelas pernas...

Ela sorriu para ele por cima do ombro. "Oi, Anh Khải."

A animação dela o tirou de seu estado de atordoamento, e o cheiro forte de molho de peixe voltou com força total. Era muito potente. Sim, deixava as coisas mais gostosas, mas quem ia querer sentir aquele cheiro o dia todo? E o nome dele, ela continuava falando daquele jeito.

Ela olhou confusa enquanto ele abria todas as janelas e a porta de vidro de correr que dava para o quintal e ligava o exaustor em cima do fogão.

"Para ventilar o cheiro", explicou.

"Que cheiro?"

Ele piscou uma vez, depois outra. Ela não tinha percebido? Estava por toda parte. Devia estar impregnando a tinta das paredes naquele exato momento. "Do molho de peixe?" Ele apontou a garrafa grande em sua mão com uma lula no rótulo.

"Ah!" Ela pôs a garrafa no balcão e limpou as mãos no pano molhado, constrangida. Depois de um momento de tensão, passou por ele para abrir o armário ao seu lado. "Eu já fiz café." Ela ficou na ponta dos pés para pegar uma caneca na prateleira do meio, e a bainha da camiseta subiu, revelando os contornos perfeitos da bunda e a calcinha branca.

Seu pau subiu debaixo da braguilha da calça, um lembrete de que ele havia pulado uma parte importante de sua rotina matinal por dois dias seguidos. Depois do incidente do jardim no dia anterior, pareceu estranhamente plausível que Esme pudesse fazê-lo ter uma concussão, o olfato massacrado e os testículos doendo ao mesmo tempo. A gola folgada da camiseta dela escorregou para o lado e revelou um ombro gracioso, e ele respirou fundo, inalando o cheiro forte do molho de peixe. E os testículos doíam cada vez mais.

Ela pôs a caneca na bancada, serviu o café e a estendeu para ele com um sorriso, os olhos verdes brilhando. Os cabelos castanho-escuros, bagunçados pelo sono de um jeito sexy e com um bico de viúva, emolduravam seu rosto com formato de coração. "Para você."

Ele aceitou a caneca e tomou um gole.

"Está bom?", ela perguntou.

Ele fez que sim, mas na verdade não fazia ideia. Seus sentidos estavam sobrecarregados. Pelo molho de peixe queimando. E por ela. Espuma do mar, concluiu. Não o sabor do café, mas o tom dos olhos dela. Verdes da cor da espuma do mar.

Ela sorriu mais, ficando sem graça depois de um tempo e prendendo o cabelo atrás da orelha. "Por que você está me olhando assim?"

"Assim como?"

"Por tanto tempo", ela disse.

"Ah." Ele se obrigou a desviar o olhar e tomou mais um gole de café para ter algo que fazer. Continuava sem sentir o gosto. "Eu esqueço que isso deixa as pessoas desconfortáveis às vezes." Ele não tinha aquele senso, que a maioria das pessoas tinha, de saber os parâmetros de um contato visual normal, então quando se distraía acabava olhando demais — ou de menos. "Vou tentar melhorar."

Ela pareceu prestes a dizer alguma coisa, mas só se virou e despejou a sopa em uma tigela de macarrão de arroz, que sua mãe fazia artesanalmente — *bánh canh* —, com cebolinha, cebolas fritas, camarões e fatias fininhas de carne de porco. Quando terminou, levou a tigela para a mesa da cozinha e a colocou ao lado de um prato com mangas e outras frutas sortidas fatiadas. Puxando uma cadeira, falou: "Para você".

Ele se aproximou da mesa e olhou para a comida. "Eu não como fruta." E era dia útil. Sua rotina consistia em engolir uma barrinha de proteínas, beber um copo d'água, ir correndo para o trabalho, tomar banho no vestiário de lá, se trocar e estar em seu escritório em menos de uma hora. Mas naquele dia teria que deixar Esme no restaurante primeiro, e agora havia tudo aquilo que alguém teria que comer. Para piorar, ele realmente detestava que o servissem.

Droga.

Ele precisaria lidar com isso por mais três meses. Três meses inteiros com ela em sua vida. Três meses de lenços de papel dobrados, tesão acumulado, confusão, concussões e... frutas.

"Fruta faz bem", ela insistiu.

"Eu tomo um multivitamínico."

"Fruta é melhor que vitamina."

Ele balançou a cabeça e se sentou, sendo que tudo que queria era correr porta afora e começar seu dia. Merecia um prêmio por demonstrar tanto autocontrole. Um título de santo. Melhor ainda, de *cavalheiro*.

Sir Khai, contador certificado.

Ela puxou uma cadeira diante dele e pôs um copo d'água na mesa, apesar de ter outro na bancada. Mas, em vez de se sentar normalmente, ela se sentou em cima da perna dobrada e abraçou a outra na frente do corpo, esperando.

"Você não vai comer?", ele perguntou.

"Já comi."

Então... ela ia ficar assistindo enquanto ele comia? E depois o esquisito era *ele*.

Khai tomou uma colherada do macarrão macio e da sopa condimentada. Estava mais salgada que de costume, por causa do excesso de molho de peixe, mas estava boa. Só que ele não tinha o hábito de tomar sopa no café da manhã. Quando a encarou, ela franziu os lábios e ficou olhando para uma das fatias de manga.

Mas que inferno. Ele não tinha dois anos. Por que aquilo estava acontecendo? Soltando um suspiro resignado, ele pegou a manga e deu uma boa mordida.

Um azedume terrível explodiu em sua boca, e ele se encolheu enquanto seu corpo todo estremecia. *Bleaaaaargh*.

Ela caiu na gargalhada, e ele a encarou, horrorizado.

Que graça tinha aquilo? Ele não conseguia parar de estremecer enquanto se esforçava para engolir um bocado de puro ácido cítrico. Que merda, seus olhos estavam até lacrimejando.

Ela recompôs suas feições e falou: "Desculpa. Está um pouco azeda". Porra, se estava.

Sem dizer nada, ele bebeu um gole do café, estremeceu de novo e bebeu mais um gole. *Argh*.

Essa era sua vida agora. Um inferno.

"Desculpa, eu gosto azedinha assim", ela falou, fazendo uma careta arrependida. "Fica boa com sal e pimenta vermelha."

Ele estendeu sua fatia de manga pela metade. "Você gosta *disso*?"

Ela pegou a fruta de suas mãos e comeu, sem a menor preocupação com a transferência de germes. Ela não se importava com bactérias e doenças? Era como se ela o tivesse beijado — um pensamento ainda mais perturbador. Sorrindo com fiapos de manga verde nos dentes brancos, ela falou: "Gostoso demais".

Ele piscou e terminou o macarrão e a sopa. Com aquele nível de tolerância à acidez, o estômago dela devia ser corrosivo o bastante para digerir um filhote de foca inteiro. A natureza era assustadora, às vezes.

Ela o ajudou a comer o resto das frutas. Sem chance de ele colocar aquilo na boca de novo. Depois de limparem tudo, ela correu para o quarto e voltou em trinta segundos com uma camiseta branca, calça preta e um rabo de cavalo.

Depois de passar em frente à escola para educação de adultos e parar na vaga diante do restaurante da mãe, ele se segurou para não batucar os dedos no volante enquanto Esme pegava suas coisas, soltava o cinto de segurança e descia do carro sem a menor pressa. Assim que ela fechou a porta, ele engatou a ré. Finalmente estava *livre*.

Mas ela deu a volta no carro até o seu lado e gesticulou para que abrisse a janela, o que ele fez, embora não quisesse. *O que foi agora, o que foi agora, o que foi agora?*

Olhando-o nos olhos, ela falou: "Obrigada por me trazer. E sobre o olhar..." Os lábios dela se curvaram num sorriso quase tímido. "Pode me olhar pelo tempo que quiser. Eu não ligo. Tchau, Anh Khải."

Ela se virou e saiu andando em direção à porta da frente do restaurante, o rabo de cavalo balançando a cada passo. Ele estava livre, mas não saiu do lugar. Ainda estava sentindo os efeitos da privação de sono, da rotina destruída, da irritabilidade dos infernos, da dor na cabeça e nos testículos.

Mas algo dentro dele se afrouxou, e ele não se incomodou tanto com a maneira como ela disse seu nome dessa vez. Esperou até a porta do restaurante se fechar para ir embora.

"Aqui, aqui", Cô Nga falou assim que Esme passou pela porta, chamando-a para a mesa onde estava enchendo os pimenteiros. "Sente aqui e me conte tudo."

Esme se acomodou no reservado de couro vermelho e deu uma olhada rápida no restaurante ao redor, observando as paredes cor de laranja, as divisórias vermelhas, as mesas pretas, o aquário grande nos fundos, e sentindo o cheiro familiar da comida sendo preparada. Surpreendentemente, a não ser pelas divisórias, o restaurante não era muito diferente dos que ela conhecia no Việt Nam. Era como se tivesse voltado para casa.

Ali, o cheiro de molho de peixe era bem-vindo. Ela aproximou uma mecha de cabelo do nariz e respirou fundo, mas não sentiu nada. Tinha lavado na noite anterior. Estava limpa. Mas um embaraço desconfortável ainda persistia quando se lembrava dele abrindo todas as janelas e a porta para ventilar um cheiro que ela não tinha percebido.

Cô Nga ergueu os olhos do pimenteiro. "Como vão as coisas?"

Esme encolheu os ombros e sorriu. "É cedo demais para dizer."

"Ele está sendo difícil?", Cô Nga perguntou. "Preciso falar com ele? Ele me prometeu que trataria você como uma noiva."

Esme balançou a cabeça rápido. "Não, ele está sendo ótimo. Nós comemos juntos hoje de manhã e..." Ela pensou em contar para Cô Nga que tinha passado o dia anterior inteiro abandonada na casa dele, mas não teve coragem.

Cô Nga ergueu as sobrancelhas. "E... o que mais?"

"Mais nada." Esme pegou a embalagem de pimenta da mão de Cô Nga e continuou a encher os pimenteiros por ela.

Depois de um tempo, Cô Nga falou: "Tem um segredo para lidar com o meu Khải".

"Segredo?"

"Ele não gosta de falar e é muito inteligente, então as pessoas acham que é um rapaz complicado, mas na verdade ele é bem simples. Se quiser alguma coisa dele, é só pedir."

"Só pedir?" Esme não conseguiu evitar o tom de ceticismo.

"Sim, é só pedir. Se ele estiver calado demais, peça para ele conversar com você. Se estiver entediada em casa, peça para ele levar você a algum lugar. Nunca presuma que ele sabe o que você quer. Ele não sabe. Você *precisa* pedir, mas, quando fizer isso, na imensa maioria das vezes, ele vai ouvir. Na maior parte do tempo pode não parecer, mas ele se importa com as pessoas. Inclusive com você."

Esme observou a expressão séria no rosto da senhora. Cô Nga acreditava no que dizia. "Eu... Certo, Cô."

Cô Nga sorriu e apertou o braço de Esme. "Agora me deixe mostrar como as coisas funcionam por aqui para você começar a trabalhar."

Quando a correria da hora do almoço terminou, ela estava lutando contra as lágrimas. Não se incomodava de carregar coisas pesadas nem de ficar muito tempo de pé — era forte como uma búfala-d'água —, mas tinha esquecido que para servir mesas era preciso falar. Muitas vezes, em outro idioma. E isso era outra coisa que ela fazia tão bem como uma búfala-d'água. As pessoas tinham lhe lançado olhares impacientes enquanto ela se esforçava para falar, um cliente havia gritado com ela, e outro, zombado abertamente de sua cara, e só o que Esme queria era se trancar no banheiro e ficar escondida lá pelo resto da semana.

Ela empilhou as louças sujas no carrinho. Limpou e limpou e limpou a mesa. Passou para a seguinte. Tentou esvaziar a mente se concentrando no trabalho.

Até que lembrou que havia errado o pedido de uma das mesas. Havia corrido até o mercadinho da rua para comprar caramelo, mas depois descobriu que os clientes não tinham pedido *caramelos*, e sim *cogumelos*. Que erro mais vergonhoso. Quem pediria um *bánh xèo* com recheio de caramelo? Ela precisava usar a cabeça. Seus olhos se encheram de lágrimas, e ela piscou furiosamente.

Não chora.

Quando os últimos clientes fossem embora, ela comeria o caramelo e daria boas risadas de tudo aquilo.

Louças sujas no carrinho. Limpar e limpar e limpar a mesa. Passar para a...

Paft! Ela esqueceu de olhar por onde estava indo e derrubou uma cadeira com o quadril. Para seu azar, era justo nessa cadeira que uma cliente tinha colocado suas coisas, e agora havia milhares de papéis espalhados pelo chão.

"Desculpa, mil desculpas", ela se apressou em dizer enquanto se ajoelhava no chão. Mas, vendo ali debaixo, parecia uma tarefa inviável. Os papéis estavam espalhados por todo o salão, embaixo de mesas e cadeiras. Era muita coisa. Seu quadril latejava, sua cabeça doía, e ela queria gritar, mas não conseguia respirar...

"Tudo bem, não precisa se preocupar", uma voz falou em um vietnamita que soava culto.

Quando Esme se deu conta, os papéis tinham sido todos recolhidos, e ela estava sentada a uma mesa, uma vaga lembrança de um par de mãos firmes a ter conduzido para a cadeira e colocado uma xícara de chá em suas mãos.

"Beba devagar", a cliente falou, sentando-se diante dela e a observando com olhos gentis.

Esme deu um gole no chá de jasmim, que estava morno, sedimentoso e amargo, como se saído lá do fundo do bule. Mas mesmo assim a ajudou a se acalmar. Ela passou o dorso da mão no rosto, esperando encontrar lágrimas, mas só sentiu o calor da pele. A senhora a havia amparado antes que ela desmoronasse.

"Eu como aqui sempre e nunca vi você antes. Provavelmente é seu primeiro dia", a cliente falou. Pela aparência, devia ser uns vinte anos mais velha que Esme. Com uma echarpe fina enrolada no pescoço, óculos escuros na cabeça e um vestido elegante de verão, ela exalava sofisticação, embora talvez não riqueza.

Esme assentiu, se sentindo entorpecida.

"É uma recém-chegada, não?"

Não havia necessidade de explicar de onde. Esme se limitou a assentir outra vez. Pela maneira como o horário do almoço terminou, ficou dolorosamente óbvio que ela era nova no país.

A mulher estendeu o braço por cima da mesa a apertou a mão de Esme.

"Vai melhorar com o tempo. Eu não era muito diferente de você quando cheguei."

Esme quase contou que não tinha certeza de que ficaria ali depois que o verão acabasse, mas achou melhor não. Não queria dar detalhes e correr o risco de mudar o julgamento que aquela mulher gentil fez dela. Que tipo de impressão devia estar causando, aliás, sentada e bebendo chá no meio do expediente? Esme se levantou e, enquanto continuava a limpar as mesas, falou: "Obrigada, Cô. Desculpa pelos papéis".

"Meu nome é Quyền, mas pode me chamar de srta. Q. É assim que os meus alunos me chamam."

"Você é professora?"

A srta. Q mostrou os papéis que tinha recolhido do chão. "Exato. Estes são os trabalhos de casa dos meus alunos." Seu rosto se iluminou, e ela falou: "Você pode assistir às minhas aulas. Eu ensino inglês às quintas-feiras. O curso de verão acabou de começar".

Esme respirou fundo, surpresa, e o pano em sua mão ficou congelado no meio da limpeza. Sua primeira reação foi empolgação. Ela adoraria voltar a estudar, seria ótimo não passar vergonha quando falasse com os clientes e...

Não, disse a si mesma com firmeza. As noites não eram para estudar.

Deviam ser usadas para seduzir Khải. Além disso, era melhor guardar o dinheiro que ganhasse para Jade. Era por isso que estava lá, afinal. Por Jade (e para dar um pai para sua filha). Não por Esme. Não podia justificar a decisão se fosse apenas para satisfazer a si mesma.

"Não precisa", ela respondeu por fim. "Eu consigo me virar assim mesmo."

Um sorriso educado surgiu no rosto da srta. Q, que deixou uma nota de dez dólares na mesa, recolheu suas coisas e se levantou. "Então tchau. Se mudar de ideia, a escola para adultos fica logo ali." Ela apontou pela janela para o prédio branco e baixo do outro lado da rua movimentada e foi embora.

Quase com ansiedade, Esme a observou atravessar a rua fora da faixa de pedestres. E só percebeu a folha caída do outro lado do salão quando a senhora já tinha entrado na escola.

Esme pegou o papel e viu que era uma redação escrita à mão por uma pessoa chamada Angelika K. Ela começou a ler e continuou lendo e ficou parada como uma estátua até terminar. Depois olhou pela janela, para a escola.

Angelika K. estava estudando para beneficiar outras pessoas? Ou só porque queria?

7

Na semana seguinte, uma nova rotina se estabeleceu para Khai. De manhã, eles tomavam café juntos. Khai comia o que quer que Esme empurrasse para ele, e ela se empanturrava alegremente de frutas tropicais. Iam para o trabalho, e ele a buscava por volta das seis. Era o horário mais movimentado no restaurante, mas sua mãe garantia que estava tudo sob controle. Khai desconfiava que ela só queria que ele e Esme jantassem sempre juntos.

Não que fosse um jantar romântico à luz de velas ou algo assim, então ele não sabia por que sua mãe se importava tanto com isso. Na maioria das vezes, eles esquentavam o que tinha na geladeira e comiam como dois esfomeados. Às vezes Esme cozinhava, e ele precisava ligar o exaustor e abrir todas as janelas para ventilar o cheiro. Enquanto jantavam, Esme fazia comentários estranhos sobre o trabalho, acontecimentos recentes ou quaisquer que fossem as coisas aleatórias que passavam por sua cabeça, e ele tentava ignorá-la, quase sempre sem sucesso. Depois do jantar, ele se exercitava e via TV com o volume baixo enquanto trabalhava no notebook. Ela usava esse tempo para atormentá-lo de formas novas e cada vez mais criativas.

Na terça-feira, Khai encontrou suas meias enroladas de comprido e guardadas na gaveta como se fossem charutos. Na quarta, ela ficou ouvindo viet pop no último volume no celular enquanto organizava as coisas por cores na despensa, tornando impossível para ele se concentrar na TV ou em qualquer outra coisa. Na quinta, limpou os rodapés, usando só aquela camiseta larga, sem sutiã, e uma cueca boxer dele. Aquilo era a sua roupa de baixo, porra, não um short, e nem cabia direito nela. Ela enrolou tanto o elástico para servir que daria no mesmo se estivesse desfilando de calcinha pela casa.

Quando a sexta chegou, ele já estava fantasiando colocá-la no primeiro voo de volta para o Vietnã. Não conseguia encontrar mais nada na casa, não conseguia dormir e estava tão sexualmente frustrado que seus maxilares até doíam. Se não fossem as ameaças de sua mãe, ele pensaria seriamente em suborná-la para que fosse embora. De jeito nenhum passaria por isso de novo.

Na noite de sexta, ele estava na cama, olhando para o teto no escuro e imaginando Esme acenando alegre em despedida da calçada do aeroporto enquanto ele arrancava a toda velocidade, quando de repente a porta do banheiro, que tinha acesso pelos dois quartos, se abriu. O brilho suave da luz noturna do banheiro invadiu seu quarto, iluminando levemente o rosto banhado de lágrimas de Esme, que tateou até sua cama.

Ele se sentou e afastou os cabelos do rosto. "Está tudo bem? O que..."

Ela subiu na cama e foi direto para o colo dele. Enlaçou sua nuca com os braços e, tremendo, o abraçou com força. Com a respiração rápida e irregular, enterrou o rosto molhado em seu pescoço.

Ele ficou imóvel como um manequim. Que diabo ele tinha feito? Tinha uma mulher chorando grudada nele como um polvo. Foi impossível não lembrar que o polvo-de-anéis-azuis era um dos animais mais venenosos do mundo.

Não irrite o polvo.

Depois de limpar a garganta, ele perguntou: "Qual é o problema? O que aconteceu?".

Ela o abraçou com mais força, como se quisesse entrar nele. Ele estava tão acostumado a manter as pessoas longe que não sabia o que fazer com alguém tão próximo. Felizmente, aquele tipo de toque mais firme era aceitável — ele gostava de propriocepção e pressão intensa. Mas a umidade quente que molhava sua pele descoberta o perturbava. Eram lágrimas, não uma neurotoxina mortal, lembrou a si mesmo.

"Eles tiraram ela de mim", falou, com a boca colada ao seu peito. Ele não sabia por que deduziu que Esme tinha dito *ela*. Os pronomes em vietnamita não tinham gênero, então podia muito bem ser *ele*. Não havia razão para se incomodar caso Esme estivesse chorando por um homem. O tremor dela se intensificou, e um soluço rasgou sua garganta.

"Quem tirou quem?"

"O pai e a esposa."

Certo, aquilo não fazia o menor sentido. Ele estava quase certo de que ela tivera um pesadelo. Fazia tempo que ele não sofria com pesadelos — apesar de inconvenientes, as fantasias sexuais não se enquadravam nessa categoria —, mas, quando acontecia, só havia uma coisa capaz de fazê-lo se sentir melhor. Ele a envolveu com os braços e a abraçou.

Um suspiro trêmulo aqueceu seu peito, e ela afundou junto ao seu corpo com um murmúrio. Quase no mesmo instante, o tremor passou. Um tipo incomum de satisfação o dominou, melhor do que períodos perfeitos de tempo ou valores redondos, sem os centavos, no posto de gasolina.

Ele tinha afastado a tristeza de Esme. Normalmente ele provocava a reação contrária nas pessoas.

Continuou a abraçá-la por longos minutos, concluindo que ela precisava de mais tempo para se tranquilizar. Mas talvez ele estivesse gostando de abraçá-la também. Na escuridão de seu quarto, não havia problema em admitir que a sensação era boa e o cheiro dela era bom, parecido com o de seu sabonete, mas feminino, suave; nada que lembrasse molho de peixe. Ele gostou de sentir o peso do corpo dela sobre o seu. Era melhor do que três cobertores pesados. Ele poderia inclusive apoiar o queixo em sua cabeça.

A respiração dela voltou ao normal, e os soluços foram se espaçando cada vez mais até pararem de vez. Ela se mexeu de leve em seu colo, e ele percebeu que estava excitado — extrema e vergonhosamente excitado. Merda. Se ela se mexesse mais, também ia perceber, com certeza.

"Pronto?", ele perguntou.

Esme se afastou e desceu de seu colo, felizmente sem tocar sua ereção furiosa, e ele esfregou o peito onde as lágrimas dela tinham secado.

Um longo silêncio se seguiu. Ela fez menção de começar a falar várias vezes, mas parou. Por fim, sussurrou: "Posso dormir aqui hoje? Em casa eu durmo com Má e Ngoại e... Não vou encostar em você, prometo. A não ser que você queira...". Os olhos dela brilharam misteriosamente ao encará-lo.

A não ser que ele quisesse o quê? Espera, ela estava falando de *sexo*? Não, ele não queria sexo. Na verdade, queria. Seu corpo se entusiasmou com a ideia. Mas a mente tinha controle sobre o pau e tudo o mais. Em sua cabeça, sexo era inseparável de relacionamentos românticos e, como ele não servia para isso, fazia sentido se abster do sexo. Além do mais, contato físico era uma coisa complicada para ele. Abraços em geral eram aceitáveis, porém qualquer coisa a mais provavelmente seria um problema. Já era ruim o bastante ter que instruir o cabeleireiro sobre como proceder. Ele não queria ter que fazer isso com uma mulher antes de transar.

Khai olhou para o espaço vazio na outra metade da cama larga. As cobertas estavam lisinhas, impecáveis. E era assim que ele gostava. Sempre sentia que era uma certa conquista quando acordava e não precisava arrumar o outro lado da cama.

Ela se afastou dele, esfregando o cotovelo. Com uma voz bem baixinha, falou: "Desculpa, eu vou...".

Ele puxou as cobertas. "Você pode dormir aqui, sim, eu acho."

Droga, o que ele estava fazendo? Não queria dividir sua cama. Mas ela parecia prestes a começar a chorar de novo. Não era para ela estar triste. Esme estava sempre feliz, sempre sorrindo.

Ela levou a mão à boca. "Posso mesmo?"

Ele afastou os cabelos da testa. Era uma péssima ideia. Já sabia disso. "Pode ser que eu ronque."

"Minha avó ronca como um motor de moto. Eu não ligo", ela falou com um sorrisão.

Pronto, lá estava. O sorriso. Era importante, por algum motivo. Os músculos dele relaxaram, e só então ele notou que estavam tensos.

Ela entrou debaixo das cobertas e deitou a cabeça no travesseiro, virada para ele. Khai se deitou de barriga para cima, olhando para o teto. Estavam a pelo menos um braço de distância, mas seu coração ameaçava entrar em colapso mesmo assim.

Isso era estranho. Ele já tinha dormido no mesmo quarto que suas primas. Mas era muito diferente. Suas primas não derrubavam árvores com cutelos, nem usavam suas cuecas, nem queriam se casar com ele. Suas primas não corriam para os seus braços quando tinham pesadelos.

Esme, sim.

"Obrigada, Anh Khải", ela falou.

Ele puxou as cobertas até o pescoço. "De nada. Tenta dormir um pouco. O casamento da minha prima Sara é amanhã." Khai franziu a testa ao se dar conta de que não tinha mencionado isso para ela. "Você não precisa ir se não quiser, mas eu sim. Você *quer* ir?"

"Sua mãe já me falou. Eu quero ir." A voz dela vibrou de empolgação, e ele quase suspirou. Pelo menos um dos dois ia se divertir.

"Certo, então. Boa noite, Esme."

"Durma bem, Anh Khải."

Por alguns momentos, ele percebeu que ela o observava. Quase conseguia sentir os raios de felicidade emanando dela e batendo em seu rosto, mas em pouco tempo Esme dormiu. Ela não roncava nem ocupava muito espaço. Mas a mera presença o deixava em estado de alarme.

Havia uma mulher na sua cama, sua vida estava de pernas para o ar e ele tinha um casamento no dia seguinte.

Naquela noite, ele não dormiu nada.

8

Na noite seguinte, enquanto Esme e Khải esperavam pelo início da cerimônia no salão de festas do hotel, todo ornamentado com ouro, a última coisa que ela esperava ouvir dele era: "Está faltando alguma coisa neste casamento".

Ela observou os arranjos florais enormes, os lustres de cristal, a decoração estilo palaciano francês e balançou a cabeça. "Faltando o quê?"

"Pensei que você soubesse."

"Eu?"

"Eu não consigo detectar o que é." Ele limpou a garganta e puxou o colarinho da camisa como se a gravata estivesse apertada demais.

Ela olhou ao redor, mas nada se destacou. Obviamente, Esme não tinha ideia do que esperar em um casamento americano. Ela mal conhecia os casamentos vietnamitas, já que havia pulado essa parte do processo direto para a gravidez. Pelo jeito deviam ser incríveis, se aquilo era o mais próximo da perfeição que ela podia imaginar e ainda assim ele achava que faltava algo.

Um flautista começou a tocar, e uma menininha de maria-chiquinha com um cesto na mão espalhava pétalas de rosas pelo corredor entre fileiras de homens de terno e mulheres usando *áo dài* e vestidos de festa. A noiva usava um vestido diáfano que parecia feito de nuvens. Deu o braço ao seu pai, que a levou até o altar, onde o noivo a aguardava, olhando para ela como se fosse a única pessoa no mundo.

Esme sentiu um nó na garganta e, apesar de tentar ignorar, seu desejo de ter aquilo ficou tão grande que seu peito doía. Ela não precisava de música ao vivo, nem de um lugar tão chique, nem de um vestido tão lindo, mas o resto...

Enquanto a cerimônia prosseguia, ela se pegou olhando para Khải mais vezes do que para a noiva e o noivo. Ele se concentrou nos votos feitos pelo casal com a intensidade de sempre, e ela sentiu vontade de estender o braço e tocar as linhas marcantes de seu perfil, qualquer coisa que a fizesse se sentir mais próxima dele. Os dois estavam lado a lado, porém distantes demais.

Seria seu algum dia? Ele a tinha abraçado na noite anterior, e Esme dormiu bem pela primeira vez desde que chegara. Sem pesadelos sobre o pai playboy de sua garotinha e a esposa herdeira tentando tirar Jade de sua vida, nem a culpa que a acompanhava, de ser egoísta por insistir em ficar com a filha. Ela dizia a si mesma repetidas vezes que não havia feito aquilo apenas para si mesma. Tinha sido principalmente por Jade. Porque seu amor pela menina era forte o bastante para fazer diferença. E foi esse amor que a trouxe até ali, não?

Talvez um tipo diferente de amor pudesse florescer entre ela e Khải. Se ele se abrisse. Ela sentia que estava prestes a se conectar com ele, bem perto mesmo. Talvez acontecesse naquela noite. Talvez quando dançássem juntos.

O casal se beijou, e a multidão aplaudiu. Todos se levantaram quando Sara e o novo marido passaram com sorrisos enormes no rosto. Os flashes das câmeras piscaram, as telas dos telefones se acenderam e bolhas voaram. Uma pessoa anunciou que estava na hora de ir para o salão da festa, e Esme criou coragem e enlaçou Khải pelo braço. O corpo dele ficou tenso ao ver os dedos dela na manga do paletó. Ela prendeu a respiração, terrivelmente consciente de como sua mão parecia feia nele. Aquelas unhas curtas e dedos nada elegantes. Sua mãe tinha mãos bonitas e costumava lamentar por Esme não ter puxado isso dela. Dizia que Esme tinha mãos de caminhoneiro.

Comentários bobos passaram por sua cabeça, coisas que ela diria para tentar fazê-lo sorrir, mas preferiu ficar em silêncio. Estava ansiosa demais para ser engraçada. No fim, ele não relaxou, mas também não tentou se desvencilhar. Isso era bom. Certo?

"Ora, não é uma gracinha?", perguntou uma voz feminina em um tom sarcástico.

Uma mulher bonita com franja reta, batom na cor de sua pele e um vestido preto formal se aproximou dele, e Khải largou seu braço para abraçá-la.

"Oi, irmãozinho."

"Oi, Vy."

A mulher espanou uma sujeira invisível dos ombros do terno dele e o inspecionou como uma gata faz com seus filhotes. "Está precisando cortar o cabelo."

"Está bom assim." Mas Khải afastou o cabelo do rosto.

Esme quase se ofereceu para cortar o cabelo dele, mas engoliu as palavras. Aquelas pessoas não eram do tipo que cortavam o cabelo em casa. A julgar pelo lugar em que estavam e pelas roupas de grife, deviam ir a salões chiques que ofereciam xícaras de chá e massagens no pescoço.

Vy franziu os lábios. "Está ficando bagunçado. A não ser que esteja deixando crescer. Talvez combine com você."

"Pode deixar que eu cuido disso", ele falou.

Ela passou a mão na lapela do paletó dele. "Esse é o terno que eu escolhi para você?"

"É."

"Deve ser por isso que eu gostei tanto." Satisfeita, a mulher enfim desviou os olhos de Khải e se concentrou em Esme. "Então aqui está ela."

Esme abriu um sorriso inseguro, sem saber ao certo o que esperar. "Oi, Chị Vy."

Vy apertou sua mão e retribuiu um sorriso igualmente inseguro. "Você é a Mỹ." Os olhos dela passearam pelo vestido verde minúsculo de Esme e por seus braços e suas pernas de fora com uma expressão cautelosamente neutra.

Esme tentou puxar a saia um pouco para baixo sem as pessoas perceberem. Ela deveria ter escolhido outra roupa, algo que uma avó aprovaria e que não tivesse lantejoulas baratas nem glitter, mas só foi entender o que era aceitável quando viu os vestidos conservadores que as mulheres estavam usando. "Eu mudei para Esme quando vim para cá."

"Ah, que bonito", Vy disse em um vietnamita lento e estranho, o que sugeria que não falava o idioma com muita frequência e estava fazendo isso por Esme.

"É do filme da Disney favorito da minha fi... da minha *vida*", ela se apressou em se corrigir, e em seguida mordeu o lábio. Depois de dizer aquilo em voz alta, percebeu que não era um jeito muito elegante de escolher um nome. Ela precisava ser elegante, como Vy, como Khải, como toda aquela gente. "Eu sou contadora. Lá no Việt Nam."

Um sorriso sincero se abriu no rosto de Vy quando ela olhou para o irmão. "Eu não sabia disso. Que perfeito." Ela apertou o braço de Khải como se ele tivesse tirado a sorte grande.

O coração mentiroso de Esme se contorceu e acelerou. Os céus precisavam fulminá-la naquele exato momento, porque ela era uma péssima pessoa. Pelo menos àquela altura tinha uma vaga noção do que era contabilidade. Vinha lendo escondido os livros acadêmicos dele, já que ela supostamente era uma especialista, só que na maior parte das vezes acabava gastando mais tempo nos dicionários.

"Aqui, aqui, aqui, aqui. A Menina de Ouro está aqui", disse uma voz conhecida.

Quando Cô Nga lhe deu um abraço apertado, Esme sentiu um nó no estômago. A mãe de Khải a teria ouvido mentir? Estava com vergonha dela agora? Pelo céu, terra, demônios e deuses, por que estava sendo tão mentirosa? Ela não era assim.

"*Chào*, Cô Nga", Esme falou.

Cô Nga olhou para o vestido verde de Esme e abriu um sorriso de aprovação, sem se importar se ela estava meio que parecendo uma prostituta. "Como você está linda. Gostou da cerimônia? Está se divertindo, Menina de Ouro?"

"Sim, foi linda como um sonho, e..."

"É assim que você se refere a ela agora?", interrompeu Vy. "Você sabe que tem uma filha, certo?"

Cô Nga se afastou de Esme e afagou o braço de Vy. Era para ser um gesto reconfortante, mas era o mesmo movimento que ela fazia para ralar cenouras no restaurante. "Você também é minha menina de ouro."

Uma expressão rígida parecida com um sorriso surgiu no rosto de Vy.

"Hã? Como assim?" Cô Nga agitou as mãos no espaço que separava Esme de Khải. "Por que vocês estão tão longe um do outro? Assim não parece que são um casal de noivos."

Khải revirou os olhos e deu um passo na direção de Esme. "Melhor?"

Cô Nga juntou as mãos, e ele deu mais um passo. "*Ei*, abrace a menina."

Ele bufou e passou o braço em torno dos ombros de Esme, puxando-a para perto. Esme sabia que estava errado — ele tinha sido forçado a fazer aquilo —, mas gostou que ele a abraçasse assim, ali, no meio de tanta gente. Fazia os dois parecerem um casal e a ajudava a se sentir menos como uma penetra.

Alguém chamou Cô Nga no meio do salão, e ela deu um tapinha de leve no rosto de Esme. "Vocês tratem de se divertir, hein? Se precisar de alguma coisa, é só me avisar."

Assim que sua mãe se afastou, Khải tirou o braço dos ombros de Esme, e eles seguiram os demais até um segundo salão, ainda mais dourado que o primeiro. Buquês enormes com ornamentos dourados pairavam acima das mesas, em vasos dourados enormes. Até as taças de champanhe tinham as bordas douradas.

Esme, Khải e a irmã se sentaram a uma mesa redonda para dez pessoas, perto de várias primas dele. As apresentações foram feitas, e cumprimentos foram trocados. Ang*ie*, Soph*ie*, Ev*ie*, Jan*ie*, Madd*ie*. Elas reclamaram que Michael, irmão delas, não tinha ido porque sua noiva não gostava de festas muito grandes e ele estava sob rédea curta. Logo de cara, Esme notou que eram birraciais, assim como ela — algo nelas lhe transmitia certa familiaridade —, mas, em vez de ficar mais à vontade, se sentiu ainda mais deslocada. Elas tinham os modos americanos que faltavam a Esme. E tinham mãos bonitas. Esme se sentou em cima das suas para escondê-las. Não seria bom se Khải também tivesse mãos feias? Assim eles seriam o casal ideal. Quando deu uma espiada nas mãos dele, porém, viu que estavam segurando um livro. Ele estava lendo. Em um casamento.

E usando óculos de leitura de armação preta.

Os óculos o faziam parecer mais inteligente e intenso, absolutamente irresistível. Ele trouxera no bolso? E de onde tinha saído aquele livro? Era sobre algum tema sexy como contabilidade ou matemática?

Ela inclinou a cabeça para ver a capa. Não conseguiu ler o título, mas com certeza tinha uma nave espacial e uma criatura com pele verde e chifres. De forma alguma era uma leitura relacionada ao trabalho. Ele estava ignorando todo mundo, inclusive Esme, naquele casamento caríssimo. Para ler um romance sobre demônios alienígenas.

Sua confusão devia estar estampada em seu rosto, porque a irmã de Khải lançou a ela um olhar de quem pede desculpas.

"Ele sempre faz isso", Vy explicou. "Detesta casamentos, mas é obrigado a vir pela minha mãe. Ele preferiria estar em um seminário sobre escrita fiscal."

Como em um passe de mágica, ele levantou os olhos do livro. "Que seminário sobre escrita fiscal?"

Vy riu e apoiou o queixo nas mãos. "Vocês deveriam conversar sobre impostos. Afinal, os dois são contadores. É um encontro perfeito."

Esme forçou um sorriso. "Me conta mais sobre o seu trabalho."

Ele fechou o livro com o dedo marcando a página, parecendo encantadoramente inteligente e lindo com aqueles óculos. "Ainda estou trabalhando no projeto de preço de transferência. Você já fez esse tipo de trabalho?"

Ela assentiu com entusiasmo, apesar de não fazer ideia do que era aquilo. "Claro." Sem dúvida, ela seria um bagre de latrina em sua próxima vida. Precisava pesquisar sobre *preço de transferência* no dia seguinte.

"Está difícil automatizar o processo garantindo que as transações entre subsidiárias sigam o princípio de plena concorrência. É problemático, porque debaixo do mesmo guarda-chuva existem subsidiárias muito diferentes entre si. Sempre devemos levar em conta os fatores individuais", ele falou.

"Debaixo do mesmo guarda-chuva? Que coisa estranha de se dizer. Mas um pouco fofa também."

Ele deu risada — *ela conseguiu fazê-lo rir* —, e o som era grave, lindo e cheio de vida. Ela queria ouvi-lo rir mais. Muito mais. "Que engraçado. São empresas, não pessoas."

"Empresas têm pessoas."

"Mas não têm sentimentos."

"Se as empresas têm pessoas, e as pessoas têm sentimentos, então as empresas têm sentimentos."

"Com certeza o preço de transferência não tem nada a ver com sentimentos", Vy falou, lançando um olhar de descrença para Esme, que sentiu seu rosto queimar de vergonha.

Mas Khải a surpreendeu quando falou: "Eu gostei do seu raciocínio. As relações transitivas não podem ser ignoradas". Então ele sorriu, e ela se deu conta de que era a primeira vez que via um sorriso de verdade no rosto dele, os cantos dos olhos franzidos e uma covinha de cada lado da face. De uma beleza masculina impressionante. O olhar dele era direto e se deteve por muito tempo nela, mas Esme não se importou. Durante aquele momento, ele era seu. Bom, na verdade era da Esme contadora. A Esme verdadeira não era inteligente.

"E não existe dedução nos impostos por pagamento de suborno no Việt Nam", ela acrescentou, lembrando que isso tinha despertado o interesse dele no dia em que se conheceram. Foi outra coisa que ela teve que pesquisar, mas, quando entendeu do que se tratava, ficou furiosa com o conceito. "Eu odeio suborno."

Ele inclinou a cabeça para o lado. "Isso é surpreendente. Em muitos países, é só mais um custo inerente aos negócios."

"Mas e as pessoas que não têm como pagar subornos? Não podem fechar negócio algum." Era assim que os ricos continuavam ricos, e os pobres continuavam pobres, a não ser que fizessem tramoias, roubassem, dessem uma sorte tremenda ou... se casassem.

"Tem razão." Khải olhou para ela de um novo jeito nesse momento, que fez um calor se espalhar por todo o seu corpo. Aquilo era respeito. Mas seria pela Esme contadora ou pela pessoa por trás das mentiras?

Ela vasculhou a mente em busca de outras coisas para dizer que pudessem manter aquele olhar, mas ele voltou a puxar o colarinho como se o estivesse sufocando, bebeu um gole de água gelada e limpou a garganta, já distraído. "Está faltando alguma coisa neste casamento."

Ela apontou para a cadeira vazia ao seu lado. "Está faltando uma pessoa."

"Esse é o lugar do Quan. Ele me avisou que não ia poder vir. Não é isso." Mas ele ficou olhando para a cadeira vazia por uns minutos sem dizer nada. Havia alguma coisa errada. Dava para perceber pela maneira como ele ficava folheando as páginas do livro o tempo todo com o polegar no canto. *Flaaap. Flaaap. Flaaap.* Esme nunca o tinha visto tão inquieto assim.

O que poderia estar faltando nesse casamento perfeito?

Garçons e garçonetes serviram a salada, seguida do prato principal, que consistia em um pedaço sangrento de carne vermelha e uma cauda de lagosta. Onde estavam a deliciosa cabeça da lagosta e as patas borrachudas? Ela estava espetando a carne da lagosta com o garfo e raspando a casca com a colher — as pessoas ali agiam como se fossem morrer se encostassem os dedos na comida — quando os noivos e toda a sua comitiva foram até a mesa deles. Todos se levantaram para brindar ao novo casal, e Khải colocou uma taça de champanhe em sua mão.

Vy e todas as primas ergueram as taças. "Parabéns, Derrick e Sara."

Elas beberam a champanhe e fizeram "Ahhhh" em uníssono quando o casal se beijou. Enquanto as bolhas deliciosas fervilhavam em sua língua, Esme olhou para Khải por cima da borda da taça. Ele já havia trocado a taça de champanhe pelo livro, folheando os cantos das páginas de novo. *Flaaap. Flaaap. Flaaap.*

Ainda achava que estava faltando alguma coisa?

Sara, a noiva, se afastou do marido e foi até Khải. Ela tinha se trocado e usava agora um *áo dài* vermelho de casamento com dragões e uma fênix bordados em dourado, mas Esme sentiu falta do vestido branco com as saias bufantes. Se um dia se casasse, ia usar o vestido de casamento o tempo todo, até na hora de dançar. A tradição que fosse para o espaço.

"Obrigada por ter vindo. Eu sei que você não gosta de casamentos", Sara falou.

Khải continuou folheando as páginas do livro. "Sem problemas."

Sara abriu um sorriso divertido. "Eu lembro que, quando a gente era criança e ia aos casamentos, você e Andy se escondiam no banheiro durante as danças para jogar videogame."

Seus dedos congelaram no livro, e ele ficou estranhamente imóvel. "É isso. Andy."

Sara soltou um suspiro rápido. "O quê?"

"Eu passei a noite inteira pensando no que tinha de errado neste casamento", Khải falou. "Andy. Ele deveria estar aqui."

Depois de um instante de descrença, sua prima desmoronou, e lágrimas gordas começaram a escorrer pelo seu rosto, arruinando a maquiagem tão bem-feita. "Por que você... O que é que eu... Como é que..."

Ela cobriu a boca e saiu às pressas do salão. O noivo ficou um tempão olhando para Khải como se quisesse falar alguma coisa, mas no fim saiu correndo atrás da esposa sem dizer nada. Todas as pessoas da mesa trocaram olhares, em um silêncio perplexo.

"Quando quiser ir embora me chama." Khải bateu com o livro na perna e se virou para sair.

Esme fez menção de segui-lo. "Eu vou com..."

"Não, pode ficar, dançar e se divertir. Eu vou ficar lá fora." Ele apontou para a saída, afastou os cabelos dos olhos e saiu.

Em pé, paralisada, ela o viu contornar as mesas redondas e sair do salão. Quando a porta se fechou, ela afundou na cadeira, que agora estava entre dois lugares vazios.

O que tinha acontecido? Por que ele estava indo embora? Quem era Andy? Seria um ex-namorado de Sara, alguém de quem Khải gostava mais do que do noivo? Queria perguntar para as outras pessoas da mesa, mas elas estavam cochichando entre si, evitando seus olhares inquisitivos.

Como esperava que ela se divertisse no casamento sozinha? Dançando com um homem qualquer? Com o cara de meia-idade da mesa ao lado, que tinha três cervejas à sua frente, uma jaqueta de couro vermelho e cabelos até os ombros? Ela levou a mão à testa. Não queria dançar com um Michael Jackson asiático. Só queria dançar com Khải.

Ela se levantou da mesa. "Vou atrás dele."

Vy meneou a cabeça. "Ele pode não querer..."

Esme não ficou para ouvir o restante do que a irmã tinha a dizer. Foi correndo atrás de Khải, mas não o encontrou em lugar nenhum. Ele não estava no saguão opulento do hotel, nem nos sofás, nem na área dos manobristas do lado de fora. Estaria lendo em algum banheiro enquanto ela procurava por ele até seus pés latejarem? Ela estava quase batendo na porta do banheiro masculino, mas uma placa ali perto chamou sua atenção.

A placa dizia *Provador de Kieu-Ly*. Quem sabe ele estava ali? Quando viu que a porta estava destrancada, ela entrou.

O lugar parecia ter sido atingido por um furacão. Havia latas vazias de Coca-Cola, embalagens gigantes de batata frita e sapatos espalhados por toda parte. Pilhas de roupas ocupavam todo o espaço do sofá, que era bem pequeno. Nada de Khải.

Ela viu uma porta aberta na parede mais distante e foi abrindo caminho pela bagunça para ver o que tinha do outro lado.

E ficou sem fôlego.

O vestido da noiva estava pendurado no varão da cortina de uma janela alta. O tecido translúcido capturava a luz suave com perfeição. Antes de se dar conta do que estava fazendo, Esme correu até lá e passou os dedos pelas saias. Duvidava que um dia fosse usar algo tão bonito, mesmo em seu próprio casamento, se um dia se casasse. Tinha ouvido as pessoas sussurrarem que era um vestido Vera Wang de *dez mil dólares*.

Mas, ali na sala vazia, lhe ocorreu que talvez *pudesse* usar um vestido como aquele. E não precisaria se casar para isso. Ela poderia colocar aquele vestido. Agora mesmo. Bem rapidinho, só para sentir como era, e depois continuaria a vasculhar o hotel atrás de Khải. Ninguém precisava saber.

Abriu o zíper do vestido verde e o deixou cair sobre seus pés antes de tirar os sapatos, suspirando ao sentir os pés doloridos no carpete. Não estava usando sutiã, e seus seios nus se arrepiaram. Só de calcinha, ela tentou alcançar o cabide do vestido de noiva. Ficou na ponta dos pés e estendeu o braço o máximo possível, mas seus dedos não chegaram lá.

Quando estava se agachando para pular, a porta da sala ao lado rangeu e se abriu.

Não.

Seria a noiva? Iria trocar de vestido *de novo*?

Esme ficou imóvel e prendeu a respiração. Passos comedidos percorreram o recinto. Quem poderia ser?

Ela ouviu o estalo e o sibilo de uma lata sendo aberta, e os passos se aproximaram mais.

Não, não, não, não.

Ela não podia ser pega quase nua daquele jeito. Escondendo os seios com o braço, Esme olhou ao redor da sala, em pânico. Não havia outra saída, só um closet. Sem pensar duas vezes, correu lá para dentro e fechou a porta.

A porta era do tipo veneziana, e pelas frestas ela tinha uma boa visão da entrada da sala. *Passos, passos, passos, passos.* Soavam pesados, masculinos. Seria o noivo? Um funcionário do hotel? Qual seria a coisa mais vergonhosa que poderia acontecer? Considerando sua má sorte, seria justamente o que aconteceria.

Khåi entrou na sala.

Ela encostou a cabeça na porta, se sentindo derrotada. Claro que era ele. Khåi olhou ao redor e se sentou em uma poltrona vazia diante do closet. Depois de dar um gole na Coca-Cola, deixou a lata no chão junto aos pés e continuou a ler o livro com a nave espacial e o demônio alienígena na capa.

Ela quase soltou um grunhido de frustração. Não podia continuar escondida no closet esperando que Khåi terminasse de ler, sendo que ele estava lendo enquanto esperava por ela. Esme precisaria sair e se explicar. Mas como fazer isso sem que ele risse da sua cara?

Ele pegou a lata de Coca e, quando a levou à boca, alguma coisa chamou sua atenção. Seguindo a linha de visão dele, Esme viu seu vestido e sapatos no chão. Ele teria reconhecido suas coisas?

Ah, não, que conclusões ele tiraria disso?

Não tinha jeito. Ela precisava sair e se explicar. Esme pôs as mãos na porta do closet, se preparando para abri-la, mas Khåi deu um pulo.

Inclinou a cabeça para o lado como se estivesse escutando alguma coisa.

Foi quando ela ouviu.

Passos cambaleantes na sala ao lado. Chegaram mais perto. E mais perto. Um baque surdo ressoou, como se alguém tivesse se arremessado contra a parede. Um gemido.

Khåi se afastou da porta. Olhou para a janela antes de se voltar para o closet.

Outra pancada na parede. Os passos ficaram mais altos. Outro gemido.

Com três passadas largas, ele atravessou a sala e escancarou a porta do closet. Seu queixo caiu quando a viu, mas não havia tempo para ficar surpreso. Ele se enfiou lá dentro com ela no momento exato em que um casal entrou cambaleando pela porta.

9

Pelada.

Esse era o único pensamento que o cérebro de Khai era capaz de produzir.

Pelada.

Ele a olhou por menos de um segundo antes de fechar a porta do closet, mas foi o suficiente para ver quase tudo. Ombros expostos, seios grandes que ameaçavam escapar da proteção dos braços, cintura fina, quadris curvilíneos e calcinha branca de algodão com um lacinho no meio.

Deletar, deletar, deletar. Ele fechou os olhos com força, tentando apagar a imagem da mente. Mas isso só tornava os ruídos fora do closet mais altos.

Respirações pesadas. Beijos. Mão se esfregando em tecidos. O *ziiip* de uma calça sendo aberta. Ai, caralho, eles estavam fazendo o que ele estava pensando?

Khai olhou pelas frestas e viu o casal engalfinhado no chão. Não reconheceu a mulher, mas os cabelos loiros indicavam que era uma amiga da família. Com cabelos encaracolados e jaqueta de couro vermelha, o homem não poderia ser outra pessoa que não seu primo Van. Talvez estivesse em busca de uma quarta esposa. Khai não tinha ideia de como aquele visual funcionava tão bem.

Os dois gemeram em uníssono antes de seus corpos começarem a se contorcer de maneira ritmada.

Droga.

Khai se afastou da porta, mas então se pegou olhando para Esme de novo. A luz entrava pela veneziana, projetando listras instigantes em sua pele lisa, destacando o comprimento do pescoço, a curvatura dos seios e...

Regra Número Seis.

Ele cobriu os olhos com uma das mãos e desejou estar em qualquer outro lugar do mundo. Estava cansado de pensar em Andy, fazer as pessoas chorarem e desejar Esme.

A Antártida seria uma boa mudança de cenário. Picos montanhosos glaciais, extensões enormes de neve imaculada, o vazio, a calma, a insignificância do homem...

"Ai, uau. Uau. *Uau*", a mulher gritou. *"Uaaaau!"*

A concentração de Khai foi para o espaço e ele afastou a mão dos olhos. *Uaaaau*? Sério mesmo? Que diabos Van estava fazendo ali?

Um som abafado de engasgo chamou sua atenção antes que ele fosse espiar o casal de novo, e Khai viu os ombros de Esme se sacudirem enquanto ela ria com a mão na boca. Ele supôs que era meio engraçado mesmo, mas não riu junto. Ela havia tirado um dos braços da frente do peito, e ele era capaz de jurar que tinha visto o mamilo. Não dava para ter certeza por causa das sombras, mas tinha uma parte mais escura no...

Inferno. Ele estava no inferno.

Ele se virou para a parede, fazendo de tudo para não reagir ao pornô ao vivo dentro e fora do closet. Era impossível. A mulher gritava cada vez mais alto. Esme também fazia tanto barulho? Ele torceu para que ela não falasse *uaaaau*, e sim outras coisas. Talvez... o nome dele. Seu corpo inteiro se enrijeceu com esse pensamento, e sua pele se tornou ultrassensível. Sua pulsação se acelerou. Ele tentou tomar mais distância dela, mas não tinha mais espaço no closet. Não havia escapatória.

Por quanto tempo aquilo ia continuar? Van e a mulher estavam tentando bater algum recorde mundial?

Por fim, os barulhos aumentaram terrivelmente e então cessaram. Van ficou de pé com gestos cambaleantes e ajudou a parceira a se levantar. Eles ajeitaram as roupas com uma conversa constrangida e em seguida sumiram. Khai ainda contou até sessenta antes de empurrar a porta do closet e sair. Respirou fundo, e o ar cheirava a... Não, ele não ia pensar naquele cheiro. Um tremor involuntário percorreu seu corpo.

Esme o seguiu para fora do closet, com as bochechas vermelhas e quase o mesmo brilho de uma lagosta. Foi pegar o vestido verde e os sapatos — bem que ele os achou familiares. De costas para ele, colocou o vestido pelas pernas e o puxou até em cima. As costas de uma mulher não eram uma das partes do corpo proibidas na nota do rodapé das Regras, então ele se permitiu olhar. Mas ainda assim sentiu que estava fazendo algo errado. A curvatura na lombar dela era uma das coisas mais elegantes que ele já tinha visto.

"Me ajuda?", ela pediu, olhando para ele por cima do ombro.

Seus pés o levaram até ela por iniciativa própria. Com a pulsação rugindo nos ouvidos, ele tateou em busca do zíper e o puxou por toda a extensão graciosa das costas dela, encobrindo aquela pele perfeita. Quando terminou, ela se virou, e seus olhos se encontraram.

"Eu queria experimentar o vestido de noiva", ela murmurou. "Mas não consegui alcançar."

Ele olhou para o vestido pendurado no varão da cortina. Sim, ela era baixinha demais para isso. "Quer que eu pegue para você?"

Um sorriso se abriu no rosto de Esme — um daqueles sorrisos atordoantes e de tirar o fôlego que faziam os olhos dela parecer mais verdes. Ele tinha provocado aquele sorriso. Saber disso fez crescer um calor dentro dele que era melhor do que vestir um blusão recém-saído da secadora.

"Por que você está sorrindo?", ele perguntou.

O sorriso aumentou. "Você não riu."

"Por que eu riria?"

Ela ergueu um dos ombros. "Aonde você foi? Procurei você em todo lugar."

"Eu dei uma volta lá fora. Para espairecer. Eu não sou... muito bom em lidar com pessoas." E aquele salão e hotel pareciam sufocantes. Quando percebeu o que estava faltando, ele começou a reparar em todos os lugares onde Andy deveria estar. Bebendo alguma coisa no bar, conversando com os padrinhos do noivo, ao lado de Khai...

"Eu também não sou muito boa em lidar com pessoas", ela falou.

Isso foi uma revelação para Khai, e quando a olhou nesse momento as imperfeições dela se tornaram evidentes pela primeira vez. Uma das sobrancelhas era mais arqueada que a outra. O nariz não era tão reto quanto ele achava. E, no lado esquerdo do pescoço, havia uma pequena marca de nascença. Ela não era uma imagem photoshopada de revista. Era uma pessoa de verdade, que tinha seus defeitos. Estranhamente, isso a deixou ainda mais bonita. Ela também era inteligente à sua própria maneira um tanto esquisita, com um senso de justiça que se aproximava do seu. Não era nada do que ele tinha imaginado no início.

Ela deu um passo em sua direção e, quando mordeu o lábio, os olhos dele acompanharam o movimento, fascinados pela maneira como os dentes brancos arranhavam a pele carnuda e vermelha. E se ele se inclinasse e a beijasse?

Ela deixaria? Como seria a sensação de ter as duas bocas coladas uma à outra? Daqueles lábios vermelhos contra os seus? Mergulhar naquela boca e tomá-la para si...

Alguma coisa roçou de leve sua mão.

Fria. Inesperada. Errada.

"O que..." Ele se afastou por reflexo, de um jeito rápido e violento demais, que a assustou e a fez dar um passo para trás com os olhos arregalados.

"Desculpa", ela falou, levando a mão ao peito. Ela o havia tocado, talvez para segurar sua mão, e ele a assustou. Ele detestava assustar as pessoas.

As explicações se acumularam em sua língua, mas ele não sabia por onde começar. Não sabia nem se deveria tentar. De que adiantava? Depois do fim do verão, eles nunca mais se veriam de novo.

A impressão do toque dela permaneceu em sua pele, nítida e desagradável, e ele sabia por experiência própria que a sensação não ia passar até o dia seguinte. Toques suaves provocavam isso, e era pior quando o pegavam de surpresa. Como ela havia feito. Se tivesse avisado antes, se tivesse encostado nele da maneira certa, talvez... Ele balançou a cabeça para afastar aqueles pensamentos. Não havia nenhum talvez.

O incidente com Sara confirmou que ele não tinha sido feito para manter relacionamentos. Sendo assim, ele não podia incentivar nenhum tipo de toque. E se... — não sabia ao certo — e se eles explorassem a atração que sentiam um pelo outro e ela se apaixonasse? Seria uma tremenda irresponsabilidade da parte dele, não? Khai nunca seria capaz de retribuir esse amor. Só a magoaria. E ele jamais ia querer isso. Ela merecia ser feliz.

Quando esfregou a mão na perna da calça para tentar aplacar a sensação, ela observou seus movimentos, franzindo os lábios.

"Se quiser ir comer bolo e dançar, eu não ligo de esperar aqui." Mas ele não iria junto. Não queria mais saber daquele salão. Talvez fosse covardia sua, mas não queria mais ver Sara chorando.

"Não, não, vamos embora." Ela abriu um sorriso para ele e saiu da sala com passos firmes.

Enquanto caminhavam pelos corredores luxuosos do hotel, Khai percebeu que ela não pôs mais a mão em seu braço. Manteve uma distância razoável, e ele não sabia se estava decepcionado ou aliviado com isso. Realmente não gostou do que ela havia feito lá dentro, mas gostava ainda menos daquilo.

O chão tremia com as batidas ritmadas da música quando eles passaram pela porta do salão onde a festa acontecia. As danças tinham começado. Isso significava que o jantar tinha acabado, o bolo de casamento com frutas frescas tinha sido servido, os discursos tinham sido proferidos e o casamento basicamente se encaminhava para o fim.

Andy tinha perdido tudo isso.

Ele deveria estar lá. Provavelmente teria sido um dos padrinhos do noivo. Se não, com certeza da noiva. Teria sentado perto de Khai na cerimônia e na festa. Teria feito um discurso que deixaria Sara morrendo de vergonha e faria todo mundo rir. E, naquele momento, estaria dançando, porque era o casamento de Sara, e ele era um bom irmão.

Khai sentiu um peso nos ombros, no peito e nos pés por Andy *não* estar lá dançando. Puxou o colarinho de novo, porque estava se sentindo sufocado. Pelo menos agora sabia o que estava errado. Seu senso de ordem exigia isso. As coisas não estavam no devido lugar.

Era muito importante para ele que as coisas estivessem em seu devido lugar.

Quando voltaram para a casa de Khải, ele estacionou na rua de novo. Esme queria saber por que ele não gostava de usar a garagem, mas não queria perguntar. Não conseguia esquecer como ele limpou a mão depois que ela o tocou.

Por que ele tinha reagido como se estivesse com nojo?

Ele estava com aquele olhar que os homens têm quando querem beijar alguém. Ela *conhecia* aquele olhar. Ou pelo menos achava que sim. Naquele momento, tudo o que queria era que ele fosse em frente. Não tinha nem pensado em casamento, *green card* ou num pai para sua filha. Estava fascinada demais pela intensidade daqueles olhos e a atração que a empurrava para ele. Queria sentir os lábios dele nos seus, queria mais proximidade, queria conhecê-lo.

Mas ele a afastou.

Enquanto tomava banho e se preparava para dormir, seus olhos se encheram de lágrimas algumas vezes, mas ela não chorou. Já tinha sido rejeitada antes. Não era novidade. Só significava que precisava insistir um pouco mais. E isso ela podia fazer. Com certeza não ia desistir.

Determinada, vestiu sua camiseta favorita, atravessou o banheiro e abriu a porta do quarto dele como se fosse a dona da casa. Ele se apoiou em um dos cotovelos e franziu a testa enquanto afastava dos olhos os cabelos compridos demais. As cobertas tinham escorregado, revelando o peitoral definido e parte da barriga sarada. Que homem lindo.

Antes que ele pudesse arrumar uma desculpa para expulsá-la, ela audaciosamente se instalou na metade vazia da cama e se deitou de lado, de frente para Khải. Sua camiseta colaborou e expôs um de seus ombros e boa parte do colo. Ele olhou. Ela percebeu. E, como tinha a atenção dele, estendeu o braço para puxar os cabelos para cima, longe do pescoço. O movimento fez a gola da camiseta descer mais e ficar escandalosamente baixa. O ar frio tocou boa parte de seu peito, e ela não se cobriu, apesar de estar com o coração disparado.

O pomo de adão de Khải subiu e desceu, e ela pôde ouvi-lo engolir em seco antes de se deitar e virar de costas para ela, que se segurou para não abrir um sorriso satisfeito. Ele não era imune a sua presença. Não queria, mas gostou do que viu.

Na iluminação fraca proporcionada pela luz noturna do banheiro, ela observou a distância entre os dois. Ele trabalhava o dia todo partindo do princípio de que as empresas não tinham sentimentos, e a tratava do mesmo jeito em casa. Se ela se esforçasse, conseguiria dar um jeito de mudar isso.

10

Khai acordou no domingo com a luz do sol entrando pelas janelas e os piados insistentes dos passarinhos tagarelas — provavelmente os mesmos que sempre cagavam em seu carro. Ele estava certo de que passaria mais uma noite em claro, mas, enquanto praguejava contra Esme, aqueles seios grandes e as reações de seu próprio corpo, acabou apagando e dormiu sem interrupções até de manhã.

Ele devia estar muito cansado porque nem percebeu quando ela saiu. O lado dela da cama estava vazio, mas as cobertas estavam todas amarrotadas. Quando estendeu a mão, constatou que estavam frias. Ela já tinha se levantado fazia tempo. Khai torceu para que não estivesse passando suas cuecas, ou cortando a grama com sua tesoura do escritório.

Em vez de procurá-la para tentar minimizar os estragos, porém, ele puxou o travesseiro dela e enfiou o rosto nele. Tinha cheiro de roupa limpa, de xampu... e dela. O cheiro era tênue, mas ele reconheceu. Suave e doce, delicado. Ela havia passado a noite ali, em sua cama, em seu espaço, com ele, e deixado uma parte sua para trás. Khai se permitiu inalar profundamente aquele cheiro mais uma vez, e uma última antes de ficar constrangido e se levantar da cama. E daí se ela era cheirosa? Continuava sendo irritante.

Depois de cumprir sua rotina matinal, foi até a cozinha, esperando encontrá-la toda melada de jaca, cozinhando ou virando sua geladeira de cabeça para baixo. Mas ela não estava lá.

Ele deslizou a porta de vidro da cozinha e foi para o quintal pela primeira vez desde que tinha se mudado para aquela casa. Não havia nada além de grama seca e terra onde ficava a árvore. Não sobraram nem as raízes, e todas as ervas daninhas tinham sido arrancadas. Khai foi obrigado a admitir que ela havia feito um bom trabalho.

Onde ela estava? Esme não trabalhava aos domingos, então sua mãe não podia ter vindo buscá-la — não que ela fizesse isso, preferindo ligar e mandar que ele a levasse.

Esme tinha... ido embora?

Ele tinha torcido por isso a semana toda, mas vendo a cena não ficou tão contente quanto imaginava. Por outro lado, por que ela ia querer ficar depois do que aconteceu na noite anterior? Ele fez sua prima chorar no próprio casamento e depois assustou Esme quando ela tentou segurar sua mão. Tinha demostrado claramente por que razão deveria continuar sozinho.

Um suspiro pesado escapou de seus pulmões, e ele entrou novamente para checar o quarto dela. Esme não estava lá, mas a mala sim. Seu estômago relaxou, e ele se xingou de todos os palavrões que conhecia. Por que cacete ele sentia alívio por ela não ter ido embora?

Que merda, ele devia estar se acostumando com ela. Mas não *queria* se acostumar com ela.

Calçou os sapatos e foi até a varanda da frente. Era um dia quente e ensolarado, mas ainda estava cedo demais para a umidade se instalar. Os pássaros piavam sem parar, deviam estar rindo porque tinham deixado uma surpresa para ele no para-brisa do carro. O gramado estava só parcialmente limpo, mas já era um progresso e tanto. Ele fez uma careta. Ruthie devia estar em êxtase.

Begônias cor-de-rosa e cor de pêssego se abriam nos arbustos podados e no gramado bem aparado do outro lado da rua. Ruthie dava essas flores de presente para os vizinhos às vezes. Ele já tinha visto. Nunca ganhou nenhuma, mas tudo bem. Não queria mesmo aquelas porcarias de begônias.

Nada de Esme à vista. Ele desceu da varanda para ver se ela estava entre a sua casa e a do vizinho, e foi então que viu.

A porta da garagem estava aberta.

Um mal-estar se espalhou por seu corpo, fazendo sua respiração se acelerar e as palmas das mãos suarem. *Por que* a porta da garagem estava aberta?

Ele correu até o espaço vazio e mofado, e a realidade o atingiu como um soco no estômago.

Tinha sumido.

E Esme também.

Quando ele associou uma coisa à outra, uma certeza terrível se instalou em sua mente.

Esme ia morrer.

Esme adorou o mercadinho asiático 99 Ranch. Era como se tivessem tirado um pedacinho de sua casa e o transplantado para o outro lado do oceano. Os trabalhadores eram todos chineses, mas os alimentos eram familiares. Ela conhecia bem aquele cheiro de peixe. Estava empolgada para comer o doce apimentado de tamarindo que encontrou perto da saída. O processo de passar as compras no caixa foi rápido e indolor. Ela entregou uma nota de vinte dólares para o funcionário, que entregou o troco sem dizer nada. Não precisava traduzir nada. Ali, todo mundo se sentia em casa.

Ela saiu com as sacolas de compras e admirou a motocicleta azul parada na frente da porta. Tinha soltado um gritinho de alegria quando a encontrou mais cedo naquele dia. Durante toda a semana, havia passado diante daquela porta na cozinha sem se preocupar em ver o que havia do outro lado. Estava ocupada demais limpando e tentando tramar uma forma de conquistar e seduzir Khải.

Naquela manhã, virou a maçaneta da porta por acidente quando a confundiu com a da despensa e notou que estava trancada. Depois de destrancá-la, acendeu a luz e descobriu uma garagem enorme e vazia, exceto por *alguma coisa* coberta com uma lona, bem ali no meio. Pelo tamanho e formato, desconfiou que fosse uma motocicleta e, quando levantou a lona, suas expectativas se confirmaram.

Um meio de transporte. Como não gostava de pedir carona sempre que queria ir a algum lugar, ela ficava em casa, mas não queria ficar lá presa e abandonada sempre que Khải precisasse sair sem ela. Havia um sistema de ônibus local, mas era intimidante e devia ser lento, com todas as diferentes rotas e conexões. Uma moto, por outro lado, poderia levá-la diretamente a qualquer lugar que ela quisesse.

Não importava que estivesse um pouco arranhada e amassada. Quando virou a chave, convenientemente deixada na ignição, a moto ligou na hora. Esme correu para buscar a bolsa e fechou a porta, e então saiu com diversas possibilidades passando pela cabeça, maneiras de surpreender Khải e deixá-lo viciado em sua companhia. A primeira coisa que lhe ocorreu foi comida. Ela podia preparar alguma coisa fresca e nutritiva, como sopa de bexiga de peixe.

Se sentindo esperançosa e cautelosamente feliz, prendeu a bolsa e os produtos que comprou — que incluíam bexigas natatórias de vinte peixes — na traseira da moto, pôs o capacete e saiu. Havia alguma coisa especial no ar enquanto ela voltava para casa. As casas e as lojas pareciam mais bonitas, e a grama, mais verde.

Quando entrou na Via Expressa Central e rumou para o oeste, os pinheiros altos abraçavam os dois lados do caminho e ocupavam o canteiro central, que separava as pistas de ida e volta. Era engraçado como aquelas árvores tão grandes a faziam se sentir maior — por dentro, que era onde importava. Ela sorriu à medida que passava saída após saída. Em pouco tempo estaria em casa e então faria um almoço para Khải. Depois disso, terminaria de limpar o jardim da frente. Agora que tinha uma moto, poderia ir à loja de jardinagem e comprar coisas como sementes de grama e flores. Podia deixar o jardim bem bonito.

Quando a saída para a casa de Khải se aproximou, ela deu seta para virar à direita, mas, antes que conseguisse mudar de faixa, um carro prateado vindo na outra direção parou no acostamento. Os pneus cantaram e fumaça subiu do asfalto. Era bem parecido com o carro de Khải e, quando a porta se abriu, o homem que disparou para fora não poderia ser outro senão ele.

Por cima do rugido do motor, ela o ouviu berrar: "Para. Desce. Desce agora mesmo".

Seu coração foi parar na garganta e sua boca secou. Seria a polícia? Em que tipo de encrenca ela poderia ter se metido? Diminuiu a velocidade e parou perto do canteiro central como ele tinha feito.

Khải correu até ela. "Desce da moto. Vai logo."

Assim que ele chegou mais perto, ela pôde ver o terror em seu rosto geralmente tranquilo e começou a tremer. Devia haver algum problema com a motocicleta. Poderia ser um risco de explosão?

Ela baixou o cavalete com o pé tremendo, mas, antes que conseguisse ajeitar a moto, Khải a segurou pelos braços e a tirou do assento. A motocicleta tombou de lado, derrubando todas as suas coisas nas pedras e no mato alto.

Os cabelos dele estavam despenteados e seu rosto era uma máscara de fúria. Ela jamais imaginou que Khải pudesse ficar tão bravo. Sem parar para respirar, ele disse: "Por que você levou a moto por que você andou nela eu nunca falei que você podia pegar".

A tremedeira aumentou de um jeito que ela não conseguia se mexer. "De-desculpa. Eu só fui..."

Ele a puxou pela grama na direção de seu carro. "Vamos."

"Mas eu fiz compras. Caiu tudo no chão. E a motocicleta. Alguém vai levar. Eu vou levar de volta..."

"Fica *longe* dessa moto", ele esbravejou.

Quando Esme entrou no carro, ele pôs o cinto nela, afivelou e em seguida deu um bom puxão para garantir que estava bem preso.

Ela se encolheu quando ele bateu a porta com força. Depois que Khải deu a volta e se jogou no assento do motorista, Esme limpou a garganta e falou: "Minha bolsa. Meu dinheiro. Ficou tudo lá, e eu preciso...".

Ele saiu do carro, atravessou o canteiro e se agachou ao lado da motocicleta, mas, em vez de soltar sua bolsa da parte de trás, levou a mão fechada à testa e ficou naquela posição por um bom tempo. Carros passavam em alta velocidade. Um deles diminuiu a velocidade e então acelerou de novo. Outro motorista baixou o vidro da janela e perguntou se eles precisavam de ajuda.

Khải balançou a cabeça e gritou com voz carregada de tensão: "Não, obrigado". Quando o carro se afastou, ele estendeu a mão, tirou a chave da motocicleta da ignição e guardou no bolso. Em seguida, pegou a bolsa dela e voltou para o carro.

O caminho de volta até a casa demorou dois minutos. Esme sabia porque passou o tempo todo olhando o relógio e esperando que ele dissesse alguma coisa, o que não aconteceu. A garagem estava vazia, mas ele estacionou na rua como sempre.

Ela o seguiu até a entrada, sem saber o que falar ou fazer. Quando ele destrancou a porta, ela entrou e tirou os sapatos, esperando que Khải fizesse o mesmo, mas ele deu meia-volta sem dizer nada e saiu andando na direção da rua. Para buscar a motocicleta, Esme entendeu.

"Quer que eu vá com você?", ela perguntou.

Não houve resposta. Ele simplesmente continuou andando, os ombros alinhados e as costas retas, parecendo um assassino profissional saindo para sua última missão.

Esme o observou até ele desaparecer na esquina e então fechou a porta e se escorou nela. Seus batimentos desaceleraram pouco a pouco, mas seu rosto continuava quente, com uma mistura intensa de vergonha e confusão.

Não deveria ter pegado a motocicleta sem pedir. Mas ele era tão tranquilo com o resto das coisas que ela não pensou que seria um problema.

Por que era um problema? Por que ele a mantinha sem uso na garagem? Tinha espaço de sobra lá dentro para a motocicleta e o carro. Por que ele estacionava na rua?

E por que ficou tão furioso?

Não importava o motivo, ela precisava compensar o erro e ia começar a fazer isso imediatamente. Entrou na garagem, pegou a escada que tinha visto mais cedo e a levou para a varanda da frente. Havia tantas folhas entupindo a calha que ela temia que aquilo tudo pudesse cair na cabeça de alguém. A sujeira acumulada também não pegava bem. Depois de firmar bem a escada, subiu e foi jogando punhados de folhas no chão. Tinha limpado boa parte da calha quando Khải apareceu empurrando a motocicleta, guardou-a na garagem e foi até Esme.

Ele trazia as sacolas de compras penduradas nas pontas dedos, mas as deixou cair no chão quando acelerou o passo e segurou a escada, olhando para ela com o rosto todo franzido. "O que você está fazendo?"

Ela jogou outro punhado de folhas no chão. "Está cheio de folhas aqui."

"Desce daí", ele falou em tom firme. "É perigoso."

"Mas eu não terminei. Espera um pouquinho..."

"*Agora*, Esme." As palavras soaram bruscas, mais altas do que ela esperava, e seu pé escorregou da escada.

Ela agitou os braços desesperadamente por um instante de aflição, mas conseguiu se agarrar à calha para não cair. Com o rosto grudado no metal encardido, murmurou um agradecimento ao céu e a Buda. A queda teria quebrado sua bacia.

"Por favor. Desce daí agora", ele falou com voz dura e monocórdia.

Assim que os pés dela tocaram o chão, ele virou a escada de lado e a levou de volta para a garagem.

Esme jogou as mãos para o alto e foi atrás dele. "Por que você está fazendo isso? Eu não terminei." Ainda faltava limpar um bom pedaço da calha, e ela detestava deixar serviço pela metade. Sem pensar, ela o segurou pelo ombro e falou: "Anh Khải, ponha isso de volta...".

Ele se virou no mesmo instante e cruzou os braços na frente do peito para esfregar o ombro que ela havia tocado. "Você precisa *parar* com tudo isso."

"Eu posso terminar mais tarde, mas..."

"Não tem essa de terminar mais tarde. Você *precisa* parar com isso. Está entendendo? Você... precisa... parar."

O lábio inferior dela começou a tremer ao vê-lo falar devagar, exagerando na pronúncia. "Não precisa falar assim comigo. Eu entendo o que você fala."

Ele soltou um ruído de frustração. "Não entende. Você andou reorganizando minhas coisas de um jeito ridículo, cortando árvores com um *cutelo de carne*, mexendo naquela moto, encostando em *mim*. Eu não consigo viver desse jeito."

Quando assimilou o que ele disse, Esme ficou arrasada. "Ridículo?", ela repetiu, em inglês. Aquilo não soava nada bem.

Ele passou as mãos pelos cabelos. "*É.*"

Ela olhou para o gramado parcialmente limpo e limpou as mãos sujas na calça, sentindo o coração minguar e o rosto se incendiar. *Ridículo*. Se ela tivesse mais classe, talvez soubesse o que a palavra significava. Mas, agora que pensava a respeito, talvez não tivesse mesmo muita classe mexendo no jardim, limpando a casa e fazendo esse tipo de trabalho. A Esme contadora provavelmente contrataria alguém para isso. Mas a Esme de verdade, a camponesa Mỹ, que estava sempre cheirando a molho de peixe, só queria ser útil. Ela não tinha se preocupado com as aparências.

Estivera passando vergonha esse tempo todo?

"Eu vou parar", ela se obrigou a dizer.

"Vai mesmo?", ele perguntou, parecendo tão esperançoso que feriu ainda mais o orgulho dela.

Esme assentiu. "Prometo que vou parar agora." Ela teria selado o acordo com um aperto de mão, mas tocá-lo tinha sido incluído entre as coisas que ela precisava parar de fazer. Limpou as mãos na calça de novo, e alguma coisa lhe disse que aquilo que o enojava não era algo que ela pudesse simplesmente limpar.

11

DICIONÁRIO MONOLÍNGUE
Ridículo: que provoca riso ou zombaria; absurdo
DICIONÁRIO BILÍNGUE
Absurdo: *đáng cười*

Ridículo uma ova. Esme ia mostrar para ele que não havia nada de ridículo nela.

Na segunda-feira, começou a encarar as interações com os clientes no restaurante como uma oportunidade para treinar seu inglês. Ela *precisava* melhorar, então se esforçou para conversar com os clientes, apesar de se sentir como uma búfala-d'água mugindo no pasto. Perguntava para as pessoas como estava sendo seu dia; brincava com crianças fofinhas que a faziam se lembrar de Jade; recomendava pratos diferentes. No início, parecia algo estranho e artificial, mas, tirando uma mulher fedorenta que revirou os olhos e tirou sarro dela pelas costas, os clientes não demonstravam incômodo. Depois de um tempo, passou a ser até divertido.

Quando estava limpando as mesas depois do almoço, descobriu que seu "treino" tinha lhe rendido gorjetas melhores. Isso significava que as pessoas *gostavam* de conversar com ela? Isso a fez dar uma risadinha. Talvez ela fosse uma búfala-d'água com carisma.

"Você melhorou bem rápido", uma voz conhecida falou em inglês.

Esme se virou e viu a srta. Q sentada a sua mesa de sempre, mastigando distraidamente seus rolinhos de ovo envoltos em folha de alface enquanto corrigia as tarefas dos alunos.

Ela quase respondeu em vietnamita, mas mudou de ideia. Esme não estava tentando se casar com a srta. Q. Podia treinar seu inglês com ela também.

"Obrigada", ela falou.

Sem levantar os olhos dos papéis, a srta. Q falou: "Pensei que fosse ver você na minha aula semana passada".

"Eu não preciso de aula." Algumas pessoas eram obrigadas a se virar.

A srta. Q meneou a cabeça e continuou fazendo traços rápidos com caneta vermelha nos trabalhos. "Você se sairia melhor com as aulas."

Esme mordeu o lábio, frustrada. Ela sabia que se sairia melhor com as aulas. Adorava estudar, adorava professores e adorava levantar a mão o tempo todo. Sempre tinha ido bem na escola. Até largar os estudos e decepcionar todo mundo.

"Eu preciso guardar dinheiro", ela falou. "Para a família."

A srta. Q levantou a cabeça, lançou um olhar impaciente para Esme e tirou um folheto da bolsa. "Não custa caro. Veja só." Enquanto Esme via os preços, que eram *mesmo* surpreendentemente acessíveis, a srta. Q continuou: "A maior dificuldade das pessoas é arrumar tempo livre. Você tem tempo livre?".

"Não, eu preciso..." A voz dela sumiu quando ia dizer que precisava passar tempo com Khải. A verdade era que ele *não* queria passar tempo com ela. Tinha deixado isso bem claro.

Parte do folheto listava os cursos oferecidos pela escola, e um deles lhe saltou aos olhos: *Contabilidade*. Uma estranha sensação se espalhou por suas veias. Ela bateu o dedo na lista de cursos: "Posso fazer este?".

A srta. Q largou a caneta vermelha e leu a palavra indicada com um sorriso. "Você quer ser contadora? Acho que seria uma ótima contadora."

Esme franziu a testa ao ouvir isso, sem acreditar nem um pouco. Inclusive, a sugestão a deixou quase *irritada*. Com o folheto na mão, perguntou: "Posso ficar com isso?".

"Claro, eu trouxe para você", a srta. Q respondeu.

"Obrigada." Esme dobrou o folheto ao meio com cuidado, guardou no bolso do avental e voltou ao trabalho.

A mesinha sacudiu toda enquanto ela a limpava, e Esme precisou pegar mais leve antes que acabasse derrubando todos os condimentos no chão. A srta. Q sugeriu que Esme poderia ser contadora um dia, mas ela sabia que isso era impossível. Não era legal incutir sonhos como esse na cabeça das pessoas.

O melhor que Esme poderia esperar era ser uma "quase contadora". Mas, para sua sorte, isso deveria bastar para conquistar seu Khải.

Nas duas semanas seguintes, Esme deixou a casa de Khải como era antes e começou a voltar do trabalho de ônibus. Ele supôs que era porque ela estava fazendo o turno da noite no restaurante de sua mãe. Deveria estar contente por ter as noites só para si de novo — sua casa não ficava mais com cheiro de molho de peixe nem do cardápio elaborado que tentava implementar na rotina dele —, mas o jantar não era a mesma coisa sem o falatório estranho e a animação dela. Para ser sincero, suas noites tinham se tornado um saco. A casa parecia vazia e, mesmo sem o viet pop no último volume, ele não conseguia se concentrar no trabalho nem na tv. Olhava o relógio o tempo todo enquanto esperava pela chegada dela.

Esme ainda dormia na sua cama, mas sempre de costas para ele e bem na beirada do colchão, mantendo a maior distância possível. Às vezes, ele tinha medo de que ela caísse. Em outros momentos, *torcia* para que isso acontecesse. Assim teria um pretexto para pedir que ela chegasse mais perto.

Naquela noite, já eram quase dez e meia e ela ainda não tinha chegado. Em geral já estava em casa a essa hora, e ele sentiu seu estômago se revirar. Pensou em ligar ou mandar mensagem, mas essas eram as funções do celular que mais detestava.

Mesmo assim, quando o relógio marcou quinze para as onze, ele não conseguiu mais se segurar. Abriu seus contatos e rolou a tela até encontrar o número de Esme T. Seu polegar estava quase tocando a tecla de chamada quando o telefone vibrou com uma ligação recebida.

De Esme T.

Ele aceitou a chamada imediatamente e levou o celular à orelha. "Oi."

"Ah, oi, sou eu. Esme. Mas você sabe disso, não? Aparece na tela do seu telefone", ela falou com uma risadinha.

Ele balançou a cabeça. Por que ela estava falando tão rápido? "Sim, eu sei que é você."

"Desculpa se te acordei. Não estou em um encontro." Ela deu risada e limpou a garganta. "Só liguei para avisar que vou chegar tarde. Certo, tchau."

Ela desligou em seguida.

Como assim? Sem dar uma explicação nem nada? E por que ela mencionou encontros? Ele nunca a havia imaginado com outro homem, mas agora sem dúvida isso passava por sua cabeça. E esse pensamento o tirou do sério.

Rangendo os dentes, ele ligou de volta. O telefone chamou e chamou e chamou. Sério? Ela havia acabado de falar com ele. Como era possível que...

"Alô?", ela falou por cima do ruído de fundo. Tinha um monte de gente falando ao mesmo tempo. E aquilo era um choro de bebê?

"Onde você está?"

"Daqui a pouco eu ligo novamente para você. Acabaram de chamar meu nome."

"Espera, *onde* você está?"

"No médico. Mais tarde nós conversamos. Eu preciso..."

Ele sentiu um aperto no peito que o deixou sem fôlego. "Que médico? Onde? Por quê?"

"Na clínica perto do mercadinho asiático, mas está tudo bem. Eu só machuquei... Preciso desligar. Tchau." Pela segunda vez naquela noite, ela desligou o telefone na sua cara.

Ela machucou o quê? Alguma parte do corpo? Ou outra pessoa? Ele correu porta afora e pulou para dentro do carro.

Esme apertou os braços junto ao corpo enquanto uma mulher tentava acalmar a filhinha andando de um lado para o outro na sala de espera. A carinha da bebê estava vermelha e molhada de lágrimas depois de vários minutos de choro alto, e isso fez os braços de Esme doerem de vontade de abraçar a sua menininha. Jade nunca ficou doente assim, felizmente, mas Esme sim. Ela se lembrava que, quando a febre e a dor estavam no auge, disse para Jade manter distância para não adoecer também, e a menina caiu no choro.

"Não chora", Esme dissera para a filha.

"Eu não estou chorando porque estou com medo de ficar doente", tinha sido a resposta de Jade. "Estou chorando porque amo você."

A saudade que sentia de sua menina ficou insuportável, e ela teria se oferecido para embalar a bebê daquela desconhecida se seu tornozelo não estivesse com o dobro do tamanho habitual de tão inchado e apoiado em uma almofada com um saco de gelo em cima.

Quando Khải entrou na sala de espera, ela sentiu seu corpo todo ficar tenso. Ver um fantasma teria feito mais sentido. O que ele estava fazendo ali? Por que tinha vindo? Quando ele atravessou a sala e se ajoelhou diante dela, Esme não sabia o que pensar. Khải ia gritar com ela?

"O que aconteceu?", ele perguntou. "Você já foi atendida? O que o médico falou?"

"Eu virei o pé na escada. O médico acha que foi uma torção. Ele está esperando o resultado do raio-x."

Ele tirou o saco de gelo de cima de seu tornozelo inchado e fechou ainda mais a cara. "Você consegue mexer o pé?" Quando ela o balançou, ele falou: "Para cima e para baixo? De um lado para o outro?".

Uma porta se abriu e o enfermeiro chamou: "Esmeralda Tran".

Esme se levantou e se preparou para ir mancando até o consultório como tinha feito mais cedo, só que antes mesmo que seu pé machucado tocasse o chão a sala inteira virou de lado. Ela se viu nos braços de Khải como a mocinha de um filme, e seus músculos ficaram tensos.

"Não precisa me carregar. Eu consigo andar. Eu sou pesada."

Ele revirou os olhos e seguiu o enfermeiro pelos corredores. "Você não é pesada. Você é miudinha."

"Eu não sou 'miudinha'." No entanto, ela não conseguiu soar ultrajada. Ele a segurava com firmeza e não estava com a respiração ofegante. Ele a fez se sentir segura. E pequena. Ela adorou. Em sua casa, sua mãe e sua avó sempre pediam para ela pegar as coisas nas prateleiras mais altas ou carregar os pacotes mais pesados, porque era bem maior que as duas.

Já Khải não a achava muito grande.

"Pode colocá-la ali." O enfermeiro apontou para a maca forrada com papel. Enquanto saía do consultório, o enfermeiro comentou: "Você tem um namorado ótimo. O médico já vem".

Namorado. Antes que eles pudessem corrigi-lo, o enfermeiro já tinha ido embora e, quando Khải a colocou na maca, ela concentrou sua atenção nas imagens de ossos e músculos penduradas na parede. "Obrigada por..." Ela apontou para o tornozelo, que ele havia posicionado cuidadosamente.

Ele encolheu os ombros e se sentou em uma cadeira encostada na parede. "É melhor você não se apoiar nesse pé por um tempo."

"Não está tão ruim." Naquele momento. Antes tinha doído um bocado. Ela pensou que tivesse quebrado o tornozelo e entrou em pânico. As coisas com Khải claramente tinham dado errado. Se não pudesse trabalhar, Cô Nga a mandaria de volta para o Việt Nam mais cedo? Esme ainda não podia ir para casa. Precisava procurar seu pai. Esfregando o braço, constrangida, ela perguntou: "Por que você veio?".

Ele olhou para ela de um jeito estranho. "Você está machucada."

Seu coração amoleceu, e ela abaixou a cabeça e ficou olhando para as próprias mãos no colo. Ele tinha vindo... para acompanhá-la?

Era um conceito novo para ela.

Desde criança, ela precisou aprender a se cuidar sozinha. Sua mãe e sua avó estavam sempre trabalhando e, caso se machucasse ou ficasse doente, a única opção era respirar fundo e se virar sozinha. Agora que tinha Jade então, mais ainda. Quando ele mexeu no saco de gelo e depois o recolocou no lugar, ela se sentiu cuidada como nunca tinha sido na vida.

"Eu estou bem", ela disse.

"Espero que sim."

Uma batida soou na porta e o médico entrou — o mesmo de antes. Era muito bonito, de pele escura, altura acima da média e um sobrenome indiano que ela não sabia pronunciar. Navneet alguma coisa. Ele segurava uma chapa escura de raio-x.

"Boa notícia, Esmeralda. Não tem nenhuma fratura. É só enfaixar, manter o pé para cima e fazer compressas de gelo que deve melhorar em umas duas semanas."

A tensão no corpo de Esme se aliviou. "Que bom. Obrigada."

"O prazer foi meu." O médico abriu um sorriso de dentes branquíssimos para ela quando tirou um cartão do bolso e lhe entregou. "Não é nada sério, então não precisa fazer acompanhamento, mas se quiser podemos nos encontrar fora do meu expediente, eu acharia ótimo dar mais uma olhada."

Esme pegou o cartão e viu um segundo número de telefone anotado no verso. Quando olhou de novo para o médico, ele deu uma piscadinha para ela.

Nesse momento Khải ficou de pé, e o médico arregalou os olhos ao ver seu tamanho, as roupas escuras e aquele ar intenso que lembravam Esme de assassinos de aluguel e guarda-costas.

"Desculpa. Não vi que você estava aqui", o médico falou.

"Como assim 'fora do expediente'?", Khải perguntou com seu jeito sério.

O médico engoliu em seco. "Quero dizer... vai depender dela." Ele foi andando até a porta. "Por enquanto é só isso mesmo. Vou mandar o enfermeiro vir enfaixar o seu tornozelo." Depois de abrir mais um sorriso tenso, ele saiu.

Khải fez cara feia quando a porta se fechou e pegou o rolo de faixa que o médico tinha deixado no consultório. "Eu posso fazer isso. Sei como faz."

Então, para surpresa dela, ele levantou sua perna e começou a evolver seu tornozelo e o arco do pé com a faixa. O toque dele era firme, mas não machucava. Os dedos quentes tocavam com suavidade a pele gelada de sua panturrilha, do calcanhar e da sola do pé, fazendo um arrepio subir pela perna de Esme.

Ela respirou fundo, e ele a olhou. "Está muito apertado?"

Esme estava distraída demais para conseguir falar. Ele estava tocando seu pé feio, mas não recuava nem limpava as mãos na calça. Na verdade, segurava como se ela fosse preciosa. Era uma sensação inebriante ter aquela mente admirável concentrada inteiramente nela, ainda que só em seu tornozelo.

Um tempo depois, ela respondeu: "Não, não está muito apertado".

Ele voltou a atenção para seu tornozelo, e as pontas do cartão do médico espetaram a pele de Esme quando ela fechou os dedos. Queria tocar o rosto dele, os contornos taciturnos de seu perfil, sua testa, seu queixo, seu nariz fino, seus lábios tão beijáveis...

"Acho que está bom", ele falou e, quando tirou as mãos, ela viu o tornozelo bem imobilizado, com a faixa presa por um fecho de metal. "Se seus dedos começarem a formigar, me avisa que eu afrouxo um pouco."

"Certo. Obrigada, Anh."

"Está pronta para ir?"

Ela fez que sim e pôs as pernas para fora da maca para se levantar, mas ele a levantou nos braços outra vez e a levou para fora do consultório.

"Eu consigo andar", ela murmurou.

"É melhor não. Eu não ligo de carregar você."

Ela não insistiu. Também não achava nada mau ser carregada por ele. Ninguém a segurava assim desde que era criança. Enquanto saíam da clínica, porém, Esme cerrou os punhos e manteve os braços tensos. Não podia esquecer como ele tinha reagido a todos os seus toques no passado. Ela não queria estragar o momento. Ou fazer com que ele se assustasse e a soltasse.

Depois de colocá-la no chão para passar na recepção e pagar pela consulta — ela não sabia quanto tinha custado, porque ele entregou o cartão de crédito antes que a recepcionista pudesse mostrar a conta a Esme —, Khải a levou para fora e a acomodou em seu carro. Sonolenta, ela ficou vendo as luzes passarem enquanto ele dirigia de volta para casa.

Ele quebrou o silêncio, perguntando: "Em que escada você torceu o pé? No restaurante da minha mãe não tem escada".

Ela sentiu a adrenalina disparar, e um suor frio brotou em sua testa. "A escada do outro lado da rua."

Por favor, não pergunte mais nada.

"A da escola para adultos?"

Ela tentou afundar no assento e passou os dedos pelos detalhes da porta. "Eu gosto do seu carro. Que modelo é?"

"É um Porsche 911 Turbo S."

"Por-sha", ela repetiu, imitando a pronúncia dele. "Que nome bonito."

Ele encolheu os ombros e falou: "É, acho que sim".

Os músculos dela relaxaram. Sua tática de distração tinha funcionado.

Mas, quando estacionou na frente da casa, ele não desceu do carro. "O que você estava fazendo na escola para adultos?"

Ela se encolheu no assento e mexeu as pernas. Suas roupas ficaram ensopadas debaixo dos braços, e seus cabelos grudaram na nuca. Todos os seus esforços seriam em vão se ele descobrisse.

"Você estava..."

Antes que ele terminasse a pergunta, ela abriu a porta e desceu. Tinha mancado por um quarto do caminho até a porta quando ouviu o apito do alarme sendo acionado e ele a alcançou.

"Você realmente não deveria andar ainda", Khải falou. "Deixa que eu carrego você."

Não era necessário. Seu tornozelo já estava bem melhor. Mas ela assentiu mesmo assim.

Ele lhe entregou as chaves e a levantou como se ela fosse "miudinha". Depois que Esme destrancou a porta, ele a carregou para dentro, e ela curtiu aquela proximidade. Se ela se inclinasse só um pouquinho, conseguiria beijá-lo. Mas isso provavelmente ia assustá-lo.

Nada de beijos. Nada de toques.

Ainda assim a ponta de seus dedos coçava para tocar aquela barba por fazer e aquele pescoço forte. Como seria passar os dedos pelos cabelos dele? Os fios eram mais grossos e escuros que os seus, e algumas das mechas irregulares chegavam ao queixo. Esme se segurou para não tocar as pontas.

"Você está precisando cortar o cabelo."

Ele lhe lançou um olhar aborrecido. "Eu sei."

"Eu posso fazer isso. Sei cortar. Cortava os cabelos dos meus primos. Sou boa nisso", ela falou, mas em seguida prendeu a respiração. Cortar o cabelo em casa seria uma coisa deselegante demais para ele? Talvez ela não devesse ter oferecido.

Ele deteve o passo no corredor para encará-la. "Você cortaria o meu cabelo?"

"Claro."

"Teria que ser de um jeito específico."

"É só me mostrar uma foto. Eu deixo igualzinho."

Khải a olhou como se quisesse dizer mais alguma coisa, mas em vez disso a levou para o quarto dela. Depois de colocá-la no sofá, perguntou: "Você pode cortar o meu cabelo amanhã de manhã? Por favor?".

Ela mordeu o lábio, mas isso não impediu que o sorriso se abrisse em seu rosto. "Eu adoraria."

Ele assentiu. "Certo. Obrigado."

"Como você gosta? Tem uma foto para me mostrar?"

Ele passou as mãos pelos cabelos. "Vou deixar você escolher o estilo. Só quero que fique mais curto."

"Eu posso escolher?"

"Sim, claro." Ele abriu um sorrisinho enquanto enfiava as mãos nos bolsos. Andou pelo quarto e parou ao lado da escrivaninha. Um olhar pensativo surgiu em seu rosto, e ele pegou alguma coisa na mesa. A fotografia do pai dela. "Quem são essas pessoas?"

Ela se concentrou no tornozelo machucado e mexeu os dedos dos pés algumas vezes. "Minha mãe e meu pai."

Khải ergueu as sobrancelhas e se virou para ela. "Ele estudou em Berkeley."

Ela respirou fundo e soltou o ar. "Acho que sim, mas não tenho certeza. Não o conheci."

"Ah." Khải virou a fotografia para inspecionar o verso, mas ela sabia que não tinha nada escrito ali.

"Você acha que lá eles podem me ajudar a encontrar meu pai?"

"Em Berkeley?", ele perguntou.

Ela fez que sim.

Ele encolheu os ombros. "É possível."

A esperança se acendeu no peito dela. "Podemos ir... amanhã? Depois de cortar o cabelo?"

Ele hesitou um instante antes de dizer: "Tá, tudo bem. Podemos ir."

Ela ficou de pé, tão feliz que queria dar um abraço nele, mas em vez disso cerrou os punhos e sorriu. "Obrigada, Anh Khải."

Um sorriso constrangido surgiu no rosto dele. "Ah, sim." Ele foi até o banheiro que conectava os dois quartos, mas parou com a mão na maçaneta. "Não esquece de tirar a faixa quando for tomar banho. Eu coloco de novo antes de você dormir."

"Certo."

Quando ele saiu, ela ficou admirando a bandagem no tornozelo por um momento. Estava perfeita, nem muito apertada nem muito frouxa, toda enrolada por igual. Então era assim que Khải cuidava das pessoas.

Uma fantasia dele cuidando de Jade passou por sua mente. Se ele quisesse, poderia fazer tão bem para sua garotinha.

Mas Esme não estava confiante de que isso seria possível. A bandagem não significava *nada*. Ela não deveria deixar que subisse à sua cabeça. Ele era uma boa pessoa, só isso. Mesmo se esforçando ela ainda era... a mesma de sempre. Mas, por incrível que parecesse, a experiência de sua vida pregressa como Mỹ seria útil no dia seguinte.

Ela pegou o celular e procurou por fotos de astros de cinema e músicos até as imagens de todos aqueles homens lindos ficarem gravadas em seus olhos. No dia seguinte, faria em Khải o melhor corte de cabelo da vida dele.

12

Na manhã seguinte, Esme estava com tudo pronto. Uma cadeira no meio da cozinha, uma tesoura afiada no balcão, vassoura e pá para a limpeza depois. Só faltava Khải. Ela juntou as mãos e respirou fundo várias vezes. Não havia por que ficar nervosa. Já tinha cortado cabelos muitas vezes. Ia fazer um bom trabalho.

Mas e se ele não gostasse? E se achasse que ela "estragou" seu cabelo e ficasse bravo?

O chuveiro foi desligado, e pouco depois Khải entrou na cozinha usando um short preto e uma camiseta preta com os dizeres *Eu amo impostos* em letras brancas. As mangas ficavam apertadas nos músculos dos braços, e ela se obrigou a olhar para os cabelos dele antes que acabasse perdendo o foco de vez. Logo depois de sair do chuveiro era o momento ideal para cortar os cabelos, ainda molhados.

Ele olhou para os pés dela. "Está doendo ficar de pé? Podemos fazer isso outra hora."

Esme sorriu. Ele não parecia notar tão bem quando os sentimentos dos outros eram feridos, mas um tornozelo machucado tinha sua atenção. "Não, já está bem melhor. Aqui." Esme segurou o espaldar da cadeira. "Pode se sentar, Anh Khải."

Ele obedeceu e colocou as mãos sobre os joelhos, a postos.

Agindo como uma profissional, o que ela não era, Esme pegou a tesoura, mas Khải falou: "Preciso que você faça isso de um jeito específico".

"Quer ver o corte que eu escolhi? Eu posso mostrar pra você..."

Ele meneou a cabeça. "Não é isso. Eu confio no seu gosto. Acho que..." Ele passou as mãos nas pernas algumas vezes. Por acaso estava *nervoso*? "Acho melhor deixar a tesoura de lado por enquanto."

Esme largou a tesoura. Que ótimo, ele estava com medo de que ela fosse fazer besteira. Ela achava que não faria. Tinha escolhido um estilo clássico e sofisticado. Pelo menos na *sua* opinião.

Com os olhos fixos na parede, ele disse: "Eu sou autista e tenho disfunções sensoriais. Tem um jeito específico de tocar em mim, principalmente no rosto e no cabelo". Ele voltou a atenção para o rosto dela. "É melhor mostrar para você como é. Pode me dar a mão?"

Ele estendeu a palma da mão, e Esme chegou mais perto. Não sabia o que era "autista", nem "disfunções sensoriais", mas entendeu que ele estava confiando a ela uma coisa importante — a si mesmo. Prendendo a respiração, ela foi baixando a mão. Mais. E mais. Até se tocarem.

Ela mordeu o lábio, esperando que ele fosse se afastar ou fazer uma careta. Os dedos quentes dele envolveram os dela e os apertaram, emanando calor e fazendo Esme exalar.

Eles estavam de mãos dadas.

Khải limpou a garganta. "Os toques leves me incomodam, e é pior quando não estou esperando. Então, quando cortar o meu cabelo, eu agradeceria se fizesse isso com um toque firme. Assim." Ele segurou a mão dela com as duas mãos e pressionou a palma dela no meio do seu peito.

Na superfície, Khải parecia calmo, estável, confiante, como sempre, mas sob a palma da mão ela sentiu o coração dele bater loucamente. Estava *mesmo* nervoso. Mas não pelo que ela havia pensado.

"Todas as outras vezes que eu...", ela murmurou.

O peito dele se ergueu com uma respiração funda. "Foi muito de leve, e você me pegou de surpresa."

"Eu não sabia..." Ela havia pensado que o problema fosse exclusivamente o *seu* toque. Nunca imaginou que fosse *qualquer* toque. "O que você sente quando fazem isso?"

Ele franziu a testa. "É desorientador. Chega quase a doer, mas é ainda pior do que a dor de verdade. É difícil descrever."

"Se eu precisar encostar em você, devo avisar primeiro?", ela perguntou.

"Sim, é melhor me avisar se eu não estiver esperando."

Ela recuou um pouco o braço. "Posso encostar no seu rosto?"

Khải assentiu e soltou a mão dela, mas foi perceptível que engoliu em seco.

Esme levantou os dedos até o queixo dele, parando antes de tocá-lo. "Pode me ajudar?" Ela não queria fazer nada errado.

Os lábios dele se curvaram em um esboço de sorriso, e Khải pegou a mão dela e pressionou sua palma contra a bochecha. "Não precisa ficar tão preocupada. Agora eu sei o que está acontecendo. Se você colaborar comigo, eu consigo controlar minhas reações."

"Está ruim assim?", ela perguntou, com medo de mexer um dedo que fosse.

"Não, está bom. No cabelo, é melhor manter os fios esticados enquanto corta. Tudo bem se puxar com força. Não dói. Mas nada de encostar de leve. Por favor."

"Nada de encostar de leve." Ela estendeu a outra mão na direção dele, recolheu os dedos em um momento de hesitação e então os passou pelos cabelos molhados, pressionando a ponta dos dedos com firmeza no couro cabeludo. "Assim está bom?"

Quando ele fechou os olhos de prazer e assentiu, ela criou coragem. Foi subindo a outra mão pelo maxilar, passando pela têmpora até chegar aos cabelos.

"E assim?", ela murmurou.

"Está bom." As palavras saíram graves, quase roucas.

Ela sentiu os cabelos grossos e frios entre os dedos, lisos como seda, e antes de se dar conta do que estava fazendo começou a massagear o couro cabeludo dele com movimentos lentos e retos. E ele deixou. Estava de olhos fechados, e inclinando a cabeça em direção a suas mãos como se estivesse absorvendo o toque. Sua respiração ficou mais devagar, mais leve. Se colocasse a palma da mão sobre o coração dele agora, ela podia apostar que o encontraria mais calmo. Esme havia conseguido acalmá-lo.

Puxou as mechas como sempre fazia quando cortava. "Assim está bom?"

Ele franziu a testa, mas não abriu os olhos. "Mais forte."

"Assim?" Ela puxou com mais força.

"Mais."

Ela mordeu o lábio e puxou ainda mais forte, com medo de machucá-lo. "Assim?"

Ele soltou um longo suspiro. "Assim está melhor."

Ela balançou a cabeça e sorriu para si mesma. Khải era um enigma que ela jamais teria sido capaz de resolver se ele não tivesse lhe mostrado o caminho. Mas esses eram os melhores enigmas, não? Os que ninguém mais sabe decifrar?

"Estou cortando agora", ela disse.

Ele abriu os olhos e se concentrou nela. "Certo."

Esme ouviu as palavras, reconheceu nelas uma permissão para ir em frente, mas nesse momento não conseguiu. Ela queria chegar mais perto dele, não afastar os dedos. Sua massagem trouxe cor às bochechas dele e uma expressão relaxada aos olhos tão escuros. Os lábios dele nunca pareceram tão beijáveis. O desejo de beijá-lo se tornou um impulso indomável, que a impelia a se sentar em seu colo, pressionar seu corpo contra o dele e tomá-lo por inteiro.

Ela se afastou antes de fazer alguma coisa da qual se arrependeria e parou um pouco para reordenar os pensamentos. Aquilo era um corte de cabelo. Mais nada. As palavras dele ecoaram em sua cabeça como um lembrete.

Você precisa parar com isso. Está entendendo? Você... precisa... parar.

Se ele quisesse algo mais, teria que tomar a iniciativa. Não poderia partir dela.

A frieza da tesoura a reequilibrou, e sua mente entrou em foco como a de um cirurgião ao pegar um bisturi. Levando tudo em consideração, Khải tinha sido bem tolerante com ela, e ainda a levaria para procurar seu pai. Essa seria uma boa retribuição, e ela queria fazer bem-feito.

Voltando a ficar atrás dele, avisou: "Vou começar".

"Certo."

Porém mais uma vez teve dificuldade. Ele não conseguia enxergá-la de onde estava. E se ela o assustasse e estragasse tudo antes mesmo de começar?

Ela levou a mão esquerda para perto da orelha dele. "Posso pôr a mão no seu cabelo?"

Ele a olhou por cima do ombro, abriu um sorriso misterioso e pressionou a mão dela em sua cabeça antes de se virar para a frente de novo.

Seus movimentos foram inseguros de início, mas a cada tesourada ela ganhava mais confiança. Juntava uma mecha de cabelos entre os dedos, tomando o cuidado de mantê-los bem esticados, cortava e passava os dedos no couro cabeludo dele antes de pegar mais uma mecha. Fez isso várias e várias vezes e, em pouco tempo, o ritmo do trabalho a relaxou tanto quanto a Khải.

Ela aparou a parte de trás e as laterais, depois terminou a frente. Com uma última tesourada, cabelos escuros caíram no chão da cozinha. Esme deu um passo para trás para avaliar seu trabalho e em seguida o conjunto da obra. A transformação a fez perder o ar. Ele já era bonito antes. *Agora* estava atordoante.

Os cabelos curtos ajudaram a emoldurar seu rosto, expondo melhor suas feições marcantes. As garotas iam se jogar aos pés dele. A começar por ela, se não tomasse cuidado.

"Como ficou?", ele quis saber.

Tomando o cuidado de manter seus toques firmes, ela puxou as mechas para verificar se o comprimento estava igual dos dois lados. "Ficou bom." Batendo a alça da tesoura no queixo, abriu um sorriso. "*Eu* sou boa."

Ele tirou o celular do bolso, desbloqueou e lhe entregou. "Tira uma foto para a Vy, por favor. Ela é a fiscal do meu cabelo."

Esme tirou fotos de vários ângulos, mas, antes de devolver o celular a ele, mandou sua favorita para si mesma. "Ela vai gostar."

Ele coçou a nuca cheia de cabelinhos cortados grudados na pele e mandou a mesma foto para a irmã. "Vamos ver."

Esme pegou a vassoura e a pá e já tinha varrido metade dos cabelos do chão quando o telefone vibrou. Com uma risadinha, ele mostrou as mensagens na tela.

Finalmente!

Quem cortou? Dá uma gorjeta de 50%!

Meu irmãozinho está um gato!!!

"Acho que ela aprovou", ele falou.

Esme sorriu. "Eu falei que ela ia gostar."

"Obrigado." Ele retribuiu seu sorriso, e foi um daqueles raros sorrisos *genuínos*, que enrugavam os olhos e marcavam as bochechas com covinhas, revelando até os dentes brancos.

Pelo céu e pela terra, como ela queria sentir o sabor daquele sorriso. E das covinhas também. O desejo se espalhou por seu corpo como uma corrente elétrica, fazendo os pelos finos de sua pele se arrepiarem, e ela quase se jogou em cima dele. Se ela se saísse melhor como contadora, ele ia querê-la de volta?

O sorriso dele se desfez. "O que foi? Algum problema?"

Sem parar para pensar, ela respondeu: "Quero beijar você".

Quando percebeu o que tinha dito, suas bochechas começaram a queimar, e ela se virou e tratou de se ocupar esvaziando a pá na lixeira. Por que tinha soltado aquilo? *Por quê?*

Ele chegou mais perto. "Esme..."

Ela passou por ele e varreu o restante dos cabelos do chão. "Desculpa. Esquece o que eu falei." Esme jogou tudo no cesto de lixo e foi às pressas guardar a vassoura. "Quando você quer ir até a Cal Berkeley?"

Esfregando a nuca, ele respondeu: "Acho que podemos ir depois que eu comer alguma coisa e tomar outro banho".

"Certo, vou me arrumar." Ela saiu mancando pelo corredor.

"Espera, você não está com fome?"

De comida, não. "Não, obrigada, Anh."

"Eu chamo você na hora de ir, então", ele falou, passando as mãos pelos cabelos recém-cortados.

"Não precisa ter pressa."

Ela ficaria em seu quarto, tentando não pensar nele.

13

Enquanto levava Esme para Berkeley, Khai não conseguia parar de pensar na confissão dela.

Ela queria um beijo.

E ele também.

Mas não podia.

Você beija uma mulher quando quer namorá-la e ter um relacionamento, quer amar e ser amado, quando você é *capaz* de amar. Beijar uma mulher sem ter condições de proporcionar todo o resto era dar uma de babaca egoísta. Melhor bater punheta no chuveiro.

Ele bem que queria ter essa opção. Desde que Esme entrou em sua vida, ele estava em um estado constante de excitação, sem conseguir se aliviar — a não ser quando acontecia sem querer durante o sono. Até aquele dia, ele já tinha se levantado quatro vezes no meio da noite para trocar de cueca. Era uma puta vergonha. Parecia que tinha doze anos de novo. E ela sempre estava nos seus sonhos. Sempre. Boa parte das vezes, a calça Hammer também.

Fazia um tempo que ele tinha visto aquela calça pela última vez. No momento, ela estava com um jeans que parecia ter sido pintado no corpo. Khai não gostava muito de brim, mas não acharia nada mau passar as mãos naquelas coxas. Para alguém que não gostava de toques, ele vinha gastando um tempo enorme fantasiando a respeito.

Quando chegaram ao campus, ele estacionou o mais perto possível da secretaria, e os dois andaram o resto do caminho. Para ser mais preciso, ele andou. Ela mancou.

"O médico deveria ter dado muletas para você." Em vez do telefone dele. Oportunista do caralho. "Como você está? Precisa de ajuda?"

"Não está tão ruim." O sorriso que ela abriu era mais ensolarado que a camisa amarela de mangas compridas que ela usava. Uma das mangas tinha um texto em laranja na lateral com os dizeres *Em yêu anh yêu em*. Ele lia muito mal em vietnamita, mas reconhecia que queria dizer algo como: *Garota ama garoto ama garota*. Era um conceito interessante. O círculo do amor e tudo o mais. Pena que ele jamais seria capaz de fechar esse círculo.

"Me avisa se quiser descansar. Eu também posso carregar você até lá."

Ela prendeu uma mecha de cabelos atrás da orelha. "Se fizer isso, as pessoas vão pensar que você é meu namorado."

Ele olhou para os estudantes que circulavam pelo campus e deu de ombros. "E qual é o problema?"

"Sendo assim, eu estou com muita dor. Me carrega até lá", ela falou com uma risadinha e começou a mancar com gestos exagerados.

Ele já a conhecia bem o bastante para saber quando estava só brincando, mas a pegou no colo mesmo assim. Ela deu risada e o envolveu com os braços, sorrindo para ele com os olhos brilhando sob a luz do sol. Nesse momento, Khai concluiu que verde era sua cor favorita, mas precisava ser aquele tom específico de verde-água.

De repente, ela ficou com vergonha e cerrou os punhos. "Eu consigo andar."

"Chegamos." Ele apontou com o queixo para um grande prédio branco com quatro pilares imensos e as palavras *Sproul Hall* entalhadas sobre as portas duplas do meio. "A secretaria é aqui. Eles devem ter um banco de dados de todos os estudantes que passaram pela universidade. Só não sei se podem fornecer alguma informação para nós."

Olhando para o prédio, ela assentiu. "Ele subiu essas mesmas escadas."

Esme sacudiu as pernas, e ele a pôs no chão. Ela abriu um sorriso distraído para ele antes de sair mancando escada acima. Quando os dois entraram, ela olhou ao redor com olhos atentos a tudo e a boca aberta.

Ele enfiou as mãos nos bolsos e deu mais espaço para Esme explorar os arredores. Na verdade, não entendia direito seu fascínio. Era só um prédio, o pai dela não tinha deixado uma parte de si mesmo ali dentro. E, se tivesse, isso seria nojento.

Não havia fila na secretaria, então eles foram direto para o balcão.

"Olá, como posso ajudar?", perguntou um cara com uma barba ruiva enorme.

Esme agarrou a bolsa junto ao peito, umedeceu os lábios e lançou um rápido olhar para Khai antes de falar em um inglês que parecia ensaiado: "Meu pai estudou aqui muito tempo atrás. O nome dele é Phil. Você pode encontrá-lo para mim, por favor?"

Então ela *sabia* falar inglês. Só escolhia não fazer isso. Com ele. O cara olhou para eles por cima dos óculos de armação roxa. "É sério isso?"

Esme assentiu.

"Você não sabe o sobrenome dele?", o cara perguntou.

Ela engoliu em seco, balançou a cabeça e respondeu, de novo em inglês: "Não. Só sei que é Phil".

Khai virou devagar para olhar para ela. Esme só sabia o primeiro nome do pai. Isso era inesperado e... triste. E diminuía drasticamente as chances de encontrá-lo.

"Deve ter milhares de Phils aqui. *Eu* sou um deles." O cara bateu no crachá, em que estava escrito *Philip Philipson*.

Khai arqueou as sobrancelhas. Aquele cara era duzentos por cento Phil, mas a idade e a cor não batiam. "Ela tem uma foto."

Esme se apressou em sacá-la da bolsa e entregar a ele. "Vinte e quatro anos atrás." Tentou sorrir, mas seus lábios mal se curvaram e ela já pigarreava.

Philip Philipson abriu um sorriso amarelo para Esme. "Eu quero muito ajudar, mas não tenho autorização para dar essa informação para você. Sinto muito."

"Mas ele esteve aqui", ela insistiu.

"Eu sinto muito mesmo. Talvez seja melhor contratar um detetive particular", Philip sugeriu.

Ela segurou a foto junto ao peito e ficou com os olhos marejados. Khai teve vontade de se debruçar no balcão e sacudir Phil até obrigá-lo a pedir perdão. Antes que ele pudesse fazer isso, Esme se afastou do balcão e saiu mancando pelo saguão.

Ele foi atrás enquanto ela saía do prédio às pressas, descia cambaleando os degraus e mancava pela praça até se sentar perto da fonte. Esme tinha a respiração pesada, mas, pelo que ele pôde ver, não estava chorando. Até poderia estar. Khai não via muita diferença entre choro e o que ela estava fazendo.

Uma sensação familiar de impotência o atingiu. Ele nunca sabia o que fazer quando as pessoas ficavam emotivas daquele jeito, mas queria fazer *alguma coisa*.

Por falta de ideia melhor, se sentou ao lado dela e disse: "Meus pais se divorciaram quando eu era pequeno. Eu conheço meu pai, mas nunca falo com ele".

Ela se virou para encará-lo. "Por que não?" Tinha voltado a falar em vietnamita. O que aquilo significava?

"Ele está ocupado com a família nova e mora em Santa Ana. É contador. Como eu. Ou talvez eu seja como ele. Não sei." Ele coçou a nuca. "Pode ser... pode ser melhor você não conhecer o seu pai. Assim pode imaginar que ele é melhor que o meu."

"É verdade." Um sorrisinho surgiu nos lábios dela, mas logo desapareceu. "Mas eu só... eu só queria saber e se for embora sem falar com ele vou ter desperdiçado minha viagem até aqui e..." Ela limpou os olhos com a manga da camisa e tentou respirar fundo, mas seu rosto se franziu e seus ombros começaram a tremer.

Porra, agora, sim, ela estava chorando. Algo parecido com pânico tomou conta dele. Esme não podia chorar. Precisava ser feliz pelos dois, porque ele não sabia fazer isso.

Segurou uma das mãos dela. Ficar de mãos dadas era bom, certo? Mas então ela se inclinou em sua direção, e logo o abraçou e enterrou o rosto em seu pescoço. Khai soltou o ar com força. Esme estava em seus braços, procurando por ele, confiando nele, assim como havia feito quando teve o pesadelo.

Era apavorante. Era maravilhoso.

Ele não sabia o que fazer, então a abraçou mais forte. Havia estudantes passando pela praça. Os pássaros cantavam nas árvores, e uma brisa suave soprava. O sol esquentava seu rosto. Ela se aninhou ainda mais. Ele sentiu o corpo dela pressionando o seu e depois o toque dos lábios dela em seu pescoço.

Aquilo contava como um beijo?

Ela virou o rosto e o encarou com os olhos úmidos. Ele enxugou o rosto dela com o polegar. A pele tão macia, tão linda. Ele afastou uma mecha de cabelo molhado das têmporas dela, que abriu os lábios.

Em um instante, tudo mudou. O vento se tornou aveludado, e só o que ele ouvia era seu coração e o sangue correndo em suas veias. As cores ganharam vida e começaram a dançar. O verde dos olhos dela, o amarelo da camisa, o azul do céu de verão e, no centro, o cor-de-rosa daquela boca.

Ele só se deu conta do que estava fazendo quando viu a ponta de seus dedos percorrendo o lábio inferior dela. Que visão incrível, sua pele bronzeada contra o rosto claro dela. Com olhos luminosos e sonhadores, Esme abriu ainda mais a boca quando ele passou o dedo novamente por seu lábio. Sem perceber, Khai se inclinou na direção dela, querendo, querendo muito, mas conseguiu se segurar antes que quebrasse todas as regras que criou para si mesmo.

"Você pode me beijar", ela falou, sua voz era meio um murmúrio, meio um sussurro rouco. "Sempre que quiser, pode me beijar."

A frase *Garota ama garoto ama garota* se repetiu em sua cabeça. Ele não podia amá-la, não podia fazer promessas. Era melhor manter distância.

Com os olhos fixos nele, ela continuou: "Pode me beijar... e me tocar... não precisa se casar comigo para isso. Eu só... quero ficar com você. Antes de ir embora".

Essas palavras provocaram reações conflitantes dentro dele. Seu estômago se revirou com a ideia de Esme ir embora, mas, por outro lado, a tensão em seus músculos se desfez. Ela deu permissão e deixou claro que não esperava nada em troca. Beijá-la não estava condicionado a namoro ou relacionamento, nem a casamento ou amor. Ele podia beijá-la só porque estava com vontade.

Ele podia beijá-la.

Sua pele se esquentou, e ele entendeu o que ia acontecer. Ia beijar Esme. Era inevitável.

Khai passou o dorso da mão pelo rosto dela, que deixou escapar um suspiro trêmulo. Ele precisava sentir o gosto daqueles lábios, precisava prová-los.

Agora.

Segurando o queixo dela, ele se aproximou.

"Esmeralda, é você *mesmo*", uma voz alta com sotaque russo forte o interrompeu.

Ah, não. Aquela voz era familiar.

Esme se afastou de Khải com um sobressalto, e seu coração parou quando seus medos se confirmaram. Era ela. "Oi, Angelika."

Khải olhou para ela e depois para a russa loira e alta. Esme começou a suar frio. Ele estava prestes a descobrir que ela era uma grande mentirosa; ela perderia ainda mais pontos com ele.

"Eu não sabia que você tem namorado", Angelika comentou.

Khải não corrigiu Angelika. Talvez isso significasse alguma coisa, mas Esme não tinha tempo para pensar a respeito. Eles precisavam sair dali quanto antes. Talvez, se fossem embora logo, Khải não descobrisse nada.

Ela deu um pulo do banco. "Nós precisamos ir. Até mais, Angelika." Esme queria pegar Khải pelo braço e puxá-lo para longe, mas ficou com medo de tocá-lo do jeito errado. Depois de um instante de hesitação, saiu mancando sozinha, torcendo para que ele fosse atrás. Por sorte, ele foi.

Mas, em vez de deixá-los em paz, Angelika foi junto. "Estou pensando em me inscrever para estudar aqui se conseguir o diploma do ensino secundário. Mas não sei se vou passar na prova. Se você fizer, você passa." Para Khải, ela falou: "Esmeralda é muito inteligente. Tira dez em todas as provas".

O coração de Esme começou a bater tão depressa que sua visão ficou borrada. Tarde demais.

"Você está estudando?", ele perguntou. "Na escola para adultos em frente ao restaurante da minha mãe?"

Ela assentiu e ficou olhando para o chão, desejando poder cavar um buraco e se enfiar dentro. Agora ele sabia que ela não era a Esme contadora. Era a Esme que não tinha nem terminado o colégio.

Angelika deu um passo para trás, constrangida. "Eu, hã, falo com você outra hora. Um bom fim de semana para vocês. Foi um prazer conhecê-lo."

Esme acenou e Khải deu um de seus sorrisos quase imperceptíveis antes de voltar a se concentrar em Esme.

Quando ele abriu a boca, Esme se apressou em dizer: "Já fizemos o que viemos fazer aqui. É melhor irmos embora".

Enquanto mancava pelo caminho de volta, ela se distraiu observando o máximo possível do campus. Seu pai tinha andado por aquele mesmo chão de tijolos, respirado aquele mesmo ar, visto aquelas mesmas árvores. Provavelmente era o mais perto que Esme conseguiria chegar dele.

Khải a alcançou sem dificuldade com suas pernas compridas e saudáveis.

"É melhor irmos para o outro lado."

"O carro está para lá." Ela apontou para o estacionamento.

"Tem outro lugar que podemos tentar."

Ela deteve o passo. "Outro lugar?"

"O setor de ex-alunos. Eles podem ser mais prestativos. Eu deveria ter levado você lá primeiro. Precisa de ajuda para andar? Não é longe. Fica logo ali." Ele apontou para a outra direção, para um conjunto de prédios modernos cercado de árvores antigas.

"Eu posso ir andando. Vamos lá."

Esme mancou o mais rápido que podia por entre o fluxo de estudantes, torcendo para que o passo apressado impedisse qualquer conversa. Mas não adiantou. "Que aulas você está fazendo?", Khải perguntou.

Ela envolveu o corpo com os braços, apesar de não estar com frio. "Inglês, estudos sociais e contabilidade."

"Você está fazendo três cursos?"

"É?" Ela não tinha nenhuma base de comparação. Só sabia que passava muito tempo estudando às escondidas quando não tinha ninguém olhando.

"Acho que sim." Ele passou a mão nos cabelos, mas, quando se deparou com o comprimento mais curto, coçou a nuca. "Eu nunca fui muito bom nessas matérias... a não ser em contabilidade, claro. Eu me dou melhor com números."

Ela não conseguiu conter o sorriso ao ouvir isso. "Eu também." Os números eram sempre os mesmos em qualquer idioma.

Khải retribuiu o sorriso antes de olhar para o alto das árvores no caminho. "Se você precisar, eu posso tentar ajudar. Não seria incômodo nenhum."

Ela ficou atenta aos próprios passos irregulares pelo chão para não ter que olhar para ele. *Pisa-arraaasta, pisa-arraaasta, pisa-arraaasta.* Quando enfim criou coragem, se obrigou a falar. "Desculpa. Por ter mentido. Eu não sou contadora. Eu..." Respirou fundo. "... faço faxina." Ela soltou o ar, sentindo suas entranhas se revirarem. "Lá onde eu moro. Não terminei o colégio. Estávamos precisando de dinheiro porque Ngoại não tinha mais saúde para trabalhar, então eu comecei a fazer faxina, e depois..." Ela mordeu o lábio para não dizer que teve uma filha.

Quando olhou para ele, viu que Khải olhava para a frente, com a testa ligeiramente franzida. "Não precisava ter mentido para mim."

Ela se encolheu e voltou a baixar o rosto. *Pisa-arraaasta, pisa-arraaasta, pisa-arraaasta.* "Eu queria que você gostasse de mim." Não era uma pergunta, mas Esme prendeu a respiração e esperou uma resposta.

Nesse momento, ele parou na frente de um prédio baixo com fachada de tijolos vermelhos e vidro. "É aqui."

Na recepção, uma mulher de cabelos curtos e grisalhos, vestindo um terninho, os cumprimentou. "Bem-vindos à Casa do Ex-Aluno. Em que posso ajudar?"

Esme umedeceu os lábios, tirou a fotografia da bolsa e tentou encontrar as palavras em inglês. "Estou procurando um homem. Este homem. De vinte e quatro anos atrás..."

"Desculpe. Nosso trabalho aqui é organizar *eventos* para ex-alunos. Você vai precisar falar com outra pessoa se está procurando alguém especificamente. Já tentou a secretaria?", a mulher perguntou.

"Acabamos de vir de lá", Khải respondeu.

"Entendi." A mulher franziu a testa e, depois de um instante, foi até sua mesa, pegou um cartão de visitas em uma gaveta e o entregou para Esme. "Essa pessoa é quem dirige a Associação de Ex-Alunos. Tente ligar para ela. Não sei se ela vai conseguir ajudar, mas é a sua melhor chance."

Esme tentou sorrir, mas seus lábios se recusaram a cooperar. "Obrigada."

Fizeram o curto trajeto até o carro em silêncio. Alguém tinha deixado um papel amarelo embaixo dos limpadores do para-brisa. Khải pegou e leu. Esme viu as palavras "Multa por infração de trânsito" no papel antes que ele o enfiasse no bolso, e, bem diante do carro, clara como a luz do dia, havia uma placa enorme dizendo "Estacionamento restrito".

Ele sabia que ia ser multado, e tinha feito aquilo por ela. Por causa de seu tornozelo. Era um gesto sutil, mas Esme não conhecia ninguém que fosse capaz de fazer algo assim por ela. Só Khải.

Ele saiu do estacionamento, atravessou o campus e pegou a rodovia, e ela o observou costurar o trânsito como um motorista de fuga depois de um assalto a banco, em alta velocidade, mas sem nunca perder o controle. Suas mãos pareciam fortes e habilidosas ao manejar o volante e o câmbio, e ela se lembrou que Khải a havia tocado pouco antes. Seu rosto, seus lábios, seu queixo.

Ele ia querer tocá-la de novo, depois de descobrir que Esme era uma falsa contadora? Ia querer tocá-la se soubesse que tinha uma filha?

"Me dá aquele cartão quando chegarmos em casa, certo?", ele disse inesperadamente. "Quero ligar para a mulher da Associação de Ex-Alunos."

As palavras dele estavam tão fora de sintonia com os pensamentos de Esme que ela demorou alguns instantes para assimilar. "Você quer fazer isso por mim?"

Sem tirar os olhos da estrada, ele respondeu: "É. Se eu conseguir alguma informação útil, aviso você".

Um peso que ela nem percebeu que estava sentindo saiu de seus ombros, e seu coração se encheu de gratidão. Para alguém que tantas vezes demonstrava falta de tato, Khải sabia ser muito atencioso com coisas importantes. Ela tirou o cartão da bolsa e o colocou no console central. "Obrigada, Anh."

Ele assentiu e continuou concentrado no trânsito.

Quando chegaram em casa, ele pôs o carro em ponto morto, mas não desligou o motor. Os dedos dela hesitaram na fivela do cinto de segurança.

"Suas aulas são à noite, certo?", ele perguntou.

Ela se mexeu no assento. "Isso mesmo."

"Quer que eu vá buscar você, para não precisar pegar ônibus?"

"Você faria isso?"

"Não é incômodo nenhum", ele respondeu.

"Então obrigada, Anh."

Khải assentiu e saiu do carro, e ela foi atrás. Enquanto ele destrancava a porta, Esme pensou que ele enfim poderia beijá-la, mas ele simplesmente segurou a porta aberta para ela entrar. Em vez de passar direto, ela parou e o olhou, convidando-o a continuar o que tinha sido interrompido mais cedo. Sua expectativa cresceu, e ela prendeu a respiração. Até seu coração retardou as batidas.

Me beija. Me beija.

Ele olhou para sua boca, e ela sentiu seus lábios formigarem como se tivessem sido tocados. Sim, ele ia...

Ele deu um passo para trás, desviou o olhar e falou: "Tenho umas coisas para resolver no escritório. Até mais tarde".

Ela sentiu um aperto no peito quando o viu pegar a mochila com o computador e voltar para o carro. Ele *queria* beijá-la. Antes de saber. Agora não mais.

Khải tinha feito todas aquelas coisas — aparecer no consultório médico, carregá-la, permitir que cortasse seu cabelo — para a Esme contadora. Ele não estava interessado na Esme real.

14

Na semana seguinte, Khai fingiu que o quase beijo nunca tinha acontecido. A amiga russa de Esme o tinha impedido de cometer um grave erro em um instante de perda momentânea de juízo.

Esme até poderia ter uma relação de contato físico sem nenhum efeito colateral, mas Khai duvidava que *ele* fosse capaz disso. Ela já era uma música que tocava em looping em sua cabeça. Se os dois começassem a transar, aquela *coisa* ia virar um vício, e o que ia acontecer quando ela voltasse para casa no fim do verão? Se ele não quisesse descobrir, era melhor manter distância.

E conseguiu fazer isso com perfeição, até que chegou a noite de sexta-feira e o segundo casamento daquele verão. Ele bateu à porta do quarto, e ela abriu com um sorriso tímido.

Por um bom tempo, ele não conseguiu fazer nada além de encará-la. Não parecia ela. O vestido era *preto*. Esme não achava preto uma cor triste? Além disso, era folgado no corpo, escondendo as partes mais interessantes, e, minha nossa, quantos penduricalhos. As orelhas, o pescoço e as mãos dela estavam ofuscantes. Deviam ter uns cem dólares de zircônia cúbica ali — impossível que fossem diamantes de verdade.

Mesmo assim, ela estava linda. A maquiagem era discreta, exceto pelo delineador preto, que destacava os olhos verdes, e o batom vermelho intenso.

Nossa, aquela boca. Pintada assim, era suficiente para deixá-lo zonzo. Desde o quase beijo, ele via os lábios dela toda vez que fechava os olhos. Sua imaginação tinha feito coisas impronunciáveis com aquela boca durante a semana anterior.

Ele limpou a garganta. "Está pronta?"

Ela alinhou os ombros e levantou o queixo. "Estou, sim."

Eles foram para o carro. Assim que pegou a rodovia 101S no sentido de San Jose, Khai quebrou o silêncio: "Eu liguei para a Associação de Ex--Alunos. Eles me deram uma lista com todos os Phils que estudaram em Berkeley até dez anos antes de você nascer."

Ela deu um gritinho e cobriu a boca enquanto dançava no assento. Os movimentos fizeram a barra da saia subir e *puta merda*. Era como se a Regra Número Seis não existisse mais. Impossível seguir a Regra Número Seis com a Esme. Ele queria tanto tocá-la que precisou agarrar o volante com todas as forças. Khai quase conseguia ver seus dedos alisando aquelas coxas nuas e se enfiando por baixo daquele vestido largo feito um saco de batata.

A braguilha de sua calça ficou desconfortavelmente apertada, e isso o distraiu de seus pensamentos proibidos para menores. Porra, ele estava com uma ereção ao volante. Se passasse em uma lombada, corria o risco de quebrar o pau ao meio. Ele precisava pensar no deserto, no Ártico, no Artigo Número 157 da Junta Regulamentadora de Contabilidade Financeira, qualquer outra coisa.

"Quantos nomes tem na lista?", ela perguntou.

Ah, sim. A lista. "Quase mil."

"Ah." Ela franziu a testa, pensativa, passando distraidamente as mãos nas coxas de um jeito que não ajudava em nada a amenizar a situação dele.

"Um amigo do Quan está me ajudando a filtrar os nomes. Ele disse que é fácil, basta ter o software certo", explicou. "Vou precisar de uma cópia da foto que você tem."

"Vai custar muito caro?", ela perguntou, hesitante.

"Não. Ele está fazendo isso como um favor para o Quan."

"Que ótimo." Ela abriu um daqueles sorrisos que eram sua marca registrada. "Eu entrego a foto para você quando chegarmos em casa. Você pode agradecer a seu irmão por mim?"

"Pode agradecer você mesma. Ele vai estar no casamento."

"Ah. Certo, então eu mesma agradeço." Esme passou a mão pelos cabelos e cobriu as coxas com o vestido. "Agora fiquei nervosa", falou com uma risadinha.

"Por causa do Quan?"

Ela baixou a cabeça. "Ele é o seu irmão mais velho. Quero que goste de mim."

Khai deu de ombros. "Ele vai gostar de você. Ele gosta de todo mundo." E todo mundo gostava de Quan. Ele tinha um carisma excepcional. Ao contrário de Khai, que passou a vida cometendo erros e fazendo todo mundo chorar a torto e a direito.

"Espero que sim." Ela não pareceu ter ficado totalmente convencida, mas Khai sabia que não havia motivo para preocupação.

Depois da viagem de meia hora até San Jose, ele parou diante de um restaurante espaçoso de dois andares chamado Seafood Plaza. Um letreiro com um caranguejo gigante de neon e caracteres chineses piscava em cima do telhado. Era o restaurante preferido de sua mãe, aonde ele já tinha ido inúmeras vezes ao longo dos anos.

"Chegamos. A cerimônia e a festa vão ser aqui." Para algumas pessoas, nada transmitia a mensagem *felizes para sempre* como lagosta ao molho de gengibre e cebolinha.

Esme ficou olhando para o restaurante por um tempo antes de perguntar: "A comida é boa?".

Khai encolheu os ombros. "Se você gostar de comida chinesa e de água-viva."

"Água-viva?", ela perguntou, interessada.

Ele levantou as sobrancelhas. "São umas criaturas marinhas que queimam a nossa pele. E têm um monte de tentáculos." Ele mexeu os dedos para imitar o movimento delas. "A textura é esquisita. Não tem gosto de nada."

Ela cruzou os braços. "Eu sei o que é uma água-viva, e tem gosto, sim."

Aos poucos ele começou a entender a reação dela. "Você está empolgada. Com a ideia de comer água-viva."

"É gostoso."

"Você não estava empolgada assim no San Francisco Fairmont." Pelo preço e pela exclusividade, a maioria das pessoas ficaria muito mais impressionada com o Fairmont. Khai não podia evitar achar o entusiasmo de Esme com o Seafood Plaza ao mesmo tempo engraçado e fofo.

Ela ergueu um dos ombros, mas sorriu. "Eu gosto de comida boa."

"Vamos entrar, então. Acho que você vai gostar."

Enquanto atravessavam o estacionamento, foram saudados pelos cheiros cinzentos de gordura e velhice. Sim, ele conhecia aquele lugar, mas era diferente com Esme ao lado. *Tudo* era diferente com Esme. Ela não precisava que Khai abrisse e fechasse portas, não queria que ele pagasse por tudo ou carregasse as coisas dela, nem se incomodava se ele ficasse olhando para seu corpo o dia todo...

Ela estendeu o braço para ele, mas hesitou antes de tocá-lo. "Você não gosta disso." Esme inclinou a cabeça enquanto pensava, e então um sorriso surgiu em seus lábios. Parou um pouco à frente e colocou a mão dele em sua lombar. "Os homens põem a mão aqui às vezes nas mulheres. Quando estão andando ou parados. Se você fizer isso, elas não vão pegar no seu braço."

Ele quase disse que não se incomodava que ela pegasse em seu braço — não mais —, mas se conteve. Os dois precisavam de mais distância, não menos.

"Experimenta. Talvez você goste mais." Olhando para Khai por cima do ombro, ela ficou parada, esperando.

Aquilo era ridículo, mas ele fez mesmo assim. E depois se arrependeu. Ver sua mão grande nas costas dela desencadeou uma reação em Khai. A coluna dela tinha uma curvatura das mais elegantes, naquele ponto em especial, e uma parte dele vibrou ao se apossar dela.

Sua.

Ela sorriu por um instante e voltou a andar em direção ao restaurante. Com a mão ali, era impossível ignorar a maneira como os quadris de Esme ondulavam enquanto ela andava. Por que aquilo era tão sexy?

Eles passaram pelos enormes aquários da entrada, onde ficavam lagostas, caranguejos e peixes melancólicos, e chegaram à área das mesas no andar térreo do restaurante. Todas as cadeiras estavam vazias, e uma hostess com uma caneta esferográfica azul no cabelo os orientou a subir uma das duas escadas em espiral que levavam ao segundo andar.

Enquanto subiam, encontravam seus lugares e atravessavam o labirinto de mesas redondas, manter as mãos nas costas de Esme acabou se tornando natural para Khai. O calor do corpo dela atravessava o tecido do vestido e aquecia sua palma.

Quando chegaram à mesa, Khai viu uma cabeça raspada e ombros largos que conhecia bem. Quan se virou, sorriu e ficou de pé para dar um grande abraço no irmão.

"Olha só você." Quan esfregou a mão nos cabelos recém-cortados de Khai. "Cabelo bacana."

"Obrigado." Khai afastou a mão do irmão e deu um passo para trás.

"Então aqui está ela", Quan falou.

Khai reprimiu a estranha vontade de enlaçar Esme pela cintura. Em vez de puxá-la para perto, como queria, recuou. "Esme, esse é meu irmão Quan. Quan, Esme."

Quan observou a distância entre Khai e Esme com uma expressão pensativa.

Esme esfregou o cotovelo antes de sorrir para ele. "Oi, Anh Quân."

Quando um sorriso enorme se abriu no rosto de seu irmão, Khai não conseguiu relaxar como deveria. Seus músculos ficaram tensos, e ele observou a reação de Esme, tentando interpretá-la. Não sabia o que esperava ou queria encontrar, mas alguma coisa importante dependia daquele momento.

Esme estendeu a mão para Quan, mas ele a olhou, achando graça. "Sério mesmo? Um aperto de mão?" Então a puxou para um abraço, e ela riu ao retribuir o gesto.

Khai sabia que os dois iam gostar um do outro, mas aquela visão lhe gerou uma queimação no estômago. Com seu terno de grife e as tatuagens no pescoço, Quan parecia um traficante de drogas que mudou de vida, e Esme proporcionava o contraponto suave e ideal para aquele visual intimidante. Os dois ficavam perfeitos juntos.

Esme se sentou entre Quan e Khai, mas se virou para o irmão mais velho. Com um inglês bem ensaiado, ela falou: "Obrigada por me ajudar com meu pai".

"Imagina. Fico feliz em ajudar", Quan respondeu, com a sinceridade que lhe era característica. "Então, me conta como vão as coisas. O trabalho e tudo o mais. Está gostando?"

A ardência no estômago piorou quando Esme, sorrindo, começou a contar para Quan tudo sobre sua estadia até então, falando em inglês — o que se recusava a fazer com ele. Ela estava mencionando coisas que nem Khai sabia. Ele nunca perguntava sobre o dia dela. A dinâmica entre os dois não era assim. Khai tentava ignorá-la, e ela o forçava a falar. Mas agora ele se arrependia de nunca ter perguntado. Os fatos relacionados a Esme tinham um lugar especial reservado em sua mente, para nunca serem esquecidos, e ele ficou incomodado ao perceber que na verdade sabia muito pouco.

O garçom se aproximou da mesa e pôs uma travessa gigante no meio. Tinha três tipos de embutidos, uma salada de algas e lá estava a água--viva. Parecia macarrão de arroz, ou cebolas salteadas, mas estalava nos dentes de um jeito desconcertante.

Esme mal conseguiu se conter enquanto esperava sua vez de fazer o prato, e depois começou a comer com um entusiasmo que fez Quan abrir um sorriso. Ela ficou vermelha, o que só fez o sorriso de Quan aumentar ainda mais.

"Está com fome?", Quan perguntou.

"Está gostoso", ela falou, limpando a boca com o guardanapo, envergonhada.

Quan deu uma risadinha. "Aposto que é divertido sair com você." Voltando sua atenção para Khai, perguntou: "Você já foi com ela naquele lugar que vende macarrão gelado em San Mateo?".

Khai sentiu um gosto amargo na boca enquanto fazia que não. Ele nem sequer pensou em levá-la para sair. Com as compras que sua mãe levava e os pratos que Esme preparava, comida era o que não faltava em casa. Ele não via nenhum motivo para comer fora. Até então.

"Ah, mas vocês deveriam ir", Quan continuou. "Os pratos lá são todos ótimos. Ia ser divertido ver quanto ela aguenta comer."

"Bastante", Esme falou, dando risada, e seus olhos verdes brilharam mais que toda aquela zircônia cúbica junta. Ela parecia feliz. Quan a estava deixando feliz.

O DJ começou a tocar a "Marcha nupcial". O noivo — um primo distante que Khai não conhecia direito — e a noiva passaram de braços dados entre as mesas e atravessaram a pista de dança até o palco, onde trocaram seus votos em vietnamita. Depois disso, os pais fizeram discursos, e a atenção de Khai se dispersou. Ele já tinha ouvido infinitas variações daquelas falas. *Estou muito feliz com a união das duas famílias, eles têm um futuro brilhante pela frente, estou muito orgulhoso da minha filha etc.* Esme, no entanto, prestava atenção a cada palavra.

Ela sorria, mas Khai notou sua tristeza, coisa que ele costumava não ser capaz de fazer. Os olhos dela tinham perdido o brilho e, quando o pai da noiva abraçou a filha, Esme limpou uma lágrima do rosto. Quando ele estava prestes a esticar o braço para segurar a mão dela, Esme cobriu a boca, abafando uma risada. Quan cochichou alguma coisa em seu ouvido, e ela riu ainda mais, balançando a cabeça para ele, como se fossem velhos amigos.

Khai suspirou baixinho e ficou olhando para a própria mão. Nunca tinha passado por sua cabeça a ideia de fazê-la rir. Ele nem saberia como. Que bom que existiam pessoas como Quan no mundo.

Quando os discursos terminaram, os pratos principais chegaram à mesa em rápida sucessão: pato à Pequim e peixe no vapor, o menu de sempre dos casamentos. A lagosta com molho de gengibre e cebolinha foi servida, e Esme prendeu os cabelos e avançou, abrindo uma das pinças e devorando a carne tenra de dentro. Era engraçado como ela era bonita mesmo sendo uma carnívora faminta.

Quando o flagrou observando-a, ela olhou para a lagosta intocada no prato dele e perguntou: "Quer que eu abra para você? Sou boa nisso".

"Não, obrigado, eu consigo." Ele queria vê-la concentrada em sua própria refeição. Estava gostando de vê-la apreciar a comida.

"Quê? Como recusar uma oferta dessas?", Quan perguntou. Para Esme, ele falou: "Pode abrir a minha".

Disfarçando um sorriso, ela pôs um pouco de carne de lagosta no prato de Quan, e Khai sentiu uma vontade terrível de arrancar a comida do irmão e engoli-la. Aquilo não fazia sentido, então deu um grande gole em seu copo de água. Um sabor floral o fez franzir a testa. O que era aquilo?

Quando afastou o copo dos lábios, viu a mancha de batom vermelho na borda. Sem querer, tinha bebido do copo de Esme. *Transferência de germes*. Ele não era excessivamente germofóbico, mas, com tantas novas bactérias infestando sua boca, era como se a tivesse beijado.

Só que ele nunca a tinha beijado. Nem uma única vez.

Não conhecia a suavidade dos seus lábios nem o gosto da sua boca.

Ao beber do copo de Esme, ficou com todo o ônus e nenhum bônus. Não parecia nada justo. O escopo de sua visão se concentrou nos lábios dela. Cheios, vermelhos e úmidos, pareciam chamá-lo.

Quando ela lambeu os dedos, Khai sentiu a atração calar fundo dentro de si. O ar foi expulso de seus pulmões, e seu corpo enrijeceu de forma atordoante.

Ele tomou o resto da água e se afastou da mesa. "Vou buscar uma bebida." Talvez o álcool matasse as bactérias dela e clareasse sua mente.

Esme acenou com os dedos melados para Khai quando ele escapuliu até o bar.

No entanto, não havia muita escapatória. Quan o seguiu até lá e apoiou um de seus grandes braços no balcão, parecendo tranquilo e perigoso ao mesmo tempo.

"Como você está?", Quan perguntou.

Khai não tinha ideia de como articular seu estado mental do momento, então deu a resposta de sempre: "Bem".

"Você perdeu o treino de kendô no fim de semana."

Aquilo era importante. Khai nunca faltava aos treinos — nem quando estava doente —, mas Esme tinha lhe pedido para ir até Berkeley. Se ela pedisse, ele sabia que faria qualquer coisa. Ao seu alcance.

"Desculpa, eu estava ocupado."

Quan deu risada e esfregou a cabeça raspada. "Nem me fala. Eu ando tão ocupado com essa merda toda de CEO que não tenho tempo para quase nada. É por isso que não fui antes ver como você estava. Ela não é quem eu esperava que a mamãe fosse escolher para você, mas é ótima. Estou surpreso por você não gostar dela."

Khai fez menção de corrigir seu irmão e dizer que gostava dela *sim*, mas em vez disso franziu a testa e olhou para sua bebida. Se fizesse aquela confissão, Quan provavelmente ia incentivar a relação entre eles. Khai não queria isso. Já era difícil o bastante manter distância dela na atual conjuntura.

"Do que você não gosta nela?", Quan perguntou. "Ela é divertida e gostosa pra caralho."

Ele não tinha como responder a essa pergunta. Não havia nada em Esme que ele mudaria. Nada mesmo. "Eu só não estou interessado."

Quando disse aquelas palavras, porém, elas soaram desconfortavelmente mentirosas. A relação entre eles não era física, mas Khai já estava quase viciado nela. Precisava manter distância. Para o bem dos dois.

Ele sacou o livro do bolso interno do paletó e começou a folhear o canto das páginas com o polegar antes de se dar conta do que estava fazendo.

"Você só pode estar brincando", Quan disse, olhando feio para o livro. "Vai ficar lendo enquanto ela fica lá sozinha?"

"É." Era esse o plano. Casamentos já eram ruins por natureza, mas ver Esme e Quan interagindo como se fossem melhores amigos piorava tudo. Ele não se deu ao trabalho de tentar entender por quê.

"Que tal tentar ser legal, pelo menos? Está na cara que os casamentos são difíceis para ela. Ela cresceu sem o próprio pai, deve ser péssimo ficar vendo a noiva com o pai."

Khai franziu a testa. Ele não tinha feito aquela conexão antes. Por causa de seu coração de pedra. Mas, agora que entendia o motivo da tristeza de Esme, jurou a si mesmo que verificaria a lista de Phils nome por nome se precisasse e depois entregaria o pai dela embrulhado com um laço como se fosse um Lexus novinho no Dia das Mães. Quanto a ser legal com ela, Khai se lembrou da fraqueza de Quan por tudo quanto era órfão — cachorros, gatos, gângsteres mirins da escola. "Ela vai ficar bem com você aqui."

"Você está... empurrando sua garota para mim? Não ligaria se eu ficasse com ela?"

Khai demorou um instante para compreender o que seu irmão estava dizendo, e então seus músculos se flexionaram involuntariamente. Nada disso, ele ligaria, sim. Não queria Esme para si, mas também não queria vê-la com mais ninguém. Sempre imaginou os dois separados, mas solteiros.

"Porque eu estou interessado", Quan continuou. "Só aqueles olhos já seriam suficientes, mas o resto..." Seu irmão desenhou a silhueta de um violão com as mãos. "Minha nossa."

Ouvir seu irmão falar de Esme daquele jeito era pior do que escutar alguém mastigar de boca aberta ou do que aquela estranha vontade de dar um murro no nariz de Quan. Khai percebeu que estava com os punhos cerrados e abriu os dedos, perplexo. Ele afastou os pensamentos violentos e se obrigou a ser racional. Quando contemplou as necessidades de Esme em vez das suas, uma coisa se tornou bem clara.

Quan era perfeito para ela.

Seu irmão poderia proporcionar a Esme as coisas de que ele era incapaz. Quan poderia fazê-la feliz, compreendê-la e, acima de tudo, amá-la. Khai queria isso para Esme. Ela merecia isso.

"Eu não ligo", ele se ouviu dizer. Depois de limpar a garganta, se forçou a esclarecer: "Tudo bem se vocês ficarem juntos". Um suor frio brotou na testa de Khai, e seu estômago se embrulhou. Ele bebeu um belo gole de seu drinque. Não lembrava o que era, mas tinha um gosto forte. Desejou que fosse ainda mais. "Vou ficar lendo lá embaixo. Avisa ela, certo?"

Quan ficou pensativo por um instante, com o olhar compenetrado. "Sim, eu aviso."

Khai saiu do salão sentindo que tinha deixado algo inestimável para trás.

15

Quando Khải saiu do restaurante com uma bebida e um livro nas mãos, a lagosta que Esme comia virou giz em sua boca. Era a melhor que já havia provado, tinha o equilíbrio perfeito entre doce e salgado harmonizado com o frescor do gengibre, mas ela perdeu a fome. Estava sendo abandonada por ele. De novo. Engoliu com esforço antes de limpar as mãos e se recostar na cadeira.

Quân veio se sentar ao seu lado enquanto os garçons tiravam os pratos da mesa e serviam fatias de bolo fofinho para todos. Ela pegou um garfo e observou a sua de vários ângulos, tentando encontrar o entusiasmo necessário para comer.

"O que você está olhando?", Quân perguntou.

"É bonito demais para comer." As flores da cobertura pareciam ter sido pintadas à mão com um aerógrafo. Rosas, hibiscos, uma flor de lótus, sementes, todas as cores. Normalmente ela levaria tudo à boca com empolgação, mas não naquele momento.

Quân riu e empurrou seu prato na direção dela. "Já deixei o meu feio. Pode dividir comigo."

A oferta a fez sorrir, apesar de seu estado de humor. Ele era uma das pessoas mais simpáticas que ela já tinha conhecido, e que bom que estava ali. "Não é legal desperdiçar comida. Eu vou comer." Ela perfurou a superfície perfeita do bolo com os dentes do garfo.

Enquanto experimentava o primeiro pedaço do bolo aerado de baunilha, que tinha morangos e uma cobertura levemente doce, Quân chegou mais perto e perguntou: "Como estão as coisas entre você e o meu irmão?".

O bolo perdeu o sabor. Quando tentou empurrá-lo garganta abaixo com água, encontrou seu copo vazio e teve que pegar o de Khải. "Tudo bem."

"Sei."

Ela cutucou o bolo com a ponta do garfo e levantou o ombro sem dizer nada.

"A música vai começar daqui a pouco", ele falou. "Quer dançar comigo?"

Ela arregalou os olhos para ele. "Você quer dançar? Comigo?"

"Sim, eu quero dançar com você." Os lábios dele se curvaram em um sorriso, transformando o rosto sério e perigoso em totalmente lindo. Ah, que homem.

"Eu, hã..." Ela baixou o garfo, sentindo que aquilo era importante. "Não vai pegar mal se... *Por quê?*"

"Eu não ligo para o que os outros vão pensar. É só uma dança, Esme", ele falou com o sorriso despreocupado.

Mas não era só uma dança. Era mais que isso. Ela estava lá para se casar, e as pessoas seriam maldosas se a vissem passando de um irmão para o outro. Cô Nga ficaria decepcionada. Quân devia saber disso. A não ser que...

Ele estaria interessado em se casar com ela? Não, os dois tinham acabado de se conhecer. Era impossível que ele já quisesse se casar com ela.

Não era?

Ela começou a esfregar o rosto, mas o cheiro de lagosta a fez parar. "Preciso lavar as mãos. Eu já volto", falou e saiu às pressas da mesa.

No banheiro, escolheu a última cabine. Era engraçado, mas os banheiros a acalmavam. Provavelmente porque eram familiares — ela já tinha limpado tantos. Mas não podia ficar ali a noite toda. Tinha que tomar uma decisão.

"Está na cara que ela só está interessada no dinheiro dele e em conseguir um *green card*", uma mulher falou em outra cabine.

"Claro que sim", outra respondeu.

Esme soltou um suspiro comedido. Só podiam estar falando dela e de Khải. Ela sabia que esse tipo de conversa aconteceria. Sua única surpresa era não ter ouvido antes.

"Para ser sincera, se ele não fosse meu parente, até *eu* estaria atrás dele por dinheiro", a primeira mulher falou, rindo.

"Bom, eu também, na verdade." As duas caíram na risada ao mesmo tempo.

Estavam *mesmo* falando de Khải? Falavam como se ele fosse um bilionário, mas Esme tinha certeza de que Khải não era rico. Talvez aquelas duas estivessem em uma situação pior que a dele. Mesmo uma casa velha e desgastada era melhor do que nenhuma.

"Você viu como ela estava toda saidinha com o Quan?"

"Ah, sim. Se não der certo com um irmão, é só tentar o outro."

Esme fechou a cara. Sem dúvida aqueles comentários eram a seu respeito, mas ela não estava flertando com Quân. Ou estava? Pelo menos não de propósito. Mas ele era *bem* bonito, e divertido, atencioso e gentil. Se ela nunca tivesse conhecido Khải, aproveitaria a chance de dançar com ele sem pensar duas vezes.

Mas ela havia conhecido Khải.

Esme ouviu o som das descargas, dos saltos batendo no piso de lajotas e da água correndo enquanto as duas lavavam as mãos.

"Mas que ele é bonito, isso é *mesmo*", uma delas falou.

"E também é um escroto."

"É, concordo. Tudo bem que ele é... Enfim, você sabe, mas eu ouvi dizer que ele reclamou com a Sara sobre o casamento. Bem ali na mesa, no dia do casamento..."

A tolerância de Esme para as fofocas chegou ao fim, e um fogo se acendeu dentro dela. Escancarou a porta da cabine e saiu. "Ele não é um escroto. É um doce de pessoa."

Tudo bem se pensassem o pior a seu respeito — Esme não estava nem aí para elas —, mas Khải era da família. Em vez de espalharem fofocas e crucificá-lo, elas deveriam tentar entendê-lo melhor.

Uma das mulheres ficou vermelha e saiu correndo para a porta, mas a outra lançou um olhar hostil para Esme. "*Você* não está em condições de dar lição de moral em ninguém."

Esme levantou o queixo, mas não falou nada enquanto as mulheres saíam do banheiro. O que *poderia* dizer? As duas julgaram tanto ela como Khải sem nem saber quem eles eram de verdade. Khải não era má pessoa.

Só era mal compreendido. Quanto a Esme, ela não era uma interesseira. Seus motivos para tentar alguma coisa com Khải não tinham nada a ver com dinheiro. Pena que ela não podia revelá-los a ninguém sem acabar estragando tudo.

Ela terminou de lavar as mãos, se olhou no espelho, e suspirou fundo. Por mais que tentasse, parecia que sempre havia alguma coisa errada com ela. Remexeu na bolsa até encontrar o batom e retocar os lábios, mas isso não resolveu o problema. Ela ainda não era a Esme contadora, a que Khải queria.

Mas Quân queria — ou talvez quisesse — e parecia gostar dela como ela era, sem diploma de contadora nem do ensino secundário. Ao contrário de Khải, queria dançar com ela. Para Quân podia não ser nada de mais, mas para Esme era. Aquele homem irradiava sex appeal. Seus corpos se tocariam. Ele a envolveria em seus braços. Eles se moveriam no mesmo ritmo. E ela reagiria a ele. Como não? Ela era de carne e osso e estava carente de afeição.

Se fosse esperta, se concentraria no irmão que era a aposta mais certeira. Ao que parecia, esse irmão era Quân, mas, em assuntos do coração, Esme nunca foi boa em ouvir a voz da razão. A verdadeira pergunta era: quem seu coração queria?

Khai não conseguia se concentrar na leitura. Nem valia a pena continuar tentando. Fechou o livro e começou a andar de um lado para o outro no andar de baixo do restaurante, passando o polegar no canto das páginas para folhear. *Flaaap. Flaaap. Flaaap.*

Ele tinha perdido a mania de ficar andando de um lado para o outro. E de fazer movimentos incessantes com as mãos. Só que, pelo jeito, tudo isso havia voltado.

A hostess e os funcionários estavam ocupados com o casamento no segundo andar, e seus passos ressoavam no carpete vermelho. As danças iam começar a em breve.

Khai não dançava. Mas Quan sim. E ele achava que Esme também.

As palavras de Quan se repetiam em sua cabeça: *Eu estou interessado. Só aqueles olhos já seriam suficientes, mas o resto...*

O prédio começou a retumbar uma batida lenta, e a pele de Khai ficou gelada e dormente. Tinha começado. Primeiro tinha a dança da noiva com o pai. Mas depois...

Esme. Com Quan. Com os corpos colados. Se movendo lentamente. Ele estava passando mal. Sua pele doía. Cada respiração era dolorosa. Suas entranhas estavam se contorcendo. E por que ele tinha vontade de quebrar tudo?

Quan colocaria a mão na base da coluna de Esme, o mesmo lugar de que Khai tinha se apossado mais cedo, tocaria os quadris dela, os braços, as mãos. E ela deixaria. E retribuiria seu toque.

E deveria mesmo. Quan era o homem certo para ela.

Khai se deu conta de que podia ir embora. Quan cuidaria dela e a levaria para casa. Talvez, depois de passar um tempo com Quan, ela fosse querer arrumar suas coisas e mudar de casa e de irmão. Isso seria conveniente para Khai. Ele não se viciaria por completo em Esme se ela não estivesse por perto.

Cerrando os dentes, ele foi até a entrada do restaurante e levou as mãos ao puxador de metal da porta. Mas seus braços se recusaram a abri-la.

E se ela não quisesse dançar? E se quisesse ir embora àquela hora? Não fazia sentido Quan precisar levá-la se Khai estava indo para casa. Não seria nem um pouco prático.

Ele se virou, com a intenção de subir e aguentar a música o suficiente para verificar se Esme estava contente e avisá-la de que estava indo embora.

Mas lá estava ela, parada no último degrau da escada, com a mão no corrimão.

Tão linda. E bem ali. Tinha ido procurá-lo de novo. Ninguém nunca o procurava. Todos presumiam que ele queria ficar sozinho. Só que nem sempre era assim. Às vezes ficava sozinho por força do hábito. Às vezes precisava fazer um grande esforço para se distrair do vazio cada vez maior que sentia por dentro.

"Está indo embora?", ela perguntou em voz baixa.

"Eu estava indo avisar." Ele ouviu suas palavras como se ao longe, ditas por outra pessoa. "Se quiser dançar, deveria ficar."

"Você quer que eu vá dançar?" Ela não chegou a dizer, mas ficou no ar entre eles: *sem você*.

Ele engoliu em seco, sentindo um nó na garganta. "Se isso deixar você feliz."

Ela deu um passo em sua direção. "E se eu quiser dançar com você?"

"Eu não danço."

"Você não pode tentar?" Ela deu mais um passo. "Por mim?"

Ele sentiu um aperto no peito. "Não posso." Nunca tinha dançado na vida. Com certeza seria péssimo nisso, acabaria machucando Esme e passaria vexame. Sem falar na música alta. Khai não conseguia funcionar com aquele nível de decibéis de estourar os tímpanos. Mais um fator que fazia de Quan o homem certo para ela. "Se quiser ficar, Quan com certeza leva você para casa com o maior prazer."

"Você quer que... eu dance... com ele?" Ela franziu a testa. "É isso mesmo?"

"Se você quiser." E era verdade. Se ela quisesse, ele queria que ela fosse em frente, apesar de isso fazer seu peito ficar comprimido como se estivesse sendo pisoteado.

Um bom tempo passou até que Esme dissesse: "Entendi". Em seguida, ela sorriu, mas as lágrimas caíam. Ela as enxugou, respirou fundo e abriu um sorriso ainda maior antes de se virar.

Ele a fez chorar.

"Esme..."

Ela o ignorou e continuou andando na direção do salão. Ia encontrar Quan. E seria perfeitamente feliz.

Sem ele.

Alguma coisa dentro dele se rompeu, e a parte racional de sua mente desligou. Uma parte desconhecida assumiu o controle. Sua pele esquentou como se ele estivesse com febre. Sua pulsação rugia nos ouvidos. Ele notou que seus pés estavam atravessando o salão, viu sua mão segurar o braço dela e a virar para si.

Aquelas lágrimas.

Elas os destruíram. Ele as enxugou com os polegares.

"Eu estou bem", ela murmurou. "Não se preocupa. Eu..."

Ele levou os lábios aos dela, enquanto a sensação lançava uma onda de choque por todo o seu corpo. Macia. Sedosa. Doce. Esme. Quando percebeu que o corpo dela ficou tenso, começou a se afastar, horrorizado. Onde ele estava com a cabe...

Então ela relaxou em seus braços, retribuindo o beijo, e foi isso. Seus pensamentos evaporaram. Alguma outra coisa emergiu do que restou, uma coisa que ele havia mantido acorrentada havia tanto tempo que agora era pura ferocidade e avidez em estado bruto. Khai acariciou os lábios dela com a língua e, quando ela suspirou e afastou o rosto, um sentimento de triunfo selvagem o dominou. Os lábios dela eram seus, a boca toda, e o calor líquido com gosto de baunilha, de morangos e de mulher.

Esme derreteu com a intensidade do beijo de Khải. Nunca havia sido beijada daquela maneira, como se ele fosse morrer se parasse. Seus movimentos foram inseguros no início, como se a estivesse estudando, mas não demorou para que ele ganhasse confiança. A cada pressão sedenta dos lábios, a cada movimento dominador da língua, ele a deixava ainda mais entregue.

Seus joelhos começaram a fraquejar, mas ela teve receio de se ancorar nele. Se ele parasse, Esme cairia no choro. Ela precisava de mais, muito mais. Não conseguia nem respirar de tanto desejo.

Retribuiu o beijo com mais força, e Khải grunhiu contra sua boca, passando a mão por suas costas, suas espáduas, descendo por sua coluna. Cada vez mais baixo. Ele a apertou, e ela sentiu seus músculos se enrijecerem por dentro.

Khải a puxou para mais perto e mexeu os quadris para pressionar sua ereção contra ela. Esme arquejou ao sentir uma descarga elétrica contrair seu ventre e se arqueou contra ele, segurando-o pela lapela do casaco. Era isso ou desabar ali mesmo.

Mais perto, ela precisava dele ainda mais perto. Queria se fundir a ele, esfregar seu corpo no dele, mas isso não bastava. Suas mãos estavam loucas para tocá-lo e explorá-lo. Ela resistiu ao impulso e continuou agarrada à lapela enquanto ele beijava seu queixo, mordiscava sua orelha e chupava seu pescoço. Um arrepio se espalhou por sua pele.

O salão começou a girar, deixando os dois em um mundo apenas deles. Só o que ela sentia era a segurança de seu abraço, o calor de sua boca e seu cheiro — sabonete, loção pós-barba, homem. Eles precisavam de uma cama, uma parede, uma mesa, qualquer coisa. Ela o queria naquele exato momento, e ele estava mais do que pronto...

"Puseram óleo demais na sopa", uma voz alta e familiar falou. "Mas o peixe estava... Ai, meu pai."

A mãe dele e várias tias os encaravam do meio da escada.

Esme e Khải se afastaram imediatamente. Vermelha até não mais poder, ela ajeitou o vestido com as mãos trêmulas enquanto as senhorinhas terminavam de descer os degraus.

"*Chào*, Cô Nga", ela falou, baixando a cabeça para as tias. Em seguida juntou as coxas, pois não estava acostumada a se sentir tão excitada no meio de tanta gente.

Khải passou a mão pelos cabelos. "Oi, mãe, Dì Anh, Dì Mai, Dì Tuyết." Desviando o olhar, ele sugou o lábio inchado para dentro da boca. Ah céus, ele estava todo sujo de batom.

"Anh Khải, me deixe..." Ela levou a mão ao rosto dele, mas hesitou em tocá-lo, e então ele aproximou a mão dela de seu rosto.

"O que foi?", ele perguntou.

"Meu batom." Ela esfregou o polegar no canto do lábio dele, mas a mancha não saía. "Ah, não, Khải."

Em vez de ficar chateado como ela pensou, ele sorriu, mostrando as covinhas e deixou-a com o coração quentinho.

Ele não ligava de ser pego beijando-a.

"Jovens, hã?", uma das tias comentou enquanto as outras davam risadinhas cobrindo a boca, como adolescentes.

"Esses dois..." Cô Nga tentou soar séria, mas não conseguia tirar o sorriso do rosto. "Vão logo para casa. As pessoas vão ver vocês." Ela remexeu em sua bolsa enorme até achar um lenço de papel, que entregou para Esme. Em seguida levou as tias para fora.

Assim que as portas do restaurante se fecharam, Esme aproximou o lenço da boca de Khải, mas ele desviou e a beijou de novo, dessa vez lentamente. O lenço ficou amassado na mão dela, esquecido, enquanto ele passava os dedos por seus cabelos e puxava a cabeça dela para trás para tornar o beijo mais intenso.

Um som de pigarro.

Dessa vez, porém, quando Esme tentou se afastar, os braços de Khải a agarraram e a puxaram para perto. Ela olhou por cima do ombro e viu Quân os observando com os braços cruzados e um sorriso enorme no rosto.

"Os mais velhos estão começando a ir embora", Quân avisou. "Pode ser melhor vocês... fazerem isso em outro lugar. Sabem como é, pra não matar ninguém do coração."

Khải olhou para o irmão, depois para Esme e diminuiu um pouco a força com que a agarrava. "Você quer ir embora comigo... ou ficar?"

"Quero ficar com você", ela murmurou.

Aquele sorriso lindo apareceu no rosto dele de novo. "Então vamos."

Eles se soltaram, e Esme prendeu o cabelo atrás da orelha, sem saber direito como agir perto de Quân depois do que tinha acontecido. Ele não parecia bravo nem ofendido. Na verdade, parecia contente. Teria orquestrado tudo isso, de alguma maneira?

Quân e Khải trocaram aquele cumprimento que era metade aperto de mão e metade abraço com tapinha nas costas, típico dos homens americanos. "Se precisar de alguma coisa, me liga. Tenham uma boa noite, vocês dois."

Ele deu uma piscadinha para Esme e voltou a subir. Ela assentiu, constrangida. Khải abriu a mão que seu irmão tinha apertado pouco antes e havia uma embalagem reluzente ali.

O rosto de Esme queimou de vergonha, mas ela não conseguiu conter o sorriso. Quân era o melhor irmão de todos.

Khải ergueu a embalagem entre o indicador e o dedo médio para Esme. "Vou ter a chance de usar isso hoje?"

Ela mordeu o lábio, sentindo a ansiedade borbulhar em suas veias. Depois de pegar o livro que ele tinha derrubado no chão, ela o olhou por cima do ombro e respondeu: "Espero que sim".

16

Khai dirigiu de volta para casa em estado de loucura. Seus batimentos estavam tão descontrolados que foi um milagre eles não terem sofrido dez acidentes de trânsito. A camisinha em seu bolso queimava sua coxa.

Ele ia fazer sexo com Esme.

Sexo.

Com Esme.

Mesmo em meio àquela sensação febril, reconheceu que não deveria fazer isso. Deveria manter distância dela. *Garota ama garoto ama garota*. E se ela se apaixonasse? Ele não podia...

Não, Khai pensou consigo mesmo, com firmeza. Ele podia. Esme tinha afirmado com todas as letras que não esperava nada em troca, deixando claro que sabia o que estava fazendo. Quanto a si mesmo e seu medo de se viciar, ele daria um jeito. Agora era tarde demais para voltar atrás. Ele queria demais aquilo. Além disso, adultos faziam isso o tempo todo. *Seu irmão* fazia isso o tempo todo, a julgar pelo estoque de preservativos que tinha à mão.

Depois que Khai estacionou em frente à casa, eles foram juntos até a porta. Já tinham feito aquilo inúmeras vezes, mas naquela noite tudo parecia diferente, meio surreal. O ar estava mais doce, apesar de os jasmins que se abriam à noite sempre terem crescido por ali. Como que ele nunca tinha reparado no barulho dos grilos nem nas estrelas brilhando por entre a copa das árvores?

Quando ele destrancou a porta, Esme agarrou seu livro junto ao peito, observando-o por entre os cílios. Umedeceu os lábios, e o desejo de beijá-la o atingiu com tanta força que os músculos de sua barriga se contraíram. Ele tentou controlar a respiração, acalmar a pulsação, voltar a seu estado funcional, mas então lembrou que tinha *permissão* para beijá-la.

Sempre que quisesse.

Ele a prensou na porta e se apossou de seus lábios, soltando um grunhido quando a sentiu relaxar e corresponder. Khai sempre pensou que seria rejeitado, mas ela nunca fez isso. Era uma coisa inebriante, sua aceitação. O que mais ela o deixaria fazer?

Depois de um último beijo na boca, ele foi descendo para o pescoço. Sem querer, tinha deixado uma marca ali. O troglodita dentro dele vibrou de satisfação, e Khai não questionou a sensação. Deu um beijo de reconhecimento naquele lugarzinho. Quando ela inclinou a cabeça para o lado, se oferecendo em silêncio, ele cedeu aos instintos que nem sequer compreendia e roçou os dentes em sua pele sensível. A respiração de Esme se acelerou, e ele viu um arrepio subindo pelo braço dela. Ele tinha provocado aquilo.

Tão macia, tão receptiva a ele, só para ele. Por enquanto.

Prendendo a respiração, Khai fez o que vinha desejando havia uma eternidade. Apalpou os seios fartos dela. E ela deixou. Com os polegares, sentiu os mamilos pontudos sob o vestido e os acariciou, soltando um suspiro trêmulo quando viu os olhos de Esme se perderem e ela morder o lábio. Teve noventa por cento de certeza de que ela havia gostado.

Do que mais ela gostava? Khai seria capaz de fazê-la se sentir tão bem como ele se sentia naquele momento? Ele estava determinado a tentar. Precisava dar prazer a ela. Precisava disso mais do que tudo.

Sua boca encontrou a dela de novo, e sua mente se enevoou. Ela sobrecarregava seus sentidos, era impossível pensar. Havia o gosto de morango, a pele sedosa, as curvas que se encaixavam em suas mãos e a maciez que ele sentia sempre que esfregava os quadris nela.

Entre os beijos, ela murmurou: "Cama, Khải. Agora."

Cama.

Sexo.

Esme.

Seu corpo se enrijeceu a ponto de doer, e ele abandonou os lábios dela e colou a testa à sua, aproveitando para se acalmar um pouco e reaprender a usar o cérebro. As pessoas o consideravam inteligente. Ele deveria saber levá-la para a cama. Era uma tarefa corriqueira. Não deveria parecer tão impossível. Era só seguir um passo a passo.

Ele abriu a porta, se parabenizou por ter lembrado de tirar a chave do bolso, e a pegou no colo.

Ela deu risada ao ser carregada para dentro. "Eu consigo andar. Estou melhor."

"Eu gosto de pegar você no colo."

Ela o encarou. Apesar de os lábios de Esme não terem se curvado, ele sentiu que ela estava sorrindo. Ela ficou em silêncio no caminho até o quarto. Depois de Khai a colocar no centro da cama, ela se sentou, pôs o livro na mesinha de cabeceira, tirou os sapatos e os deixou cair no carpete macio. O colar e o restante das joias foram retirados em seguida. Então ela se sentou sobre as pernas e o observou com olhos ardentes.

Depois de um instante, ele se deu conta de que ela estava esperando. Por ele.

Khai tirou os sapatos — algo que nunca tinha feito no quarto porque sempre fazia na porta da frente. Ele provavelmente tinha deixado uma trilha de sujeira da rua em sua casa. Antes que isso o incomodasse demais, balançou a cabeça, tirou o paletó e se sentou na cama. Sem perceber, manteve uma distância segura entre os dois.

Esme observou o espaço vazio entre eles por um instante e então o encarou, pegou o vestido e o tirou por cima, atordoando Khai por completo.

Em uma fração de segundo, seu conceito de perfeição foi redefinido. Seus padrões se alinharam às proporções e medidas dela. Ninguém seria capaz de igualá-la muito menos superá-la.

Uma mulher linda, com seios lindamente esculpidos, mamilos escuros, coxas sensacionais. Estava usando a mesma calcinha branca de algodão da noite do primeiro casamento. Ele reconheceu o lacinho no elástico. Ou então Esme tinha várias iguais. As mulheres compravam roupas de baixo em pacotes de meia dúzia, como os homens? A imagem de seis calcinhas brancas com seis lacinhos surgiu em sua mente.

Aquele lacinho o fascinava. Ele queria tocá-lo. E as pernas dela, a pele, o corpo inteiro. E os seios, com certeza os seios.

"Sua vez." O som rouco da voz dela tinha uma qualidade quase palpável, e ele sentiu todos os pelos de seu corpo se arrepiarem.

Sua boca estava seca demais para formar palavras, então ele assentiu. Percebeu que estava trêmulo, mas suas mãos se mantiveram firmes enquanto soltavam a gravata e abriam os botões da camisa. A culpa era do olhar dela, a maneira como acompanhava cada um de seus movimentos. Khai encarava o próprio corpo apenas como... seu corpo, algo que ele habitava. Ver a si mesmo através dos olhos dela era uma experiência nova.

Quando tirou a camisa, os lábios de Esme se abriram com um suspiro rápido. Quando a calça foi para o chão e ele ficou sem nada além da cueca boxer, os olhos dela o percorreram inteiro. Ele sentia seu corpo se esquentar por onde o olhar dela passava — seu peito, seus braços, sua barriga, suas pernas.

Ela passou uma das mãos pelos cabelos compridos e mordeu a ponta do dedo, o que o deixou totalmente sem fôlego. Incapaz de resistir por mais um segundo que fosse, ele se ajoelhou na cama e foi chegando cada vez mais perto. Até meio braço de distância. Um quarto. Seus corpos se encontraram e ficaram em contato, pele com pele, pela primeira vez.

Khai já tinha se atracado com homens. Era um tipo de toque com um propósito, nem um pouco leve e, portanto, aceitável. Ele sabia como era ter um oponente — dois corpos se agredindo e se castigando, e o menor vacilo poderia levar a um estrangulamento.

Aquilo era bem diferente. Esme não tinha cheiro de vestiário e suor de homem, e as curvas dela se encaixavam em seus côncavos, o macio contra o rígido, o liso contra o áspero, o débito perfeito para seu crédito, o que não fazia sentido, considerando que ela era muito menor que ele. Khai poderia imobilizá-la em questão de segundos. Mas nunca quis fazer isso.

O hálito quente de Esme aqueceu seu pescoço, e ele puxou a cabeça dela para trás para olhá-la. Olhos verdes e pesados o encararam, e os lábios entreabertos eliminaram qualquer resquício de resistência que ele ainda pudesse ter. Ele colou a boca à dela, fazendo movimentos intensos com a língua, que ela retribuiu com a mesma avidez.

Khai queria ficar ainda mais perto, mal conseguia respirar, mal conseguia pensar. Ele a tocou em todas as partes possíveis, mapeando o corpo dela em sua mente. As curvas acentuadas da bunda, a descida macia das costas, os seios. Ele soltou um grunhido ao sentir os mamilos roçarem as palmas de sua mão. Pareciam implorar por sua boca, e, antes que se desse conta, ele estava chupando um dos bicos enrijecidos, passando a língua em movimentos circulares, comprimindo-a contra a cama, entregue à sensação de tê-la. As pernas dela abriram espaço para o quadril dele se encaixar, e ele tremeu ao se esfregar nela. A fricção, o cheiro, os murmúrios — era o paraíso.

"Agora, Khải."

Ele não entendeu o que ela falou. Não conseguia parar de se esfregar nela.

"Khải", ela repetiu, ofegante. "*Agora.*"

Ele se afastou, e o mamilo escapou de sua boca, reluzindo com a umidade de sua saliva. Foi uma visão tão erótica que ele precisou desviar o olhar para conseguir organizar os pensamentos. "Agora o quê?", ele perguntou, com uma voz rouca irreconhecível.

Esme abriu a boca, mas as palavras não saíram. O peito dela subia e descia, fazendo os seios se moverem de um jeito irresistível, e suas mãos se abriam e fechavam, se abriam e fechavam, como se estivessem buscando algo que não estavam lá.

Por fim, ela falou: "A camisinha".

Então tudo fez sentido.

Ele desceu da cama e pegou o preservativo no bolso da calça. Sem tirar os olhos dela, abaixou a cueca e pôs o pau para fora. Quando ela semicerrou os olhos e passou a língua pelo lábio superior, uma onda furiosa de luxúria quase o fez cair de joelhos. Terminou de arrancar a cueca e foi se deitar ao lado dela na cama.

A embalagem estalou ao ser aberta, e ele deslizou o látex lubrificado por toda e extensão do membro hipersensível. Quando terminou, apoiou as mãos na cama.

Tinha chegado a hora, mas ele não sabia muito bem como proceder. Sempre pensou que uma voz interior lhe diria o que fazer. Os humanos acasalavam havia milhares de anos. Era algo natural, instintivo. Mas só o que Khai ouvia era a própria respiração. Ele ia estragar tudo.

Sem tirar os olhos dele, ela mordeu o lábio e tirou a calcinha levantando levemente o quadril. Manteve as pernas fechadas, mas a nuvem de pelos encaracolados entre suas pernas chamou a atenção dele, que engoliu em seco. Ela estava nua, gloriosamente nua.

"Vem cá", ela chamou.

Seu corpo obedeceu por iniciativa própria, se encaixando entre os joelhos dela e a cobrindo, alinhando seus corpos perfeitamente. A tentação dos lábios dela era irresistível, e ele a beijou com um toque de desespero. Quando mexeu os quadris, seu pau deslizou pela abertura, e a cabeça se alojou nela. Só a pontinha. Um calor se espalhou por todo o seu corpo, suas costas, sua nuca, seu couro cabeludo.

Aquilo estava acontecendo. Ele e Esme. Juntos.

Khai a beijou intensamente e foi deslizando devagar para dentro. A cada centímetro de avanço ele se sentia transformado, destruído e reconstruído, até que finalmente ficou inteiro dentro dela, e Esme jogou a cabeça para trás e gemeu.

Por um instante, ele ficou tão atordoado que não conseguia se mover. *Tinha dado prazer a ela.* Ele jamais imaginou que fosse tão fácil satisfazer uma mulher. Afastou os cabelos do rosto dela e a beijou na boca, cheio de ternura e de uma sensação nova. Não havia nada como estar dentro de Esme. Ela era apertada, quente, macia, e ele se encaixava como se eles tivessem sido feitos sob medida um para o outro.

Quando ela levantou os quadris, puxando-o mais fundo, o prazer fervilhou dentro dele, e os instintos que Khai achou que não tinha entraram em ação. Ele recuou e se enterrou dentro dela de novo com um grunhido rouco, entrando e saindo, cada vez mais depressa. Caralho, sexo era bom. Sexo era *fantástico*, dez mil vezes melhor que bater punheta no chuveiro, um milhão de vezes melhor, um bilhão.

E Khai sabia que era porque estava com Esme. Ela tornava tudo diferente. Ele estava muito feliz por sua primeira vez ser com ela.

Esme agarrou os cobertores, lutando contra a vontade de tocar Khải. O rosto dele se contorceu como se estivesse sentindo dor. Ela queria acalmá-lo e depois acariciar todo o corpo dele. Ele era incrível, todo feito de músculos poderosos e ângulos marcantes.

Estava gostoso, muito gostoso, e, apesar de ele não a ter tocado nenhuma vez onde ela precisava, ela estava quase lá. Esme arqueou as costas e se contorceu contra ele, tentando encontrar o ângulo perfeito, mas seus movimentos o deixaram em chamas.

Os movimentos dele se tornaram mais velozes e mais rasos, e sua boca se abriu quando ele entrou profundamente e manteve os quadris colados aos seus por vários segundos. Ofegante, ele a beijou na testa. Depois saiu de dentro dela, desceu da cama e se fechou no banheiro.

Ela afundou na cama, incrédula. Foi só isso? Ele voltaria em breve, claro. Seu sexo pulsava à espera de que ele voltasse e terminasse o que tinha começado.

Esme ouviu o som do chuveiro.

Ela se sentou e ficou olhando para a porta do banheiro, sentindo sua pele gelar. Ele tinha mesmo dado por encerrado. Tinha se contentado e agora estava se lavando. Menos de um minuto depois de terminar. Seus lábios ainda estavam úmidos dos beijos dele.

Lágrimas ameaçaram cair, mas ela as reprimiu. Não sabia quanto tempo fazia que estava ali, olhando para a porta do banheiro. Poderiam ter sido horas ou segundos, mas por fim ela se levantou da cama, pegou suas coisas e jogou tudo no chão de seu quarto. Sentada no sofá, abraçou seu corpo com força. Quis ficar com ele e tinha conseguido. Sua curiosidade estava satisfeita. Tinha dito a ele que não esperava nada em troca, e foi isso que recebeu. Nada.

Mágoa e raiva fervilhavam dentro dela. Ela se concentrou na raiva.

Quando ouviu o chuveiro ser desligado, entrou pisando duro no banheiro. Ele ergueu os olhos enquanto se enxugava. Depois de um instante de constrangimento, Khải tirou a toalha da frente das coxas e secou os cabelos, expondo seu lindo corpo nu. Os músculos bem definidos dos braços se contraíam enquanto ele esfregava a cabeça, os ombros largos, o abdome firme, *aquela* parte, as pernas fortes. Uma perfeição para os olhos, mas que não era para o seu bico. Ele sorriu, com covinhas e tudo, mas o sorriso desapareceu do rosto dele diante do olhar gélido de Esme.

Ela entrou no boxe e apertou os botões do chuveiro. Qual era seu problema? Por que ainda se derretia toda diante daquele sorriso? Não tinha nenhum amor-próprio. Quando se limpou entre as pernas, sua carne sensível latejou de desejo. Ele a beijou e a acariciou até deixá-la louca de vontade e depois a abandonou. De novo.

Ele continuaria a fazer isso sempre. Porque Esme não era o que ele queria. E ela sabia disso, mas se ofereceu para ele mesmo assim.

Como era idiota.

Enquanto a água lavava seu corpo e aquecia sua pele, ela jurou que estava tudo encerrado. Chega. Chega de esperanças secretas, de tentativas de sedução, de preocupação com ele. Estava farta daquilo. Podia não ser rica, elegante, nem inteligente, mas não admitia ser usada e jogada fora. Ela tinha seu valor. Ele podia não estar estampado nas roupas que usava, nem nas abreviaturas depois de seu nome, nem em sua forma de falar, mas ela *sentia* que tinha valor, mesmo que não entendesse direito de onde vinha. Pulsava em seu peito, grande, forte e luminoso. Ela merecia mais do que aquilo.

Fortalecida pela intensidade de sua convicção, ela desligou o chuveiro, agarrou uma toalha junto ao peito e saiu do boxe.

Khải parou de escovar os dentes e se virou para olhá-la, percorrendo com os olhos sua pele nua. Era impossível não notar que estava duro de novo, e um calor se espalhou por seu corpo traiçoeiro. Que corpo mais burro.

Esme passou reto por ele e se fechou em seu quarto sem dizer nada. Se tentasse dizer alguma coisa, acabaria chorando ou gritando com ele. Depois de vestir uma nova calcinha branca e pôr sua roupa de dormir, estendeu as cobertas e preparou o sofá. Nada de continuar dividindo a cama.

Enquanto se cobria, ouviu uma batida na porta, e Khải entrou no quarto, usando apenas uma cueca limpa.

Ele coçou o pescoço ao ver as cobertas no sofá. "Você não vai... dormir no meu quarto? Como sempre?"

"Aqui no sofá está bom."

Ele franziu a testa, mas depois de um tempo assentiu. "Tudo bem, então. Boa noite." Abrindo um leve sorriso para ela, ele fechou a porta, e o som de seus passos diminuía à medida que ele voltava para o quarto.

Ela esmurrou o travesseiro antes de agarrá-lo junto ao corpo como se fosse uma pessoa. Ela não precisava dormir com ele. Sua raiva lhe faria companhia.

17

A primeira coisa que Khai viu na manhã seguinte foi o espaço vazio do outro lado da cama. Nada de Esme, nem sequer um amarrotado nas cobertas. Era normal querer distância de uma pessoa depois de fazer sexo com ela? Ele não entendia, principalmente porque Esme costumava ter pesadelos quando dormia sozinha, mas não sabia o que fazer a não ser deixá-la em paz.

Ele se sentou, pôs os pés no chão e passou os dedos pelos cabelos curtos. Tinha dormido como uma pedra — sexo sensacional provavelmente causava esse efeito —, mas naquele dia tudo parecia fora de prumo. As paredes pareciam muito cinzentas, o quarto, muito sombrio, a cama, grande demais. Até o carpete parecia ainda mais feio sob seus pés descalços, e a maciez não era suficiente para compensar a aparência horrenda.

Esperando que a rotina fosse fazer as coisas voltarem ao normal, Khai fez suas tarefas dominicais de sempre. Se trocou, engoliu uma barra de cereais e levantou pesos, mas Esme não saía do quarto. Ele sabia, porque ficou à procura dela com os olhos o tempo todo.

Depois de tomar banho, a encontrou sentada no sofá lendo um livro didático enquanto um filme de animação passava na TV. Khai pegou o notebook e se juntou a ela, com a intenção de trabalhar enquanto ela estudava, mas, assim que ele se sentou, ela se levantou e se fechou no quarto.

Que diabos estava acontecendo? Ela não queria mais saber dele agora que os dois tinham feito sexo? *Ele* ainda queria saber dela. Na verdade, ele a queria mais ainda, e não menos. Franzindo a testa, deixou o computador no sofá e foi atrás dela. Diante da porta, respirou fundo, abriu bem as mãos para alongar os dedos e bateu.

A porta se abriu logo depois, e Esme o encarou. Estava usando a camisa amarela com os dizeres *Em yêu anh yêu em*, uma bermuda, um rabo de cavalo não muito bem-arrumado e um lápis atrás da orelha. Estava tão linda que ele sentiu seu peito doer.

"Você está brava comigo?", ele perguntou.

Ela franziu os lábios e o encarou.

"Por que está agindo assim?" Ele queria que ela voltasse a ser a Esme de sempre.

Ela ergueu o queixo, parecendo rebelde e teimosa, e o desejo perverso de beijá-la só cresceu. Khai quase seguiu esse impulso, mas ela parecia capaz de mordê-lo. Mas então os olhos dela ficaram marejados e sua respiração acelerou. "Porque eu faço o que quero."

"Está com fome? Eu posso..."

"Não, obrigada." E bateu a porta na cara dele.

Khai ficou olhando para a porta por um tempo. O que estava acontecendo? Ele tinha... feito alguma coisa errada? Não conseguia pensar em nada. Tinham feito sexo, que foi incrível, e logo depois ele tomou banho para não deixá-la toda melada com seu suor. Isso tinha exigido um esforço monumental, já que estava se sentindo dopado por uma dose de tranquilizante de hipopótamo na corrente sanguínea. O que teria sido? Como ele gostaria de entender as pessoas.

Mas conhecia alguém que entendia. Porque era o ser humano ideal.

Pegou as chaves e saiu de casa. Demorou quarenta e cinco minutos para chegar ao bairro de Quan em San Francisco e mais quinze para encontrar um lugar para estacionar na rua. Quando enfim tocou o interfone do condomínio, não houve resposta.

Tentou de novo.

Nada ainda.

Mais uma vez, com vontade.

De novo sem resposta.

Resmungando consigo mesmo, sacou o telefone do bolso e ligou para o irmão.

Quan atendeu no primeiro toque com a voz rouca de sono. "E aí?"

"Eu estou na frente do seu prédio."

"Espera, o quê? Aconteceu alguma coisa? Eu estou descendo. Aguenta aí." Uma voz feminina, mais suave, murmurou alguma coisa ao fundo, e ele falou: "É meu irmão. Já volto". A ligação foi desligada.

Khai chutou um pedaço de terra no chão de concreto enquanto esperava. Pelo jeito ele não era o único que teve uma noite agitada. Mas duvidava que Quan estivesse sendo evitado e ignorado o dia todo.

A porta da frente se abriu e Quan apareceu só com as tatuagens e uma calça jeans velha cobrindo o corpo. "Oi."

Por um momento, Khai ficou tão distraído com as tatuagens de Quan que até esqueceu por que estava lá. "Quando foi que você fez essas? Já tem planos para esse espaço vazio?"

Quan passou a mão pela caligrafia cheia de volteios no lado direito do corpo que se fundia com a arte em estilo japonês do lado esquerdo. "Vou deixar sem nada. É aquela história, menos é mais."

"Você não acha que agora é tarde pra isso?", Khai perguntou.

"Cala a boca. A minha bunda ainda está vazia. Entra aí."

Khai entrou no prédio e eles pegaram o elevador.

"Então, o que foi?", Quan perguntou enquanto os números no mostrador digital iam subindo. "Você nunca vem aqui."

Khai estendeu os dedos das mãos outra vez antes de relaxá-los. "Eu fiz sexo ontem à noite. Com Esme."

Um sorriso gigante se abriu nos lábios do irmão. "Foi a sua primeira vez, né?"

Khai assentiu com um gesto discreto. Ele nunca falou para ninguém que era virgem, mas claro que Quan, com sua intuição tão aguçada para ler as pessoas, já sabia.

"Muito bem, irmãozinho." Quan estendeu o punho fechado, e Khai retribuiu o cumprimento por força do hábito. Em seguida se sentiu ridículo.

"Você não liga? Sei que estava interessado nela, e eu..."

"Não, eu não ligo", Quan respondeu com uma risadinha. "Você é meu irmão. Vem sempre em primeiro lugar. Além do mais, eu achei que ela combinava com você. Que bom que você ficou com ela."

Khai respirou fundo até encher o peito, aliviado por não ter estragado nada com o irmão por causa de sua indecisão, mas também estranhamente orgulhoso por Esme tê-lo escolhido em vez de Quan. Se Khai fosse mulher, escolheria Quan sem pensar duas vezes. "Ela está esquisita agora, e eu não sei o que fazer."

"Está dizendo que ela está grudenta e você quer que ela pare com isso? Às vezes acontece. Você tem que ir devagar nessas horas. O que eu faço é..."

"Não, não é isso." Ele não ligaria se ela ficasse grudenta. Seria melhor do que aquilo. "Acho que ela está brava comigo, mas não consigo entender qual é o problema. E ela não me conta."

Quan ergueu as sobrancelhas. "Quando foi que ela ficou esquisita?"

"Acho que..." Ele desviou o olhar enquanto vasculhava as lembranças. "Acho que foi logo depois que a gente, hã, depois do sexo."

As sobrancelhas de Quan se ergueram ainda mais e seu rosto ficou inexpressivo. "Vai ver foi isso. Ela... Você sabe... Ela curtiu?"

"Ah, sim, essa parte foi fácil."

"Sério?", Quan falou, sarcástico. "Logo na sua primeira vez?"

"É."

Quan lançou um olhar cético para Khai. "Você é o quê? O rei Midas dos Orgasmos? Eu venho aperfeiçoando essa arte desde o colégio e às vezes não sei direito o que estou fazendo. As mulheres são complexas."

"Que arte? É sexo. Vocês se agarram, e as coisas acontecem. É tipo aqueles documentários sobre a natureza." Ele podia não entender a parte emocional, mas essa parte ele tinha entendido, porra.

"Tenho quase certeza de que nós chegamos ao xis da questão", Quan comentou.

Khai enfiou as mãos nos bolsos. "Então me diz qual é." Ele tinha noventa e nove por cento de certeza de que Quan estava errado.

"Como você sabe que ela gozou?"

O elevador parou e, enquanto eles atravessaram o corredor estreito até o apartamento, Khai limpou a garganta. "Ela fez uns barulhos. *Daquele* tipo." Barulhos bem gostosos.

"O que mais?" Quan parou diante da porta e enfiou a chave na fechadura.

"Como assim, o que mais?"

"Ah, caralho, entra e senta um pouco." Quan abriu a porta de seu apartamento de solteiro.

Khai entrou com passos cautelosos, temendo que fosse encontrar esperma grudado nas paredes, mas estava quase tudo arrumado. Com certeza não havia esperma. Que ele pudesse ver. Se analisasse com mais cuidado os sofás de couro preto, sabe-se lá o que encontraria. Ele não tirou os sapatos antes de seguir Quan até a cozinha.

"Senta um pouco. Preciso curar minha ressaca." Quan começou a mexer em sua cozinha moderna, quebrando ovos no liquidificador e acrescentando suco de laranja. Depois de transformar a mistura em uma espuma, despejou tudo em um copo gigante e se juntou a Khai à mesa da cozinha. "Quer um pouco?" Estendeu o copo para Khai.

Khai fez uma careta. "Não, obrigado. Você não tem Advil?"

"Não, acabou." Quan bebeu metade do preparado, baixou o copo e limpou a boca com o dorso da mão. "Certo, voltando ao sexo. Meu palpite é que ela não chegou ao orgasmo."

"Quais são os sintomas do orgasmo?"

Quan caiu na gargalhada e bebeu mais um pouco de seu remédio de laranja para ressaca. "Só você pra falar de orgasmo como se fosse uma doença."

Khai começou a batucar a mesa com os dedos. "Que tal você falar logo?"

"Certo, certo, certo." Quan respirou fundo, deu uma risadinha, meneou a cabeça e coçou a barba por fazer no queixo. "Primeiro ela... Espera, não era melhor se o Michael estivesse aqui? Ele é profissional nessa parada. Já sei, vamos *ligar* para ele."

"Quê? Não. Você não pode simplesmente me dizer?"

Quan apontou para o bolso de Khai. "Pega seu telefone e liga. Ele vai confirmar o que eu disser, assim você para de ficar me olhando como se eu estivesse colando numa prova."

"Liga *você*."

"Se eu ligar, ele não vai atender. É domingo e ainda não são nem oito da manhã. Se você ligar, ele vai achar que é uma emergência. Você nunca liga para ninguém."

Revirando os olhos, Khai pegou o celular, chamou o número do primo e apertou o viva-voz. Ele não teria aquela conversa sozinho de jeito nenhum.

Michael atendeu no quarto toque. "Oi, Khai, tudo bem?"

Khai estendeu o telefone para o irmão, e Quan falou: "Michael, estamos precisando dos seus conselhos de especialista. É sobre orgasmo".

"Como assim? Tá brincando?" Ele estalou a língua do outro lado da linha. "Vou voltar pra cama."

"Não é brincadeira", Khai se apressou em dizer.

Houve uma longa pausa antes de Michael dizer: "O que você quer saber?".

Khai respirou fundo e soltou o ar rapidamente antes de perguntar: "Como você sabe se uma mulher teve um orgasmo? Quais são os sint... os sinais?"

"Uau, ok. Orgasmo. Hã..." Ele limpou a garganta. "Existem vários sinais, mas pra cada mulher pode ser de um jeito. Em geral ela..." Ele limpou a garganta de novo. "Por que isso é tão difícil?" Deu uma risadinha.

"Certo, como você tem a maturidade de uma criança de nove anos, eu começo", Quan falou. "Os barulhos podem ser enganosos. Metade das vezes, quando a mulher é escandalosa, ela está fingindo, só quer que a transa termine logo porque não está curtindo. É melhor se concentrar no corpo dela. Quando a mulher vai gozar, fica toda tensa e levanta os quadris. A pele fica vermelha. E, quando o orgasmo chega, ela treme inteira, bem forte e rápido. Às vezes o corpo todo treme. Se você estiver prestando atenção, vai sentir isso no seu pau ou no seu dedo ou na sua língua, depende do que você estiver usando. É um puta negócio incrível."

Depois de mais uma longa pausa, Michael falou: "É isso mesmo que ele disse".

Uma sensação desagradável percorreu a pele de Khai enquanto ele olhava para o telefone e depois para o irmão. "Não sei se ela fez tudo isso. Eu estava distraído, porque a sensação era muito boa."

"Você estava dentro dela?", Quan perguntou.

"Estava, ora. É assim que se faz sexo", Khai respondeu. Isso era ensinado nas aulas de ciências do quinto ano.

Quan lançou um olhar impaciente para ele. "Você tocou no grelinho dela e tal?"

"O que é isso?"

"Ai, caralho", Michael falou.

Quan bateu a mão na testa. "O clitóris dela. É onde você precisa estimular pra fazer ela gozar."

"Onde fica?"

Quan esfregou o rosto com as duas mãos, e Michael repetiu: "Ai, caralho".

"Que foi?", Khai perguntou. "Ninguém falou de 'clitóris' na aula de ciências do colégio." Aquilo nem sequer soava como uma coisa de verdade. Até onde ele sabia, podia ser uma lenda urbana, como o chupa-cabra ou os aliens de Roswell.

"Mas deveriam", Michael falou, parecendo pesaroso.

"Por que não falam?"

Michael e Quan ficaram em silêncio.

"Certo, então talvez ela não tenha gozado. Mas isso é motivo pra ficar brava comigo?", perguntou.

"De quem nós estamos falando?", Michael perguntou.

"Esme", respondeu Khai.

"Ah", disse Michael.

"Quem mais poderia ser?", disse Quan. "Quando terminou, você ficou abraçado com ela? As mulheres precisam disso também."

"Por quê?"

"Porra, Quan", Michael falou. "Você deveria ter preparado melhor o menino."

"Me preparado para quê?", Khai questionou.

Quan esfregou a cabeça raspada. "Merda."

"Eu estava todo suado e com medo de que a camisinha vazasse e ela engravidasse. Fui tomar banho. Me pareceu a coisa certa a fazer." Não era?

Quan continuou esfregando a cabeça. "Ah, merda."

"Por que você fica repetindo isso?", Khai perguntou.

Quan tirou as mãos da cabeça e concentrou o olhar em Khai. "Imagina que você é uma garota e... Não ri, é sério. Você deixou um cara tocar você, mas quando a coisa começa a ficar boa, ele para. E você pensa tudo bem, e fica contente porque ele gostou, mas aí logo em seguida ele vai se lavar e deixa você na cama sem dizer nada antes de se levantar. Como você ia se sentir?"

"Sexualmente frustrada?"

Quan olhou para o teto. "Pois é, e usada, e triste, e um lixo. Elas ficam ainda mais sensíveis depois de transar e precisam se sentir valorizadas por você."

"Isso é verdade", Michael disse.

Khai soltou um suspiro pesado de derrota. Quando o assunto era mulheres, a palavra de Michael equivalia à de uma autoridade. Khai tinha feito uma cagada fenomenal. Por causa das lacunas no currículo de ciências do quinto ano e de seu coração de pedra.

"O que eu faço agora?", perguntou, completamente perdido.

Michael e Quan responderam ao mesmo tempo.

"Pede desculpa."

"Diz que você sente muito."

"Vocês podem me dar um exemplo do que eu devo falar?", ele pediu. Um roteiro seria melhor. Ele poderia decorar e repetir para ela.

"Não fala nada, Michael." Para Khai, Quan disse: "É melhor fazer isso do seu jeito. Assim vai ser sincero. Mas, pra começar, eu tenho uns livros pra você ler".

"Que livros?", Michael perguntou.

"De educação sexual. Que foi? Sim, eu leio. Surpreendente, eu sei." Quan balançou a cabeça, olhando para o telefone. "Acho que agora você pode voltar a dormir ou transar. Eu tenho algumas coisas pra conversar com o Khai."

"Que livros? Eu tenho..." Houve um sussurro de mulher do outro lado da linha, seguido pelo som de um beijo. "A gente conversa mais tarde. Me liga se precisar de alguma coisa."

A tela do celular de Khai se apagou, e Quan ficou de pé. "Eu já volto. Os livros estão lá no quarto."

Khai observou seu irmão atravessar o corredor. Pouco depois, Quan voltou com uma pilha de livros embaixo do braço.

"Sério? *Sexo para leigos?*", Khai perguntou. "*Você* leu isso?"

"Dá uma boa visão geral da coisa. Mas eu gosto mais deste aqui." Quan pôs os livros na mesa e colocou *As mulheres primeiro* no topo da pilha. "Não leva tudo que está aqui a ferro e fogo. São sugestões. Eu discordo de algumas coisas, mas é um bom começo."

Khai estendeu o braço para pegar o livro, mas manteve a mão a alguns centímetros de distância. "É seguro tocar nesses livros?"

"Lógico que é, seu tonto. Eu prefiro bater punheta vendo pornô, não livros informativos. Pode ficar. Eu já li todos."

"Certo, obrigado." Khai pegou *As mulheres primeiro*, deu uma olhada e levantou as sobrancelhas ao ver as figuras. *Aquilo* ele não tinha feito.

Mas gostaria.

"Tem uns vídeos demonstrativos com frutas no YouTube. Você pode ver também. Mas eu deixaria eles pra depois. Primeiro você precisa ler isso e pedir desculpas pra ela quanto antes."

Khai juntou todos os livros. "Certo, entendi. Obrigado de novo."

O canto da boca de Quan se ergueu. "Disponha, Khai. Eu deveria ter falado tudo isso antes, mas..."

"Eu não ia ouvir. Não estava preparado." E provavelmente nunca estaria, se não fosse por Esme. "Agora estou."

Quan o encarou por um bom tempo antes de dizer: "Cuidado, hein? Vocês dois são adultos, e você é capaz de tomar suas próprias decisões e tal, mas... toma cuidado. Com você e com ela. Acho mesmo que ela pode fazer bem para você, e...".

"Quan", alguém gritou do outro lado do apartamento. "Estou ficando com frio."

Quan bateu palmas e esfregou as mãos como se estivesse tudo resolvido. "Acho que já terminamos aqui. Pode me ligar se tiver alguma pergunta. Mas não antes das dez, né? Boa sorte. Ah, pode ser uma boa ideia comprar um pacote de camisinhas no caminho de casa. Eu arrumaria algumas pra você, mas só sobraram duas."

Khai foi até a porta. "Entendi." Parecia uma ideia bem otimista, considerando como as coisas estavam com Esme, mas era melhor estar preparado.

Enquanto saía, ouviu Quan dizer: "Não esquece de pedir desculpas. Primeiro com palavras. Depois com a língua".

18

Esme estava se esforçando ao máximo para se concentrar nos estudos, mas pensamentos sobre Khải continuavam a interromper a história dos Estados Unidos. Por que ele pareceu ter ficado tão confuso? Seria porque tratava todas as mulheres daquele jeito? Ela deveria se sentir grata por ir para a cama com ele e ainda implorar por mais?

Ficou irritada com a ideia. Nem morta. Nem na próxima vida, quando ela seria um bagre.

Depois de ler a mesma página três vezes, fechou o livro. Não ia mais tentar impressioná-lo. Não sabia mais por que continuava estudando. Nenhuma daquelas informações a ajudaria a limpar melhor os banheiros.

Uma onda de saudade a abateu. Ela olhou as horas, mas era cedo demais para ligar para casa. Quando não podia conversar com a família, a melhor coisa para acalmá-la era comer frutas. Frutas e sua casa estavam interconectadas em sua mente. As que Cô Nga havia comprado já tinham acabado fazia tempo, então ela atacou a despensa. Ela preferia frutas frescas, mas as enlatadas eram melhor do que nada. Abriu uma grande lata de lichias, despejou-as em uma tigela com gelo, levou-as para a sala e colocou *O corcunda de Notre Dame* na Netflix.

Estava sentada de pernas cruzadas no carpete diante da tv, enfiando lichias na boca com uma colher de sopa, quando Khải entrou. Ele lançou um rápido olhar para ela antes de se concentrar em tirar os sapatos com a testa franzida. Estava com seus óculos de leitura, e a camiseta e a calça pretas acentuavam ainda mais seu visual de contador/ assassino. Uma mente incrível, um corpo incrível.

Aquele homem a beijou como se estivesse sedento na noite anterior.

E então a dispensou assim que conseguiu o que queria.

Uma lichia entalou em sua garganta, e ela a forçou para baixo, engolindo com desconforto. Em seguida, pegou sua tigela de lichias pela metade e se preparou para fugir.

"Não, fica aqui." Khải deu um passo em sua direção, sacolas plásticas balançaram em suas mãos. "Por favor. Eu queria conversar com você."

Ela pensou em sair correndo, mas os olhos suplicantes dele a impediram. Ela cutucou com a colher uma lichia que boiava na tigela enquanto esperava para ouvir o que ele tinha a dizer. Não fazia ideia do que esperar. Khải nunca tinha sido previsível.

Em vez de começar a falar, ele atravessou a sala e se sentou sobre os calcanhares diante dela. As sacolas plásticas farfalharam quando ele as colocou no chão. "Comprei pra você."

Os espinhos vermelhos característicos dos rambutãs estavam visíveis no alto de uma das sacolas, e ela deu um suspiro de surpresa ao puxá-los. "Pra mim? Onde foi que você comprou?" Não vendiam essas frutas no mercadinho perto da casa dele.

Ele deu um sorrisinho. "Precisei rodar um pouco, mas encontrei em San Jose."

"O dia todo?", ela perguntou.

"Não, o dia todo não." Ele abaixou a cabeça e deu uma risadinha. Era impressão sua ou as bochechas de Khải ficaram vermelhas? "Andei lendo algumas coisas." Ele tirou os óculos e os colocou em cima da mesinha de centro.

"Obrigada", ela falou, mais emocionada do que gostaria de admitir, mas então reparou na caixa dentro da segunda sacola. Esme sabia que tipo de caixa era aquela.

Ela arregalou os olhos. Se ele achava que ia transar com ela de novo depois do que aconteceu, precisava rever seus conceitos. Ela ia levar aquelas frutas para o quarto e torcia para que a casa toda ficasse infestada de formigas. Ela as alimentaria em segredo e as atrairia para o quarto dele, para que o mordessem enquanto dormia.

Ela já tinha recolhido a tigela e a sacola e descruzado as pernas para se levantar quando ele a encarou e disse: "Desculpa".

Eram palavras tão inesperadas que ela não soube o que fazer. Ficou olhando para ele sem piscar.

"Eu estraguei tudo ontem à noite. Não percebi que... Eu não sabia..." Ele fez um muxoxo, frustrado, e baixou os olhos para os joelhos. "Eu juro que ensaiei, mas não está saindo como eu gostaria." Então a encarou novamente, com os olhos determinados. "Ontem à noite foi a minha primeira vez."

Ela balançou a cabeça sem entender.

"Minha primeira vez. Na vida. Com uma mulher. Com qualquer pessoa."

"Você nunca...", ela tentou falar, mas a garganta ficou seca.

"Sei que não é desculpa. Eu deveria ter me preparado com antecedência para garantir que faria tudo certo com você, mas..." A expressão dele suavizou. "Estou feliz que tenha sido com você."

Ela não sabia como responder. Nunca tinha imaginado que seria a primeira de alguém, e ser a primeira de um homem tão reservado deveria significar alguma coisa.

"Acho que é uma coisa egoísta de se dizer, considerando que você não gostou", ele disse, fazendo uma leve careta. "Me dá mais uma chance? Posso tentar me redimir com você?"

Ela abriu a boca, mas não saiu nada.

"Ou eu estraguei tudo de um jeito que não tem mais volta?" Como ela ainda não conseguia responder, Khải murchou. Os lábios se curvaram em um sorriso triste, sem covinhas, e ele desviou os olhos e se apoiou nos joelhos. "Eu vou para o escritório. Vou ver..."

"Se eu te der mais uma chance, o que você vai fazer?", ela quis saber.

Os olhos dele procuraram os dela, então baixaram para seus lábios e ganharam um brilho intenso. "Mais beijos. Muito mais beijos."

"E depois?"

"Mais toques."

Ela estremeceu ao sentir o olhar dele sobre seu corpo. "Quem poderia tocar? Só você?"

Ele franziu a testa. "Você pode tocar em mim se quiser."

"Em qualquer lugar?"

Ele ia concordar, mas então disse: "Menos em um".

"No seu rosto."

"Ha, não. Aí você pode tocar. Você já fez isso."

"Então onde?", perguntou.

Ele ficou pensativo. "Isso só faz diferença se você decidir me dar mais uma chance. Vai dar?"

Ela mordeu o lábio por dentro antes de responder: "Talvez".

"Como posso ajudar você a decidir?"

Ela deixou as frutas de lado e ficou de joelhos para que os dois ficassem mais ou menos da mesma altura. "Me beija como da primeira vez."

Por um momento em suspenso, ele ficou completamente imóvel. Em seguida a abraçou, puxando o corpo dela para junto do seu, e inclinando a cabeça dela para trás. Os lábios deles se chocaram, e ela suspirou como se tivesse sido atingida por uma flecha. Ele suavizou o toque imediatamente, como se estivesse com medo de machucá-la, e os beijos se tornaram mais lentos e inebriantes.

Esme agarrou a camiseta dele, se esforçando para não tocá-lo, e ele se afastou e disse: "Desculpa, eu..."

"Mais."

Ele a beijou como se Esme fosse tudo no mundo e, se já não estivesse ajoelhada, ela teria ido parar no chão. Segurando na camiseta dele, retribuía cada toque dos lábios, cada movimento da língua.

Eles se beijaram até que estivessem se esfregando um no outro no chão, ofegantes e com os lábios inchados, e depois se beijaram mais, perdidos um no outro. Quando a mão dele escorregou para dentro do elástico de sua calça, porém, ela saiu do transe e seu corpo ficou tenso. Esme interrompeu o beijo, e uma onda inexplicável de pânico fez sua pele gelar.

"O que foi?", ele perguntou. Khải ficou com o rosto vermelho, mas os olhos estavam cheios de confusão e preocupação. "Você mudou de ideia?"

Ela fez que não rápido. Esme queria aquilo, queria Khải. Mas esse era o problema. Ela o desejou desde o início, se abriu para ele várias e várias vezes, e o que tinha recebido em troca?

"Estou com medo", ela murmurou.

O rosto dele se contorceu em uma expressão que parecia de dor. "De mim?"

Esme meneou a cabeça de novo. "Não, estou com medo de ser rejeitada de novo quando eu encostar em você do jeito errado, com medo de ser abandonada de novo." Contra sua vontade, seus olhos ficaram marejados, e as lágrimas caíram. Ela virou a cabeça para o lado e enxugou os olhos com a manga da blusa, envergonhada. Até para seus próprios ouvidos tinha soado patética.

Ele segurou seu rosto e a fez encará-lo gentilmente. "Não vou", Khài falou com a voz rouca. "Pelo menos, vou tentar não fazer isso."

Ela assentiu e tentou sorrir, mas não conseguiu. *Vou tentar não fazer isso* não soou muito convincente.

Khài a surpreendeu ao segurar seus punhos fechados e beijar as juntas de seus dedos. "Você também fez isso ontem." Ele abriu seus dedos e, quando viu as marcas das unhas nas palmas, franziu a testa. "Já chega disso."

Depois de uma breve hesitação, voltou a se sentar sobre os calcanhares e tirou a camiseta, revelando uma grande extensão de pele macia sobre os músculos bem definidos.

"O lugar que vou pedir pra você não tocar é..." Ele respirou fundo, alinhou os ombros e disse: "Meu umbigo".

Ela não conseguiu evitar. Um sorriso se espalhou por seu rosto, e uma risada ameaçou escapar de seus lábios. "O umbigo?"

"É, o umbigo. Eu sei que é esquisito."

"Um pouco." Ela tentou esconder o sorriso, mas isso só o aumentou.

"É sério", ele falou, olhando bem para ela. "Eu não suporto ser tocado no umbigo. Se você tentar, posso acabar machucando você sem querer. Não consigo controlar minhas reações quando mexem aqui. Não gosto nem de *pensar* nisso."

"Eu não vou tocar nele. Prometo. Mas..." Ela chegou mais perto. "Fora isso, posso tocar onde eu quiser?"

Ele assentiu. "Sim, desde que..."

"Não seja de leve, eu sei."

Esme baixou a mão para seu peito, e ele ficou imóvel, sem fazer nada para impedi-la. Antes do contato, ela recuou, pausou um instante e então tirou a camisa, como ele tinha feito. Como sempre, estava sem sutiã — ela detestava usar sutiã —, e ele a devorou com os olhos, fazendo-a se sentir a mulher mais desejada do mundo. Ela grudou o corpo no dele, do peito aos joelhos, apoiou o rosto no ombro dele e o abraçou com cuidado. Prendendo a respiração, pôs as mãos espalmadas em suas costas rígidas, apesar de saber que ele não conseguia ver o que estava fazendo.

Seu coração estava tão disparado que ela sentia seu esterno estremecer a cada batida. Era a primeira vez que ousava abraçá-lo desde que subiu na cama dele por causa do pesadelo. Se ele fosse empurrá-la, aquele era o momento.

Mas ele não a empurrou. Em vez disso, a beijou no alto da cabeça e retribuiu o abraço, e a cada momento Esme relaxava mais, e sua mágoa se esvaía.

Por fim, arriscou deixar suas mãos passearem. Explorou os ombros fortes, os bíceps volumosos e todo o resto, desde os músculos entre as escápulas até a base da coluna, e ele deixou; Khải confiava nela.

Talvez ela pudesse beijá-lo no pescoço. E no maxilar. E no queixo. Quando ele se virou, seus lábios se encontraram, e a sensação reverberou dentro dela. O beijo começou carinhoso, mas logo foi ganhando intensidade à medida que os dois eram mais atraídos um pelo outro. Esme mal conseguia respirar, e não estava nem aí.

Num gesto ousado, ela o acariciou por cima da calça, e adorou como ele grunhiu e a beijou ainda mais forte. E então começou. Mãos ávidas abrindo botões, baixando zíperes, empurrando as roupas para longe. Ela o tocou lá embaixo pela primeira vez, adorando sentir como o corpo dele era deliciosamente diferente do seu, e seu toque foi retribuído. Os dedos dele tatearam entre os pelos e dobras molhadas até se instalarem *bem* ali. Esme abriu às pressas a caixa que ele tinha trazido e, com os dedos trêmulos, pegou uma embalagem.

"Sem sexo oral?", ele perguntou. "Os livros que eu li recomendam com veemência... e eu queria experimentar."

Ela demorou alguns segundos para registrar o que ele tinha dito, e então ficou tão vermelha que conseguia sentir seu corpo emanando ondas de calor. Era o tipo de coisa que ela nunca tinha feito e que com certeza sua avó não aprovaria. A ideia de ser beijada entre as pernas era ultrajante.

E intrigante.

"Mais tarde", ela falou, apressando-o. Depois que ele colocou a camisinha, ela o puxou para o chão. Seus corpos se alinharam perfeitamente, e ele grudou o rosto no dela como se estivesse saboreando aquela proximidade.

"Por favor, não me deixa fazer você chorar", ele murmurou em seu ouvido. "Se alguma coisa estiver errada, me avisa que eu paro. Por favor."

Ela sentiu um aperto no coração e o abraçou com mais força. "Eu aviso."

Ele engoliu em seco antes de mexer os quadris, e eles começaram a se mover juntos em meio a respirações ofegantes e suspiros. Preenchida por ele, foi inevitável para ela não arquear as costas, buscando mais proximidade, até que ele enfiou a mão entre seus corpos e a tocou. Esme se contraiu ao redor dele quando o calor começou a irradiar do lugar que a ponta dos dedos de Khải acariciava.

"Me mostra como fazer ficar bom pra você também", ele falou, olhando-a nos olhos, sem nenhum sinal de vergonha no rosto. "Porque eu preciso que você sinta o mesmo que estou sentindo agora."

De início, ela ficou paralisada com uma mistura de constrangimento e inibição, mas em seguida pôs sua mão sobre a de Khải e mostrou a ele como lhe dar prazer. Ela sempre achou que não pegava bem uma mulher ser tão participativa na cama, mas essas percepções não faziam diferença entre eles dois. Esme seria o que Khải precisasse.

Quando ele começou a mexer os quadris enquanto a acariciava com os dedos, ela não conseguiu conter os sons que saíam de sua garganta. Estimulada por dentro e por fora, valorizada, amada. Ela o abraçou, agarrando-o de todas as formas, enquanto seus corpos encontravam um ritmo em comum.

Ele estava ali. Era seu. E não iria a lugar algum.

Beijos por toda parte, na boca, no pescoço, no ombro. Uma testa colada à outra, respirações pesadas e íntimas, sussurros ao pé do ouvido, respostas.

Assim?

Assim e assim e assim.

Seus quadris se levantaram do chão, pressionando-se contra ele o máximo possível, subindo sem parar. Sua cabeça caiu para trás. Bom, muito bom, bom demais. Um gemido trêmulo. Convulsões poderosas, uma atrás da outra.

E você?

Eu só preciso de você.

Seu nome nos lábios dele, repetido sem parar.

Pura tranquilidade.

Em sua mente e em seu coração.

Carinho. Contentamento. Segura nos braços dele. Ele seguro nos dela. Ela o abraçou com mais força. Khải era maior e mais forte, mas Esme o protegeria com tudo que tinha.

19

Khai acordou do sono mais profundo de sua vida e piscou algumas vezes para o quarto entrar em foco. Quando viu a claridade, olhou para o relógio: 10h23. Sério? Ele nunca dormia até tão tarde. Tentou se sentar, mas uma massa pesada e quente o impediu. Levou as mãos até a massa e encontrou cabelos compridos e sedosos e uma pele macia.

Esme.

As lembranças voltaram à sua mente. Os beijos. Os toques. As mãos dela em seu corpo. Ele dentro dela. Observá-la se desmanchar.

Deitado de barriga para cima, olhando para o teto texturizado, Khai reconheceu que era para ele estar ensandecido — sua rotina dominical estava arruinada, e havia uma mulher em sua cama, dormindo sobre ele como um bicho-preguiça numa árvore. Mas o peso dela o acalmava, ele tinha dormido oito horas seguidas e, pela primeira vez em um bom tempo, seus testículos não doíam. Estava se sentindo... bem.

Ele analisou, desconfiado, aquela estranha sensação de bem-estar. Seria por causa da oxitocina e endorfinas liberadas durante a relação? Ele era um viciado em sexo agora... ou pior? Estava viciado em Esme? Deveria se afastar totalmente antes que fosse tarde demais?

A ideia de perdê-la fez seu estômago se contorcer, e seu corpo ficou tenso em recusa. Ele afastou os cabelos dela do rosto e deu um beijo em sua cabeça, sentindo necessidade de se certificar de que Esme ainda estava lá.

Bom, isso explicava tudo.

Khai Diep, contador público certificado, viciado em Esme.

Ele aceitou surpreendentemente bem. Era difícil se aborrecer quando ela estava em seus braços. Mas chegaria o dia em que Esme precisaria ir embora, e Khai não sabia como conseguiria se readaptar à vida sem ela. Por ora, no entanto, não precisava pensar nisso. O verão ainda estava na metade.

Seu celular vibrou, e ele pegou o aparelho imediatamente, se sentindo grato por ter uma distração. Era um e-mail do amigo de Quan sobre a lista de Phils. Antes que ele pudesse abrir a mensagem, Esme se virou na cama.

"Ai, estou em cima de você", ela disse. "Eu dormi assim a noite toda?"

"Acho que sim."

"Desculpa." Ela saiu de cima dele. Khai pensou em protestar, mas ficou preocupado com os cabelos dela. Parecia que ela os tinha escovado de trás para a frente, ou passado laquê enquanto estava de cabeça para baixo, ou as duas coisas. Esme passou as mãos pelas mechas extravolumosas e prendeu uma parte atrás da orelha, envergonhada. "Está dolorido? Por ter suportado meu peso a noite toda?"

Ela passou as mãos em seu peito como se estivesse procurando alguma coisa — ele não sabia o quê, sinais de hemorragia interna ou ossos quebrados talvez —, e ele segurou as mãos de Esme. Se ela continuasse com aquilo, eles acabariam fazendo sexo com mau hálito matinal, e Khai não sabia como isso poderia funcionar.

"Estou bem. Você tem o tamanho perfeito para mim", ele falou.

Ela sorriu. "Você acha que eu sou bonita *e* tenho um tamanho perfeito."

Isso era óbvio, então ele mudou de assunto. "Acabei de receber do amigo do Quan uma lista depurada." Ele se sentou e abriu o e-mail. "Parece que ele refinou a lista a... nove nomes. Tem os sobrenomes, as aulas cursadas, os telefones de contato e as fotos das carteirinhas de estudante. Quer ver?"

"*Sim, eu quero.*" Ela pegou o celular e no mesmo instante se aninhou ao lado dele, puxando os cobertores para cobrir os seios — uma pena. Ignorando sua decepção, ela lançou um olhar empolgado para ele antes de ver as fotografias. Quando chegou ao número oito, agarrou o braço de Khai e o puxou à sua volta para fazê-lo abraçá-la, e ele sorriu.

Ele gostou daquilo, do aconchego, dos sorrisos, de ter ajuda para entender como podia estar ali para ela. Não sabia que ela queria ser abraçada, e era imensamente libertador que, em vez de ficar brava ou triste, Esme lhe explicasse e mostrasse o que fazer.

"É ele", ela murmurou. "O número oito."

Khai observou a foto com ceticismo. O sujeito tinha olhos verdes, mas todos eles eram mais ou menos parecidos. Como ela sabia que era mesmo aquele? "Pelo código de área do telefone, ele mora por aqui."

Ela cobriu a boca. "É cedo demais para ligar agora?"

"Não é cedo. São mais de dez horas."

Ela arregalou os olhos e olhou pela janela como se só então estivesse reparando no horário. "Fomos dormir tarde, hein?"

"Fomos mesmo." Com as lembranças da noite anterior voltando à sua mente, ele deixou seus olhos passearem pelo rosto dela, pelo queixo fino, pelos contornos elegantes do pescoço. Ele limpou a garganta e passou os dedos pelas pequenas marcas roxas na pele dela. "Eu, hã, acho que deixei você marcada."

Merda, aquilo ia ficar para sempre? Não tinha sido de propósito, mas era obrigado a admitir que achou a visão bastante satisfatória. Pelo jeito, ele era como um cachorro e sentia necessidade de marcar seu território — só não com xixi.

Ela pôs a mão em seu pescoço e sorriu, com as bochechas vermelhas. "Daqui a pouco some."

Ele assentiu, aliviado e decepcionado ao mesmo tempo.

Depois de analisar as fotografias de novo, Esme voltou ao número oito. O dedo dela ficou pairando acima do teclado do celular enquanto respirava fundo, e então apertou o botão para completar a chamada e ligou o viva-voz. Mordeu o lábio enquanto o telefone chamava uma, duas, três vezes.

Quatro vezes, cinco, seis...

Sete, oito, nove...

"Oi, você ligou para Phil Jackson. Devo estar no centro cirúrgico agora. Deixe uma mensagem que eu ligo de volta assim que puder."

Quando a mensagem começou a ser gravada, ela desligou, e Khai a olhou com uma expressão confusa.

"Não quer deixar uma mensagem?", ele perguntou.

Ela balançou a cabeça e, por um bom tempo, continuou mordiscando o lábio enquanto olhava a fotografia na tela. "Você acha que... ele é médico?"

"Talvez. Nós podemos ver." Ele pegou o telefone e digitou "dr. Phil Jackson" no Google. E, de fato, havia um Phil Jackson em Palo Alto especializado em cirurgia torácica e cardiovascular.

Esme tomou o telefone de sua mão e deu um zoom na foto do homem. Ele parecia bonitão e de aparência respeitável, cabelos grisalhos, óculos e sorriso fácil, meio que como um Papai Noel que malhava e se barbeava.

"Ele é médico", Esme murmurou, mas não parecia feliz com isso. Estava com a testa franzida, e não parava de contorcer o lábio.

"Qual é o problema?"

Ela passou a mão pelo cabelo bagunçado e levantou o ombro. "Um homem como esse... Pra filha dele... Eu não..." Ela desistiu e se virou para a janela.

"Acha que ele não vai gostar de você?"

Ela o encarou. "Você acha que vai?"

"Claro que vai." Como não gostar de alguém como ela?

Ela o surpreendeu agarrando-o num abraço e afundando o rosto em seu pescoço. Depois de um momento de choque, ele a envolveu nos braços e apoiou o rosto na cabeça dela. Esme estava triste? Estava feliz? Estava chorando? Ele não fazia ideia, então só ficou abraçado, esperando.

Mas não conseguiu deixar de notar que Esme estava completamente nua, montada em seus quadris também descobertos, com os seios colados ao seu peito, e que seu sexo estava *bem ali*. Demorou apenas uma fração de segundo para seu corpo reagir da maneira esperada, e ele fez uma careta. Não parecia o jeito certo de se comportar quando havia uma mulher emocionada em seus braços. Khai queria que a ereção passasse, mas então ela acabou roçando ali, se enrijeceu quando percebeu e deliberadamente começou a se esfregar nele enquanto mordia sua orelha.

"De novo?", ela murmurou.

Só havia uma resposta possível para aquela pergunta. Parecia que eles iam acabar fazendo sexo com mau hálito matinal no fim das contas.

20

O mês que se seguiu foi o melhor da vida de Esme. Agora que tinha pegado o jeito, estava tirando de letra o trabalho de garçonete, e conseguiu economizar o suficiente para reformar a casa da avó ou comprar uma melhor. Suas notas na escola continuavam altas. Ela podia não ser a Esme contadora ainda, mas estava *perto*.

E o melhor de tudo era que Khải era um sonho. As coisas estavam tranquilas entre eles. Ela havia aprendido a ligar o exaustor quando cozinhava com molho de peixe, e ele aprendeu a beijá-la todo dia de manhã quando saía para o trabalho e a abraçá-la sempre que a buscava na aula. Ainda não falava muito, a não ser quando ela fazia perguntas específicas, mas tudo bem. Esme falava o bastante pelos dois, e ele era um bom ouvinte. Ela tinha feito um comentário casual sobre querer velejar um dia, e ele a surpreendeu com um brunch de domingo no mar da baía de San Francisco. Foi lindo. O primeiro encontro deles.

Agora estavam sentados no sofá de casa. Esme precisava estudar, e o trabalho dele parecia não ter fim. Ela havia grifado algumas páginas do livro quando cometeu o grande erro de olhar para Khải. Ele estava com os óculos de leitura de novo, vestindo roupas pretas e justas como sempre, e olhando compenetrado para o computador, como se estivesse planejando uma missão de atirador de elite. Uma olhada na tela, porém, revelou um monte de planilhas, em vez de planos de batalha.

Mas era sexy mesmo assim. E para ela foi irresistível a ideia de deixar a lição de casa de lado e se aninhar junto a ele. Khải pareceu nem perceber a princípio, e ela beijou os músculos fortes do pescoço e do maxilar dele.

"Khải", ela sussurrou. "Que tal..."

Os lábios dele encontraram os seus, e o resto das palavras era desnecessário. Como sempre, Khải a beijou com toda a atenção e intensidade, e não demorou muito para que ela empurrasse o computador para o lado e ocupasse o colo dele — seu plano desde o início.

Ela esbarrou nos óculos dele, que ficaram tortos no rosto, e Khải fez menção de tirá-los.

"Não", ela disse rápido, ajeitando-os. "Eu gosto."

Ele lhe lançou um olhar intrigado. "Meus óculos de leitura? Você quer que eu use... agora?"

Ela mordeu o lábio e sorriu. "Fica sexy."

"Os óculos de leitura?" Ele balançou a cabeça e deu uma risadinha, mas não os tirou. "O que mais você acha sexy?"

"Você. Sem roupa." Ela agarrou a bainha da camiseta dele e a puxou para cima, mas nesse momento seu celular começou a tocar e vibrar.

Era a música bonitinha que tocava toda vez que ela recebia uma ligação da mãe. Esme tinha escolhido aquela porque achou que Jade ia gostar.

Khải estendeu o braço para pegar sua bolsa, que Esme havia deixado do lado do sofá, e vários pensamentos surgiram em sua mente na velocidade da luz: ele sabia onde ela guardava o celular. Ele ia pegá-lo para ela. Ia ver sua foto com Jade na tela. Ele ia *descobrir*.

Ela pulou na direção da bolsa, mas, em vez de chegar antes dele, caiu do sofá e quase arrebentou a cabeça na mesinha de centro.

"Você está bem?" Um par de mãos fortes a colocou de pé e examinou sua cabeça.

O telefone continuou a tocar. "Tudo bem. É que... quem está ligando... pode ser Phil Jackson." Ela fez uma careta. Não era Phil Jackson.

Khải pegou sua bolsa e, quando começou a abrir o zíper do bolso externo, onde ela guardava o celular, Esme tomou-a das mãos dele.

"Eu atendo", ela falou com a voz exageradamente animada, mas, quando enfim pôs as mãos no celular, ele parou de tocar.

A culpa se alojou em seu estômago. A julgar pelo número de toques, devia ser Jade.

"Você vai ligar de volta?", Khải perguntou, olhando com curiosidade para seu telefone.

Ela mordeu o lábio. "Hã, talvez mais tarde. Eu..."

O celular começou a tocar de novo. A mesma musiquinha. Sua boca ficou seca, e o suor brotou em sua testa. Esme apertou o aparelho junto ao peito.

Ela deveria contar para ele. Naquele exato momento. As coisas estavam indo bem. Talvez ele recebesse a notícia numa boa.

"É a minha mãe", Esme se ouviu dizer em meio às batidas violentas de seu coração.

"Pode atender. Eu não ligo."

Mas e se ligasse?

E se fosse cedo demais? E se ela estragasse tudo?

"Vou conversar em outro lugar pra você poder trabalhar", ela disse, perdendo a coragem no último instante. Correu para seu quarto, fechou a porta e se apressou em atender. "Alô?"

"*Má*." A inconfundível vozinha infantil de Jade soou do outro lado linha, e o sentimento de culpa de Esme piorou. Que tipo de mãe mantinha a própria filha em segredo? Ela não tinha vergonha de sua menina, mas ser mãe assim tão jovem não pegava bem. Esme já tinha desvantagens demais. Como poderia acrescentar mais uma?

"Oi, minha menina."

"Liguei para você porque estou com saudade", Jade falou.

Esme sentiu a garganta doer e os olhos arderem. "Eu também estou com saudade."

"Era só isso que eu queria dizer. Ngoại disse para economizar nas conversas. Ah, e se tiver cavalinhos de brinquedo aí, pode escolher um para mim se quiser. Eu te amo muito. Tchau."

Depois de desligar, um som que era um misto de risada com soluço escapou de seus lábios, e Esme enterrou o rosto nas mãos. Ela precisava contar para Khải.

Logo.

Mas não agora.

Na segunda-feira, Esme estava sentada em um reservado do restaurante depois da correria da hora do almoço, no celular tentando escolher entre duas lojas de brinquedo — uma ficava a quarenta e cinco minutos de caminhada, e a outra, a meia hora a pé e mais meia hora de ônibus. Nesse momento, Cô Nga saiu da cozinha.

"Ora, o que está fazendo aí sozinha?", Cô Nga perguntou.

Esme desligou o telefone às pressas e o escondeu embaixo da perna por garantia, então abriu um sorriso. "Almoçando." Ela se arrependia de não ter contado sobre Jade para Cô Nga logo de cara.

Cô Nga viu o prato de rolinhos fritos na mesa. "Rolinhos de novo? Já são cinco dias seguidos. Você vai entupir seu coração e acabar morrendo."

Esme encolheu os ombros, constrangida. Entupir seu coração era justamente sua intenção, mas ela esperava não morrer disso. Se ficasse com colesterol alto e dores no peito, talvez conseguisse visitar Phil Jackson como paciente. Era bem melhor do que telefonar para ele e desligar quando a ligação caía na caixa postal.

"Bom, você ainda é jovem. Deve mesmo comer todas as porcarias que quiser enquanto pode", Cô Nga acrescentou e se sentou do outro lado da mesa. "Então me diga. Como vão vocês dois? Você me parece bem feliz."

Um sorriso involuntário se abriu no rosto de Esme. "Nunca fui tão feliz na minha vida. Espero que Anh Khải..."

A sineta da porta tocou, e Khải entrou, parecendo que ia assaltar o restaurante, vestido todo de preto daquele jeito. Seu coração disparou de alegria, e ela correu até ele. Khải a envolveu nos braços imediatamente.

"O que você está fazendo aqui?", ela perguntou. "Está com fome? Sede? Posso buscar alguma coisa para você."

A resposta dele foi um beijo que fez seu sangue esquentar. "Tive uma reunião fora do escritório hoje e terminou mais cedo. Não precisa buscar nada para mim."

"Você vem ver a namorada, mas nunca sua mãe. Estou de olho", Cô Nga disse.

Havia irritação na voz dela, e tanto Esme como Khải estremeceram por dentro. Khải não gostava de visitar a mãe porque ela sempre arrumava alguma coisa para ele fazer. Por isso tinha ido ver apenas Esme.

Sabendo que não poderia encostar em Khải de surpresa, ela o agarrou pela manga e desceu os dedos até chegar à palma de sua mão, e ele segurou a sua com força.

Cô Nga suspirou. "Esses dois. Aqui, aqui, venham se sentar." Ela apontou para a mesa e, quando eles se acomodaram, para o prato de rolinhos de Esme. "Ela só está comendo isso a semana toda. Vocês têm alguma coisa pra me contar?"

Khải observou o prato com os rolinhos, os legumes de acompanhamento e o copinho de molho de peixe com uma expressão vazia. "Que ela gosta dos seus rolinhos? São mesmo os melhores da cidade."

"São os melhores da Califórnia", Cô Nga corrigiu antes de voltar sua atenção para Esme. "É assim que as mulheres comem quando estão grávidas. Por acaso tenho um neto a caminho?"

Esme ficou boquiaberta quando mãe e filho se viraram para ela. Khải parecia prestes a ter o ataque do coração que Esme estava tentando provocar em si mesma. "Não, não estou grávida. Eu juro."

"Tem certeza?", Cô Nga perguntou estreitando os olhos. "Você está o tempo todo cansada."

"Tenho certeza", ela disse. Estava cansada porque estudava até tarde da noite. E porque ficava aprontando com Khải.

Ele soltou um suspiro de alívio, mas uma mistura incômoda de emoções embrulhou o estômago de Esme. Ela não estava grávida, mas havia, *sim*, uma criança.

Conta agora, uma voz ordenou dentro de sua cabeça. Era a ocasião perfeita.

"Eu não quero pressionar vocês, mas o verão está quase acabando", Cô Nga falou para Khải, apoiando as mãos pacientemente na mesa. "Está na hora de começarem a pensar no futuro."

O coração de Esme disparou no peito quando ela viu os músculos do maxilar de Khải se contraindo.

Em que ele estava pensando? Não era possível que quisesse que ela fosse embora. Não depois do mês perfeito que tiveram juntos. Por outro lado, será que já estava a ponto de se casar com ela?

"O salão ainda está reservado para dia oito de agosto. Se não se casar com você, ela vai embora no dia nove. E então, o que vai ser? Um casamento ou uma carona para o aeroporto? Quero saber sua decisão no casamento do seu primo Michael no próximo fim de semana, para ter tempo de providenciar as coisas", Cô Nga avisou. "Vou deixar vocês conversarem agora, hã? Por que não dão uma caminhada? O tempo está ótimo lá fora, e estamos sem clientes." A mãe dele se levantou da mesa e se enfiou na cozinha.

Antes que ele pudesse abrir a boca, Esme ficou de pé, desamarrou o avental verde da cintura e pegou o celular. "Quero ir lá pra fora." Acima de tudo, queria adiar aquela conversa. Estava morrendo de medo do que ia ouvir.

Khải a seguiu do interior escuro do restaurante para o sol, e ela manteve o celular apertado junto ao peito enquanto caminhava na calçada da rua movimentada com a vista ofuscada. O ar tinha cheiro de fumaça de escapamento e concreto, quase como o de seu país. Será que ela voltaria para lá em breve?

Esme detestava aquela situação. Não queria que sua vida — e a de sua filha — dependesse tanto das escolhas de outras pessoas. Pela milésima vez desde que tinha chegado, desejou ser de fato a Esme contadora, a mulher cheia de classe que não precisava de ninguém e não tinha nada a temer.

"Por que você está andando tão depressa?", Khải perguntou.

Ela diminuiu o passo e se virou para ele. "Desculpa, Anh."

Ele enfiou as mãos nos bolsos enquanto andava, de olho no trânsito. "Vamos ter que falar sobre o futuro."

"Não precisamos fazer isso agora." Ela não estava pronta para ter aquela conversa. Apertou o celular com mais força, mas isso não impediu que suas mãos tremessem.

Depois de um instante, percebeu que era o celular que estava vibrando. Alguém estava ligando para ela. Esme olhou para a tela.

Doutor Pai.

O pânico se instalou dentro dela, fazendo as palmas das mãos formigarem e seu rosto gelar. "Meu pai." Ela estendeu o telefone para Khải.

Ele meneou a cabeça e arregalou os olhos. "Por que você está entregando para mim? Atende. Depressa, antes que ele desligue."

Ela pôs a mão sobre o botão, mas não conseguiu aceitar a chamada. "E se ele estiver bravo comigo por ter ligado muitas vezes? E se pensar que eu sou uma golpista? Ele vai dizer que só estou atrás de um *green card* e de dinheiro. É verdade que eu quero uma vida diferente, mas também..."

Khải arrancou o telefone de sua mão e apertou ele mesmo o botão, e em seguida o viva-voz. Depois estendeu o celular para que ela pudesse falar.

Esme cobriu a boca. Não conseguia falar. Não conseguia nem se mexer. Pelo céu e pela terra, o que ela fazia agora? Ela podia desligar? Ela queria desligar.

"Alô?", disse uma voz grave, gentil, simpática. *Seu pai.* "Tenho várias chamadas perdidas desse número. É sobre a encomenda que eu não estou conseguindo receber? Eu queria muito recebê-la quanto antes. Meu nome é Phil Jackson."

Khải olhou para o celular e depois para ela, incentivando-a a falar.

"Alô?", seu pai falou de novo. "É da empresa de entregas?"

De algum modo, ela encontrou a voz e respondeu em seu melhor inglês: "O-oi. Eu não sou da empresa de entregas".

"Ah, ok. Então... por que me ligou tantas vezes?"

"Eu, hã, eu acho..." Ela respirou fundo. "Meu nome é Esmeralda e acho que você é meu pai."

Houve uma longa pausa antes que ele respondesse. "Uau. Acho que preciso me sentar." Mais uma pausa prolongada. Ela o imaginou atravessando o consultório no hospital e se sentando atrás da mesa. "Certo. Me conta tudo. Começando pelo início, fale da sua mãe."

"Tr n Thúy Linh. Vocês se conheceram vinte e quatro anos atrás durante uma viagem sua a trabalho, mas você foi embora antes de..."

"Calma, calma, espera um pouquinho. Pra onde foi essa viagem a trabalho?"

Uma sensação desagradável se espalhou pelo seu corpo. "Việt Nam."

Ele limpou a garganta. "Eu lamento ter que dizer isso, mas nunca fui pra lá. Eu acho..." Ele pigarreou de novo. "Acho que você entrou em contato com a pessoa errada."

Seu coração afundou. Seu estômago afundou. Seu corpo inteiro. Suas esperanças se despedaçaram na calçada. "Ah."

"Tenho certeza de que você é uma menina doce e, agora que me recuperei do susto, vejo que eu adoraria ter outra filha. Mas não sou seu pai. Sinto muito... como é mesmo seu nome?"

"Esmeralda", ela respondeu.

"Eu lamento muito, Esmeralda", ele falou, como se estivesse dando uma péssima notícia a um de seus muitos pacientes. "Posso ajudar você de alguma outra forma?"

"Não, obriga... Quer dizer, sim. Ele estudou em Cal Berkeley. Como você. Você conhece um Phil que foi para o Việt Nam vinte e quatro anos atrás?"

"Ah, nossa." O homem do outro lado da linha — Phil — soltou um longo suspiro. "Eu... *será*? Mas o nome dele não é Phil, é *Gleaves*. Então, não. Sinto muito, Evange... Esmer... Esmeralda."

"Obrigada... Phil. Pela atenção", ela disse.

"Sem problemas. Boa sorte. Tchau."

A ligação ficou muda, e ela, imóvel, vendo os carros passarem em alta velocidade e as luzes dos semáforos mudarem de cor. Verde, amarelo, vermelho, depois verde de novo.

Khải lhe deu um abraço apertado, e ela desmoronou. Com o rosto em seu peito, encharcou-o de lágrimas, mas ele não reclamou. Continuou abraçando-a pelo que pareceu uma eternidade.

Quando ela enfim se acalmou e se afastou, ele tirou os cabelos molhados de seu rosto. Ele não precisou dizer nada. Esme viu tudo em seus olhos entristecidos, e isso a confortou mais do que qualquer palavra seria capaz.

"Pensei que fosse ele." Sua voz saiu mais abatida do que ela esperava. "Por quê?"

"Eu senti que era ele." Ela pôs a mão no coração.

"Sentimentos podem ser muito imprecisos. Para apurar os fatos, eu recomendaria rever a lista e ligar para todos", ele disse. "Posso ajudar, se você quiser."

Considerando quanto ele detestava falar ao telefone, era uma oferta e tanto, e ela o beijou com o coração transbordando. "Eu mesma ligo. Obrigada." Um carro entrou no estacionamento e parou ao lado do Porsche de Khải. Um cliente. "Preciso voltar. Podemos falar sobre aquela outra coisa... mais tarde."

Ele assentiu. "Certo."

Os dois voltaram para o restaurante de mãos dadas e, depois de um abraço rápido e um beijo, ela escapuliu lá para dentro. Aquele *mais tarde* chegaria muito em breve, mas ela ficou feliz que não fosse já.

Khai voltou para o carro e entrou, mas não ligou o motor. Não conseguia parar de pensar no que ela havia falado.

Ele vai dizer que só estou atrás de um green card *e de dinheiro. É verdade que eu quero uma vida diferente, mas...*

Era surpreendente ele não ter percebido antes. *Aquele* era o objetivo principal de toda aquela viagem: uma vida diferente. Não um relacionamento romântico. Para ele, fazia todo o sentido. Se estivesse no lugar dela, teria feito a mesma coisa, só não teria focado em apenas um marido em potencial. Ele teria saído com mais gente, para aumentar suas chances de sucesso. Por que ela não tinha tentado isso? Será que tinha apostado todas as fichas em encontrar o pai e conseguir a cidadania através dele?

Era *mesmo* a melhor opção. Se encontrasse o pai, ela se tornaria automaticamente uma cidadã americana, sem precisar se casar com ninguém. Os trâmites burocráticos também deviam ser mais rápidos. Mas se não conseguisse localizá-lo...

Ele sacou o telefone do bolso e pesquisou no Google: "cidadania americana através do matrimônio". De acordo com os resultados da busca, o governo concedia o *green card* depois de três anos de casamento com um cidadão americano.

Khai era americano.

Se fosse só disso que Esme precisava — e tudo indicava que sim —, ele poderia se casar com ela. Poderia continuar a ter aquilo além do verão. Sua cabeça foi longe enquanto ele contemplava a possibilidade. Ele e Esme juntos, sexo e TV, dormir na mesma cama e ver os sorrisos e risadas dela até não poder mais. Não, isso não parecia certo. Seria tirar vantagem dela. Um *green card* não valia uma sentença vitalícia, mas exigia uma convivência de três anos.

Três anos com Esme.

A força de seu desejo se tornou tão intensa que ele sentiu sua pele se incendiar. Em comparação com as três míseras semanas que achou que lhe restavam, três anos era uma quantidade fabulosa de tempo. Ele poderia se entregar livremente a seu vício em Esme por *três anos inteiros* e então libertá-la para encontrar um amor. Os dois sairiam ganhando com o acordo.

Mas só se ela não encontrasse o pai. Entretanto, sua mãe queria uma resposta no próximo sábado. Esme estava ficando sem tempo.

Estava decidido. Se Esme não encontrasse o pai naquela semana, Khai a pediria em casamento.

21

No início da noite de sábado, Esme estava enfiando o vestido preto pela cabeça quando seu celular começou a vibrar com uma nova chamada. Puxou o vestido às pressas e voou até o telefone.

Número desconhecido.

Apertou o botão. "Alô?"

"Hã, oi, aqui é Phil Turner. Eu recebi o seu recado", um homem falou. "Do que se trata?"

Ela respirou fundo para que seus nervos tivessem tempo de se acalmar e repetiu as frases que tinham se tornado tão familiares no decorrer daquela semana entrando em contato com cada um dos Phils da lista. "Oi, meu nome é Esmeralda. Você já foi para o Việt Nam?"

"Ah, sim, bom, se isso for uma promoção de viagem ou coisa do tipo, eu não estou..."

"Estou procurando uma pessoa que esteve lá vinte e quatro anos atrás", ela disse.

"Ah. Certo..." Ela ouviu um longo assobio do outro lado da linha, como se ele estivesse vasculhando a memória. "Não. Minha primeira vez em Hanói foi no início dos anos 2000."

Ela suspirou de decepção. Isso significava que só restava um Phil, e nenhuma garantia de que ele fosse o Phil certo. Se ele também não tivesse viajado ao Việt Nam, ela estaria de volta à estaca zero.

"Você não é a pessoa certa", ela disse. "Obrigada por ligar de volta."

"Claro, sem problemas. Boa sorte. Espero que você encontre quem está procurando. Tchau."

Ele desligou, e Esme pôs o celular com cuidado na mesa. O último

Phil da lista era Schumacher, ou *Shoomocker*, de acordo com a pronúncia de Khải. Ela experimentou aquele sobrenome — Esmeralda Schumacher — e franziu a testa. Levaria um tempo para se acostumar, mas gostava do significado do nome: sapateiro. Havia muitos pés no mundo.

Isso a lembrou de que precisaria usar aqueles saltos torturantes durante toda a noite de novo. Ela calçou os sapatos terríveis, pegou um punhado de joias baratas e se olhou no espelho de corpo inteiro do banheiro. Levou o colar reluzente ao pescoço, mas achou melhor não e o deixou de lado. Depois que terminou de pôr os brincos e uma pulseira e de se maquiar, havia uma nova mulher diante do espelho.

Dessa vez, Esme tinha acertado. Estava parecendo uma mulher de classe como a irmã de Khải, e isso fortaleceu sua confiança.

Aquela seria a noite. Esme contaria sobre Jade e, se ele não ficasse completamente desconcertado, ela o pediria em casamento.

Só de pensar nisso suas mãos tremeram, e ela correu para a pia para o caso de precisar vomitar. Enquanto respirava fundo para afastar a náusea, Khải entrou no banheiro parecendo um agente do serviço secreto em seu smoking preto.

"Eu não suporto essa coisa." Ele torceu as pontas da gravata-borboleta, tentou amarrá-las e largou as duas, exasperado.

"Deixa comigo." Contente por ter uma distração, ela desfez a bagunça e calmamente fez o nó da gravata. "Prontinho."

"Obrigado", ele falou, sacudindo os braços e respirando fundo como se estivesse se preparando para uma batalha.

Ela sorriu e passou as mãos pelas lapelas, apreciando a visão dele naquele traje de caimento perfeito. "De na... Não está aqui." Esme passou na área onde ficavam os bolsos internos.

Ele franziu a testa. "O que não está aqui?"

"O seu livro."

Ele a encarou. "Está sugerindo que eu leve um livro para o casamento?"

"Não", Esme se apressou em dizer. "Bom, se você quiser." Ela encolheu os ombros. Ela preferia que os dois conversassem, principalmente naquela noite, em que estava tão nervosa, mas, se ele detestava casamentos tanto assim, ela não ia querer torturá-lo.

Ele sorriu. "Então vamos. Leva uma hora para chegar a Santa Cruz, e eu não quero me atrasar."

Saíram e caminharam até o meio-fio, onde ele costumava estacionar. Em vez de entrar, Khải fechou a cara ao ver duas manchas brancas decorando o teto e o para-brisa do carro.

"Isso é estatisticamente improvável. Eu não parei embaixo de nenhuma árvore", disse.

Esme quis sorrir, mas se segurou com muito esforço. "Os pássaros estão dizendo pra você estacionar na garagem. Tem espaço lá. É só pôr a motocicleta mais para o lado."

Depois de dizer isso, ela mordeu a parte de dentro do lábio. As coisas estavam tão tranquilas entre eles que Esme tinha esquecido que aquele era um assunto delicado. Seu estômago se contraiu enquanto o observava, sem saber qual seria a reação dele. Ficaria irritado como no dia em que ela foi até o 99 Ranch?

Depois de uma pausa breve, ele falou: "Eu não gosto de guardar o carro na garagem".

"Por quê?"

Ele piscou algumas vezes e franziu o rosto, pensativo. "Por quê?"

"Qual é o motivo?", Esme insistiu, porque aquilo não fazia o menor sentido para ela.

"Porque a moto está lá", ele falou, seco, antes de abrir a porta do passageiro para ela.

Esme entrou no carro e o observou fechar a porta, andar até o outro lado e se acomodar em seu assento. Ele ligou o carro e arrancou como se a conversa estivesse encerrada. Mas não estava.

"Se você não gosta da motocicleta, então por que...?"

"Eu não disse que não gosto", ele interrompeu.

Ela soltou um suspiro tenso, se sentindo ainda mais confusa. "Então por que..."

Ele a encarou por um segundo antes de voltar a atenção para o trânsito, mudou de marcha e ultrapassou um conversível. "É assim que eu gosto das coisas. É como você e... Por que *você* enrola as meias daquele jeito?"

Ela olhou para baixo e girou a pulseira cintilante no braço. "Você só me ignorava. Fiz isso para fazer você pensar em mim."

"Então você não enrola as suas daquele jeito?"

"Não", ela respondeu, dando risada.

Ele inclinou a cabeça para o lado. "Funcionou."

Ela sorriu. "Eu sei."

Apesar de Khải não ter se virado para olhá-la, abriu um leve sorriso enquanto dirigia, e um silêncio confortável se instalou. Ela observou os prédios comerciais pela janela, impressionada com as fachadas reluzentes e os gramados bem cuidados.

"Aquele ali é o meu." Khải apontou para um prédio com paredes de vidro azul e um grande letreiro branco no alto com os dizeres *DMSoft*.

Ela se ajeitou no banco e olhou com interesse. "Em qual andar fica seu escritório?"

"No último. Eu divido com outras pessoas."

"Tipo o chefe", ela falou com um sorriso provocador, imaginando-o espremido em um cubículo enquanto os figurões ficavam com as janelas.

Ele deu um sorriso curioso para ela. "Tipo isso."

"Vários dos Phils são chefes. Teve um que pensou que eu fosse uma funcionária dele", ela falou, por falta de coisa melhor para dizer.

Khải sentiu uma tranquilidade incomum antes de perguntar: "Você teve notícias dos últimos dois?".

"De um deles."

"A resposta foi negativa?"

Ela franziu os lábios e assentiu. "Eu tenho cara de Schumacher?"

Ele a observou com uma expressão pensativa antes de se concentrar na estrada de novo. "Possivelmente."

"Talvez minhas mãos sirvam para fazer sapatos", Esme comentou, olhando para elas com uma careta. "São tão feias."

"Como assim?"

Ela deu um sorriso desconfortável e cruzou os braços para escondê-las, mas ele estendeu a mão.

"Me deixa ver", pediu.

"Você está dirigindo."

Ele puxou seu braço até ela ceder. Em vez de analisar sua mão, porém, ele a levou até a boca e a beijou. "Não interessa o que essas mãos fazem. O que importa é que são as suas mãos."

Era uma bobagem — afinal, ele não era nenhum poeta —, mas aquelas palavras a deixaram com lágrimas nos olhos. Mesmo quando ele voltou a segurar o volante ela não largou sua mão. Não era uma mão bonita de modo algum, mas era *pequena* em comparação com a dele. Será que as pessoas achavam que eles formavam um casal bonito?

Ela relaxou no assento e olhava para ele de vez em quando durante o resto do trajeto, reconhecendo bem a emoção que irradiava em seu peito. Vinha surgindo sorrateira, crescendo a cada dia, e àquela altura não havia como negar. Quando você se sente assim por alguém, não pode guardar segredos. Por mais medo que ela tivesse, contaria tudo para ele naquela noite.

Ir a um casamento de smoking e pés descalços era novidade para Khai. Ele não conseguia se desvencilhar da sensação de que havia alguma coisa faltando — seus sapatos —, mas Esme parecia encantada. Ela enfiava os dedos dos pés na areia como se fosse criança enquanto eles caminhavam de mãos dadas pela praia na direção das cadeiras dobráveis brancas e do altar, posicionados diante da água. Estava usando aquele vestido preto largo de novo, mas continuava tão bonita que até confundia seu cérebro. Era o sorriso dela. Ela estava feliz. Estava tudo bem no mundo.

"Só vinte pessoas?", ela perguntou.

Ele fez uma pausa breve para mudar o foco da atenção, da beleza para as palavras dela. "Ah, sim, eles queriam uma cerimônia pequena. Stella não gosta de aglomerações." Assim como ele. "Você gosta de casamentos grandes?" Ele faria um casamento gigante se Esme quisesse, mas algo menor como aquele fazia mais seu estilo. Com menos areia.

"Grande ou pequeno, qualquer um é bom." Esme ergueu os ombros com indiferença, mas seus olhos se acenderam quando ela complementou: "As flores, o vestido e o bolo são a parte mais divertida".

Ele assentiu e imediatamente gravou isso na memória. Se ela aceitasse seu pedido, eles se refestelariam em flores, vestidos e bolos. Caminhões de flores. Um vestido de noiva de alta-costura. Dez bolos, ou até cem, ele não se importava. Só precisava que ela dissesse sim. Droga, seu estômago estava todo revirado.

"Mas não precisa ser assim", ela acrescentou com um sorriso. "Isso tudo parece bem caro." Apontou para os buquês gigantescos de rosas brancas, orquídeas e lírios que cercavam a área das cadeiras. "Seu primo gastou uma fortuna com isso."

Ele examinou as flores e todo o resto. "Acho que sim."

"Eu posso fazer os arranjos de flores. Sei como faz." Mas em seguida mordeu o lábio e afastou os cabelos compridos do rosto. "Posso fazer o vestido também. Não sei fazer bolo, mas posso aprender." Seus olhos verdes encontraram os dele, e pareciam vulneráveis. "Posso fazer tudo bem bonito... mas sem custar caro."

Ele não soube o que responder. Ela não precisava fazer tudo sozinha, a menos que quisesse. Khai não se importava se o casamento fosse caro. Não era algo que ele pretendesse fazer várias vezes na vida. Uma vez só bastava. Ele jamais ia querer outra pessoa além de Esme. Seu vício era bem específico.

"Aqui, aqui, Menina de Ouro e meu filho", sua mãe chamou, se aproximando deles vestindo um *áo dài* preto com flores azuis chamativas na frente. Sem a altura extra proporcionada pelos sapatos, a calça de seda que acompanha o vestido se arrastava na areia, e ela puxou o tecido com impaciência. "Nunca pensei que um dia fosse a um casamento sem sapatos. É uma experiência bem peculiar. Vocês têm alguma novidade para mim?"

Esme apertou a mão dele com força e o olhou por um momento antes de desviar os olhos. "Ainda não, Cô Nga. Ainda precisamos conversar."

"Acho que depois do jantar pode ser um bom momento", ele falou para Esme.

Ela assentiu e deu um sorrisinho para ele. "Também acho."

Sua mãe notou que os dois estavam de mãos dadas. "Façam o que for preciso, mas precisam falar comigo antes de irem embora."

"Pode deixar, Cô Nga", disse Esme.

Sua mãe assentiu, satisfeita. "Aproveitem o casamento, hã?" Em seguida foi conversar com sua irmã, tias e primas.

Khai e Esme estavam se dirigindo até as cadeiras quando Michael apareceu, segurou a mão de Khai e o abraçou. Parecia ter vindo diretamente de um desfile de moda com seu smoking de três peças, mesmo descalço.

"Que bom que você veio", Michael falou. Ele sorriu, mas seus gestos eram abruptos e agitados, e sua respiração estava acelerada. Devia estar nervoso. Como Khai estava. Só que a noiva de Michael já tinha dito sim. Por que o nervosismo, então?

"Está tudo bem com você?", Khai perguntou.

"Ah, sim, estou ótimo. Já falei que estou feliz por você ter vindo? Porque estou mesmo. Stella gosta muito de você." Michael olhou para Esme e sorriu. "Você deve ser Esme. Que prazer finalmente conhecê-la." Ele apertou a mão de Esme, que abriu um sorriso extasiado.

Que ótimo, ela estava encantada pelo charme de Michael, apesar de ele estar prestes a se casar. Michael e sua maldita beleza.

"O prazer é todo *meu*. Stella é uma mulher de sorte", Esme falou, revelando seu jeito fantástico de ser para Michael e falando em inglês com todo mundo, menos com Khai.

Michael tentou sorrir, mas acabou respirando fundo enquanto sacudia as mãos e alinhava os ombros. "Obrigado. Nunca fiquei tão nervoso assim. Sou tão doido por ela que se ela não aparecer eu vou..." Ele parou ao ver um grupo de pessoas ao longe, para onde olhou todo apaixonado. Deu um apertão no ombro de Khai sem sequer olhar para ele. "Podem ir se sentar. Já vai começar."

Todos correram para seus lugares, e as conversas cessaram. Esme estava praticamente vibrando de empolgação. "Stella é mesmo bonita? Seu primo é tão..." Um olhar sonhador despontou no rosto dela, e Khai tinha certeza de que ela diria *lindo*. Mas o que ela falou foi pior. "É tão *apaixonado* por ela."

Apaixonado. Khai sentiu um nó no estômago e se obrigou a lembrar que estava fazendo a coisa certa. Esme queria um *green card*. Ele podia ajudar nisso. O casamento seria benéfico para os dois — por três anos.

Um violão começou a tocar um cover de uma música pop, e Khai assistiu à cerimônia com muita atenção. Se tudo desse certo, em breve faria isso também. As pessoas entraram pelo corredor em duplas, formadas pelas irmãs de Michael, Quan e um monte de amigos de Michael. Stella apareceu com um vestido branco de tecido bem fino, que só podia ter sido desenhado por Michael. O pai dela abriu um sorriso emocionado, e ela sorriu de volta e o beijou na testa antes de dar o braço a ele e se dirigir para o altar, onde Michael a aguardava com a expressão apaixonada de antes multiplicada por mil. Estava até com os olhos vermelhos, como se fosse chorar a qualquer momento. Enquanto Stella atravessava a faixa de areia, os olhos dela não desgrudaram do noivo. O que quer que Michael sentisse por ela, era totalmente correspondido.

Garota ama garoto ama garota.

Enquanto os dois noivos trocavam votos e se beijavam, o sol mergulhava no horizonte, e o céu adquiriu um tom alaranjado sobre o mar. Foi um momento mágico. O flash da câmera piscou inúmeras vezes, dezenas de celulares brilharam, nenhum bebê chorou. Os convidados limpavam as lágrimas, inclusive Esme, e Khai se sentiu um grande impostor.

Até que Esme apertou sua mão para chamar sua atenção e lhe deu um beijo de surpresa na boca, sorrindo em seguida. Se não estivessem em público, ele a agarraria e a beijaria até fazê-la se derreter. Agora sabia fazer isso. Mas, diante da situação, se limitou a devorá-la com os olhos, desejando-a com toda a força de seu vício descontrolado, mas, a julgar pelas pupilas dela dilatando, Esme não se incomodou.

Ele estava se inclinando para beijá-la quando todos se levantaram para ver Michael e Stella deixarem o altar. Os funcionários de um hotel dos arredores os conduziram até um jardim para um coquetel informal. Khai e Esme dividiram um Sex on the Beach enquanto todos comiam canapés e conversavam. Ela não tinha nenhuma resistência a álcool e depois de alguns goles estava se escorando nele e lançando olhares que sua experiência o havia ensinado que significavam *me leva pra cama e faz o que quiser comigo*. Porra, aquele olhar era uma das melhores coisas do mundo.

E ele estava determinado a vê-lo por mais três anos.

Depois do coquetel, a festa passou para uma área externa sob uma tenda de armação de madeira, tecido branco translúcido e pisca-pisca dourado. Enquanto o jantar de culinária fusion asiática e os discursos seguiam, ele ensaiou o pedido em sua cabeça. A lógica era ótima, e certamente a convenceria. Ela ia dizer sim. Qualquer outra resposta não faria o menor sentido.

Enquanto todos terminavam o bolo e o sorvete de menta com gotas de chocolate, Khai pegou a mão de Esme. "Quer dar uma volta?"

Ela deu a última garfada no bolo, puxou o garfo dos lábios luxuriosos e colocou o talher sobre o prato. "Vamos."

Eles saíram da tenda e começaram a andar sem pressa pela praia, de mãos dadas e pés enfiados na areia. A lua estava quase cheia e lançava sua luz prateada sobre a água, e o ar cheirava a sal, mar e algas. Quando estavam a uma boa distância da festa, ele deteve o passo.

Tinha chegado a hora. Caralho, ele estava tremendo. Nunca tinha nem chamado uma garota para sair. Nunca teve vontade. E agora ia pedi--la em casamento

"Está ouvindo?", Esme perguntou.

"O quê?"

"A música."

Ele prestou atenção, e os acordes distantes do violão chegavam da tenda, carregados pela brisa. Khai reconheceu que era "Clair de Lune", de Debussy. "Eles estão dançando."

Ela sorriu, abraçou seu pescoço e começou a balançar de um lado para o outro. "Nós também."

"Você está. Eu não sei fazer isso."

"É só se mexer assim", ela falou, rindo.

Ele se sentiu especialmente ridículo, mas resolveu acompanhá-la. E então, por algum motivo, parou de se sentir ridículo. Só estavam os dois ali, além da lua, do mar, da areia, da música e dos dois corações batendo.

E Esme estava sorrindo.

Ele roubou aquele sorriso com um beijo, e sentiu na língua um gosto de frutas, baunilha e champanhe que fez sua cabeça rodar. Khai nunca mais comeria bolo ou beberia champanhe sem pensar nela. Todos os sucessos de sua vida teriam o gosto de Esme. Ele não conseguiu se conter e passou as mãos pelo corpo dela, tentando chegar a seus lugares favoritos, mas aquele vestido largo tornava isso quase impossível.

Quando Khai fez um muxoxo, ela riu e o beijou de novo. Em seguida se afastou, limpando o batom da boca dele. "Nós precisamos conversar."

"Tem razão." Ele respirou fundo para afastar a luxúria da mente e segurou as mãos delas. Quanto antes fizesse o pedido, mais cedo aquela parte estaria resolvida, e o casamento, mais próximo.

"Esme..."

"Anh Khải..."

Ele hesitou, surpreso por notar que as mãos dela tremiam. Ao contrário de Khai, quando ela tremia de nervosismo, ficava bastante evidente. Ele passou os polegares sobre os dedos dela, tentando acalmá-la. "Pode falar primeiro se quiser."

Ela ergueu o queixo e disse: "Tudo bem, eu primeiro".

Passou a língua pelos lábios e ajeitou as mãos para segurá-lo como ele a segurava. Fez menção de falar diversas vezes, mas parou antes que saísse qualquer palavra.

"Quer que eu fale primeiro, então?", ele se ofereceu.

"Não, eu consigo." Ela respirou fundo de novo e mordeu o lábio antes de dizer: "Quando cheguei aqui, eu tinha meus motivos para me casar com você. Vários motivos. E me aproximei de você por esses motivos. Mas então...". Ela o encarou. "Então eu te conheci melhor." Os dedos dela apertaram os seus. "E me aproximei porque *quis* me aproximar. Muitas vezes até esqueço aqueles motivos. Porque estou feliz. Com você. *Você* me faz feliz."

O peito de Khai inflou e seu coração disparou. Ele foi incapaz de conter um sorriso. Havia um número infinito de razões para continuar neste mundo, mas aquela parecia a mais importante de todas: fazer Esme feliz.

"Eu fico contente", ele disse.

"Talvez seja precipitado e não muito inteligente, mas..." Ela sorriu lentamente, os olhos suaves e marejados ao luar, e falou em inglês bem claro: "Eu amo você".

Seus pulmões pararam de funcionar. Seu coração parou de bater.

Esme o amava.

Calor se espalhou pelo seu corpo em ondas sufocantes. O que ele tinha feito para merecer esse amor? Ele faria tudo de novo um milhão de vezes. Khai levou as mãos dela à boca e beijou seus dedos. Não conseguia falar, não tinha a menor ideia do que dizer.

Incomparavelmente mais linda do que a lua, as estrelas e o mar atrás dela, com um sorriso provocante nos lábios, ela perguntou: "Você me ama? Nem que seja só um pouquinho?".

Ele gelou.

Aquela pergunta não. Por que ela tinha que fazer justo *aquela* pergunta?

Ele podia dar qualquer *coisa* que ela quisesse — um *green card*, diamantes de verdade, seu corpo —, mas amor?

Corações de pedra não amam.

Ele não queria responder. Tudo dentro dele se rebelava contra aquela pergunta.

Mas ele se obrigou a admitir a verdade. "Não."

Ela piscou algumas vezes e balançou a cabeça antes de sorrir de novo. "Então você me ama *mais* do que só um pouquinho."

"Não, Esme." Ele deu um passo para trás e a soltou. "Me desculpa... mas eu não amo você nem muito nem pouco. Não sinto amor nenhum por você."

Sou incapaz de amar.

Esme ficou boquiaberta, com os olhos arregalados e cheios de lágrimas. "Amor nenhum?", murmurou.

"Eu não amo você." Todo o seu ser doía como se estivesse implodindo. "Nunca vou amar."

"Isso não tem graça", ela respondeu.

"Não estou brincando. Estou falando muito sério."

Ela não disse mais nada. Apenas o encarou, lágrimas pesadas escorrendo no rosto. Ele queria retirar o que disse. Queria apagar a tristeza dela. Seria capaz de tudo para fazê-la sorrir de novo.

Mas não podia mentir sobre isso. Ela fez a pergunta e merecia saber a resposta.

Eu não amo você. Nunca vou amar.

O coração de Esme se partiu, e os cacos afiados a feriam por dentro. Ao mesmo tempo, um sentimento de vergonha a invadiu, pesado e sufocante. Ela sabia por que ele não conseguia amá-la. Podia ir à escola, usar outras roupas, mudar o jeito de falar, mas nunca poderia mudar sua origem. A ralé da ralé. Era tão pobre que não tinha conseguido nem terminar o colégio, tão diferente que até os pobres a olhavam de cima, e sua posição era tão baixa que seria impossível ascender e se libertar, pelo menos no Việt Nam. Depois de tudo o que ele tinha feito, ela pensou que Khai enxergava além das coisas que eram impossíveis de mudar e valorizava quem Esme era por dentro. Mas não enxergava. E, segundo suas próprias palavras, jamais enxergaria.

Afastando-se dele, ela falou: "Desculpa o incômodo. Eu já vou".

Ele balançou a cabeça com uma expressão concentrada mas indecifrável. "Você não me incomoda."

Uma risada quase histérica escapou dos lábios dela. "Eu não entendo." Esme se virou para correr, mas ele a segurou com firmeza pelo braço.

"Ainda não terminamos nossa conversa."

Ela respirou fundo e se preparou para o pior, quase com medo de encará-lo, com receio de ouvir o que ele tinha a dizer.

"Acho que nós deveríamos nos casar."

O corpo dela se curvou tamanha a confusão. "Quê?"

"Eu não ligaria se você ficasse comigo até sair sua naturalização. Depois disso, podemos pedir o divórcio. Seria bom pra nós dois, eu acho", ele falou, franzindo os lábios. Talvez estivesse tentando sorrir.

Ela meneou a cabeça. Tinha ouvido o que ele falou, mas não conseguia compreender. "Por que se casar comigo se não me ama?"

"Eu me acostumei com a sua presença na minha casa e na minha cama e..."

Com a menção à cama, ela sentiu o rosto queimar e baixou a cabeça. *Sexo.* Ele queria mais sexo. Claro que sim. Era virgem antes, e os dois se davam muito bem nesse quesito. Mas não daria certo se para Esme eles estavam fazendo amor, e para ele era só sexo.

"Não." Ela se desvencilhou da mão dele em seu braço e deu um passo para trás. "Eu não posso me casar com você."

Ele franziu a testa. "Eu não entendo por quê."

"Porque vai doer demais." Porque ela o amava. Se fosse só um acordo entre dois desconhecidos, talvez até topasse. Aquele casamento poderia ser muito benéfico para Jade. Mas antes de tudo destruiria Esme.

Khải não era a solução. Ela precisava continuar procurando outra saída.

Ele olhou para o chão. "Eu sinto muito."

Mais lágrimas escorreram pelo seu rosto. Ela também sentia muito. "Esme, não chora. Eu..."

Sem dizer nada, ela se virou e cambaleou pela areia em direção ao casamento. Precisava sumir dali e, para isso, precisava de seu celular e seu dinheiro. Entrou na tenda romântica e, abraçando o próprio corpo, passou apressada pelos casais que dançavam na areia, se sentindo uma invasora.

Lá estava sua bolsa, pendurada na cadeira. Pendurou a alça no ombro e fez de tudo para evitar contato visual com qualquer pessoa.

"Está tudo bem, Esme?", Vy perguntou. Ela estava adoçando uma xícara de chá e interrompeu o gesto. Seus cabelos eram perfeitos, a maquiagem perfeita, o vestido preto perfeito, porque tinha nascido para aquilo.

Esme forçou um sorriso e assentiu. Khải entrou pelo outro lado da tenda, passou os olhos pelos presentes com a testa franzida como se procurasse alguma coisa. Seu olhar se fixou nela. Ela não conseguiu ouvir o que ele falou, mas sabia que era seu nome.

Ele veio andando, e ela ficou em pânico. Esme precisava fugir. Toda aquela gente achava que ela havia sonhado alto demais ao tentar conquistar Khải. Ela não queria estar lá quando todos soubessem que Khải também pensava assim.

Correu para longe da mesa. E bateu em alguma coisa rígida. Ao olhar para cima, deu de cara com Quân.

"Ei, aonde você vai com tanta pressa?", ele perguntou com seu bom humor característico.

"Desculpa, eu..." Ela olhou por cima do ombro e viu Khải se aproximando com passos determinados. *Não.* "Por favor, me deixa ir. *Por favor!*"

"O que está acontecendo? Vocês estão brigando?", Quân perguntou.

Sua visão ficou borrada, e ela balançou a cabeça. "Brigando, não." Khải estava cada vez mais perto. Ela passou por Quân e saiu apressada. Do lado de fora, viu Quân segurar Khải e conversar com ele todo preocupado.

Ela correu por um bom trecho de areia, sentindo os grãos ásperos castigarem seus pés, até chegar à calçada. Não sabia para onde estava indo, mas estava longe, e por ora isso bastava.

Seu celular tocava sem parar, mas ela ignorou e continuou correndo a esmo, fugindo dele e daquela vergonha terrível. Quando não aguentava mais o toque do telefone, tirou o aparelho da bolsa e o desligou.

Parada ali, com os pulmões queimando, a boca seca e talvez os pés sangrando, ela percebeu que não fazia ideia de onde estava. De algum modo, tinha ido parar em uma ruazinha tranquila ladeada de casas de praia e palmeiras altas.

Não havia Khải, nem Cô Nga, nem sua mãe, nem sua avó, nem Jade, nem ninguém ali. Somente Esme.

E ela não tinha para onde ir. Havia um mundo enorme ao seu redor, mas que não era o seu.

Para onde se pode ir quando não se tem lugar no mundo?

Khai perambulou pela praia pelo que pareceu ter sido horas, mas não conseguiu encontrar Esme. Ela havia desaparecido noite adentro.

Tentou ligar de novo, mas a chamada caiu direto na caixa de mensagens.

Uma sensação horrível se espalhou pela sua pele. O ar estava fresco, mas ele não conseguia parar de transpirar. Arrancou a gravata-borboleta, se descabelou, tirou o paletó. Quase o jogou na água, mas então se lembrou da caixinha revestida de veludo dentro do bolso. Aquilo pertencia a Esme. Bem, se ele tivesse a oportunidade de entregar a ela.

Como ela podia ter ido embora assim?

Quan veio correndo do outro lado da rua. "Não está pra lá. Você a viu por aqui?"

Que pergunta mais irritante. Se ele a tivesse visto, não estaria ali sozinho. "Não."

Quan coçou a cabeça raspada. "Porra, o que foi que aconteceu? Por que ela saiu correndo?"

Khai chutou a areia. "Eu sugeri que a gente se casasse."

Mesmo na escuridão da praia, Khai viu os olhos do irmão se arregalarem. "Uau, ok. É uma surpresa pra mim ela não ter ficado feliz com isso. Parecia que ela estava muito a fim de você."

Khai apertou o paletó amarrotado com tanta força que o tecido rangeu. "E ela está. Quer dizer, *estava*. Hoje ela me disse que tá apaixonada por mim." Ele ainda mal conseguia acreditar naquilo.

Quan lhe lançou um olhar atento. "E?"

Khai ignorou a pergunta e saiu andando na direção da calçada. Talvez ela estivesse sentada em um banco à sua espera. Talvez tivesse superado o acesso de raiva, pensado melhor e mudado de ideia.

"E então, Khai?", Quan insistiu, indo atrás dele.

Ele enfiou o paletó debaixo do braço e as mãos nos bolsos. "Eu falei a verdade."

"Que é...?"

Ele apressou o passo, saindo da areia para o calçamento, e observou a rua Santa Cruz no fim da noite. Havia um banco perto de um poste de luz, mas estava vazio. Ele espichou os olhos para o estacionamento onde estava o carro. Nenhum sinal de vida.

Ela não estava ali.

Quan segurou seu braço com força. "Khai, o que você disse para ela? Por que ela estava chorando?"

Ele tentou engolir. Não conseguiu na primeira tentativa, nem na segunda, mas na terceira ele se lembrou de como fazer isso. "Eu falei que não a amava."

"Que idiotice", explodiu Quan. "Porra, como assim?"

"Falei isso porque é verdade", ele disse.

"Você está loucamente apaixonado por ela. Olha só seu estado", Quan retrucou, agitando as mãos para Khai como se estivesse falando uma obviedade.

"*Não estou*", Khai retrucou.

"Não o caralho. Com você sempre foi tudo ou nada, então todo mundo sabia que, quando uma garota chamasse sua atenção, ia ser a pessoa perfeita pra você. *Ela* é perfeita pra você, Khai."

"Não *existe* garota perfeita pra mim. Eu não curto relacionamentos." Ele percorreu um quarteirão pela calçada, olhando ao redor. Onde ela estava?

Merda, será que ela estava em segurança? Não parecia ser um lugar perigoso, mas isso não era garantia de nada. Sua adrenalina subiu, e seu coração começou a bater forte enquanto ele pegava o celular e tentava falar com ela de novo.

Direto na caixa de mensagens de novo.

Droga.

"Por que ela não atende?", resmungou, mais para si do que para qualquer pessoa.

Quan respondeu mesmo assim. "Ela não quer falar com você. Você não pode dizer pra uma garota que não está apaixonado por ela e depois falar de casamento. Não sei onde você estava com a cabeça."

Khai enfiou o telefone de volta no bolso, impaciente. "Ela precisa de um *green card*. Eu posso fazer isso por ela. Simples assim. Eu até falei que entrava com o pedido de divórcio assim que ela conseguisse a cidadania. Era pra ela ter ficado feliz. E não recusado e saído correndo."

Em vez de responder, Quan bufou com força e esfregou o rosto. "*Que merda.*"

Pelo menos nisso eles concordavam. A situação era muito merda.

"Por que você está disposto a fazer tudo isso se não curte relacionamentos?", Quan perguntou, estreitando os olhos.

Khai virou o rosto e deu de ombros. "Eu me acostumei com ela, e é tranquilo morar junto. Por que não?"

Quan jogou as mãos para o alto. "Que ótimos motivos para se casar. Eu vou voltar pra festa. Se tiver notícias dela, me avisa."

Enquanto Quan voltava para a tenda pisando duro, Khai voltou para o carro e entrou. Os sapatos dela estavam largados no lado do passageiro, e ele vasculhou o interior do carro, esperançoso. Mas então lembrou que ela os tinha deixado lá antes de ir para o casamento.

Ele dirigiu sem rumo, procurando pelas ruas, calçadas, bancos e fachadas do comércio por uma mulher descalça com um vestido preto largo. Não a viu em lugar nenhum.

Quando parou no mesmo semáforo pela quarta vez, reconheceu que estava na hora de desistir. Ela estava com o celular e a bolsa, e sabia se virar. Se não queria ser encontrada, não adiantava procurar. Mesmo assim, ele ficaria por perto, só para garantir.

Khai estacionou o carro em uma vaga qualquer perto da praia, puxou o freio de mão e desligou o motor. Então se pôs a esperar, batucando o volante com os dedos enquanto olhava para o céu noturno.

22

Uma luz forte atingiu as pálpebras de Esme, e ela fez uma careta e esfregou o rosto, espalhando garrafinhas do frigobar pelo chão. A tv ainda estava ligada, e o teto do quarto do hotel não parava de girar.

Ou talvez fosse ela.

Esme se levantou, e a bile subiu para a garganta quando o quarto inteiro se inclinou. *Ai, não*. Em pânico, correu para o banheiro, e seus joelhos bateram no piso frio bem quando ela vomitou no vaso sanitário.

Várias vezes, até sentir que seus olhos estavam prestes a explodir. Quando enfim parou, enxaguou a boca e se olhou no espelho com os olhos ainda turvos. Tinha vomitado com tanta força que ficou vermelha nas maçãs do rosto e em torno dos olhos. Além disso, seus cabelos estavam bagunçados e embaraçados, ela ainda estava com a roupa do dia anterior e com um cheiro horrível. Se sua mãe e sua avó a vissem naquele momento, ficariam decepcionadíssimas.

Diriam para ela voltar rastejando para a casa de Khải, onde estaria em segurança, agradecer por ele se oferecer para se casar com ela e providenciar a assinatura da certidão antes que ele mudasse de ideia. Jade precisava dele.

Mas um amor não correspondido seria devastador para ela, sem falar que seria um péssimo exemplo para sua filha. Esme *não* ia voltar para lá.

Ela achou seu celular, encontrou o número de Phil Schumacher e ligou para ele de novo. Depois de vários toques, a chamada foi interrompida sem ir para a caixa de mensagens. Então ela ligou de novo. Na metade do primeiro toque, uma gravação tocou do outro lado da linha: "A pessoa com quem você está tentando falar não está disponível".

O que significava *aquilo*?

Ela tentou outra vez. E, de novo, na metade do primeiro toque, veio a mensagem: "A pessoa com quem você está tentando falar não está disponível".

Ele devia ter bloqueado seu número. Podia ser seu pai, e a bloqueou. Isso fez seu estômago se revirar e feriu seu orgulho, mas Esme disse a si mesma que estava tudo bem.

Ela não precisava dele.

Não precisava de ninguém.

Talvez ainda estivesse embriagada pelas bebidas do frigobar, e talvez estivesse puramente emotiva, mas, sozinha naquele quarto barato de hotel, sozinha de verdade, jurou que só faria as coisas por si mesma dali em diante. Não era boa o suficiente para Khải nem para esse Phil Schumacher misterioso, mas era boa o suficiente para si mesma.

Não precisava de homem para nada. Só precisava de suas próprias mãos. Enquanto lavava os cabelos e tirava a areia do casamento do corpo no boxe de plástico, seu coração se inflamou. Ela não sabia como, mas ia provar seu valor. Mostraria para todo mundo quem era.

Esme passou o dia estabelecendo sua nova vida independente. Pegou o ônibus para Milpitas, procurou um apartamento na região do restaurante de Cô Nga, encontrou um lugar que oferecia contrato mensal de aluguel, assinou os papéis e foi comprar coisas para a casa e roupas novas. Preferia andar pelada por aí a pedir suas coisas para Khải. Ele que ficasse com elas.

Naquela noite, dormiu em um saco de dormir no chão da quitinete vazia, sonhou que o pai de Jade a levava embora e chorou até acordar encolhida junto à parede, ouvindo os estalos do prédio e o barulho dos carros passando do lado de fora. Como sempre acontecia, seu medo foi se transformando em culpa. Se ela tivesse entregado Jade para o pai e a mulher dele, a menina teria uma família com uma mãe e um pai, além de uma casa luxuosa com empregados. Como *não* tinha desistido de Jade, sua menina estava em um casebre de um cômodo enquanto a mãe dela vivia uma vida paralela do outro lado do oceano. Uma mãe melhor teria entregado sua bebê? Tinha sido egoísmo seu ficar com Jade? O amor bastava *mesmo*?

A determinação tomou conta dela. O amor teria que bastar. Era realmente tudo o que ela tinha.

Quando o céu clareou, ela desistiu de dormir e pesquisou informações sobre visto de trabalho no celular. Deveria ter oportunidades para alguém como ela em um lugar como aquele. Esme era muito boa em superar dificuldades. Mas, depois de ler sites e mais sites, percebeu que todos diziam a mesma coisa: ela precisava de um diploma universitário, doze anos de experiência em uma profissão especializada ou uma combinação impressionante das duas coisas. Experiência ela tinha, mas algo lhe dizia que limpar privadas não era o tipo de trabalho especializado a que se referiam.

Ainda estava se esforçando para aceitar esse fato quando entrou no restaurante de Cô Nga um pouco mais tarde.

"Ah, a Menina de Ouro chegou." Cô Nga correu até ela e a abraçou com força. "Fiquei tão preocupada. Por que foi embora sem falar com ninguém, hã? Você quase mata todo mundo de preocupação."

Ligeiramente em choque, Esme retribuiu o abraço. "Desculpa." Ela achou que ninguém fosse se importar com ela, já que tinha recusado o pedido de Khải. Ela se afastou, abriu um sorriso forçado e estendeu os braços. "Como pode ver, estou bem."

"Khải procurou você por toda parte. Disse que ligou um monte de vezes. Por que você não atendeu?", Cô Nga perguntou.

Ela se concentrou em guardar a bolsa no lugar de sempre perto da registradora e em manter a respiração sob controle. Era o único jeito de não acabar desmoronando. "Eu não tinha nada pra dizer a ele."

Cô Nga fez um gesto com a mão. "Como vocês vão se acertar se não conversarem? Diga a ele qual é o problema, e ele resolve. É simples."

O coração de Esme estava disparado, mas felizmente ela havia chorado o suficiente nos dois dias anteriores e não tinha mais lágrimas sobrando. "Não tem o que resolver. Nós não combinamos, Cô."

Sua certeza devia ser bem evidente, porque Cô Nga deu uma boa olhada nela e fez uma expressão de desânimo. "Tem certeza?"

Esme assentiu.

"Onde você está ficando? É um lugar seguro? Precisa de dinheiro?", Cô Nga perguntou, dando um tapinha na bochecha de Esme e apertando seus braços como se quisesse se certificar de que ela estava mesmo lá.

"Eu tenho tudo de que preciso, obrigada. Estou em um lugar aqui perto, que aluga quartos por mês. Está ótimo", Esme respondeu com um sorriso. Em comparação com a casa em que morava com sua família, era um luxo. Mas não precisava de muito para ser melhor do que sua casa.

"*Você veio.*"

Ela se virou e viu Khải parado na entrada do restaurante. Estava com seu traje de agente secreto de sempre, camisa e terno pretos, mas parecia diferente. Cansado. Mas ainda tão lindo que ela sentiu um aperto no peito.

Precisando desesperadamente de uma distração, pegou uma travessa com sachês de açúcar na prateleira e começou a distribuí-los nas caixinhas que ficavam nas mesas. "Oi, Khải."

"Você não me atendeu", ele falou quando entrou.

"Desculpa." Ela conseguia. Era capaz de manter a compostura. Três sachês brancos de açúcar normal. Dois sachês marrons de açúcar mascavo. Três sachês amarelos de...

Ele a puxou e a abraçou com força. "Eu estava preocupado com você."

Por um bom tempo, ele simplesmente a abraçou, e ela deixou. Havia motivos para não deixar, mas naquele momento ela não conseguiu se lembrar de nenhum. A sensação de abraçá-lo era tão boa, o cheiro dele era tão bom, e sua solidão se agarrou a esse contato. Alguma coisa espetou seu rosto, e ela passou os dedos no rosto dele para sentir. O que era aquilo?

"Você não fez a barba..."

Ele a beijou, e uma sensação aguda a atingiu direto no coração. Assim que ela relaxou em seus braços, Khải aprofundou o beijo, se apossando de sua boca com uma pressão dos lábios que a deixou zonza. Era impossível ficar indiferente quando ele a beijava assim, como se estivesse morrendo de preocupação com ela e apaixonadíssimo.

A mãe dele tossiu alto. Esme interrompeu o beijo e tentou dar um passo para trás, mas Khải a apertou com mais força.

"Por onde você andou?", ele quis saber.

"Aluguei um apartamento aqui perto."

Khải ficou paralisado. "Você... está se mudando?"

Ela hesitou por um instante antes de confirmar com a cabeça.

"Não vejo por que você não pode ficar comigo. Como antes. Nós não precisamos..." Ele bufou de frustração, virou o rosto e fez uma careta. "Este bairro não é dos melhores."

Aquele desdém fez o corpo dela se enrijecer. "É um bairro ok." Ali as pessoas não eram tão ricas, mas isso não significava que não prestassem. Eram como ela, na verdade. Ela empurrou seu peito, e ele a soltou com relutância.

"Não, não é ok. As estatísticas de criminalidade no meu bairro são mais baixas. Você deveria voltar."

"Não posso."

Khải passou uma das mãos pelos cabelos e se aproximou um pouco mais dela. "Você estava bem na minha casa até outro dia. Por que não pode..."

"Você me ama?", ela perguntou baixinho, oferecendo a ele uma chance de mudar tudo.

Ele cerrou os dentes com força e apertou as mãos dela. "Eu posso manter você em segurança, e carregar você no colo quando estiver machucada e..." Ele baixou o olhar para sua boca. "Posso beijar você *sempre* como se fosse a primeira vez. Eu posso... posso..." Sua expressão era de determinação. "Posso trabalhar com você no jardim. Posso até fazer um serviço profissional. Posso reformar a casa pra você. Se você quiser. Qualquer que seja o tipo de casamento que você quiser, eu posso..."

"Khải", ela falou, firme. "Você me ama?"

Ele fechou os olhos, e pareceu desistir de lutar. "Não, isso não."

Esme piscou para conter as lágrimas, puxou suas mãos para longe dele e continuou abastecendo as mesas de açúcar. Três sachês cor-de-rosa. Três sachês azuis. Ela não ia desmoronar. Não ia desmoronar. "É melhor você ir. Vai se atrasar para o trabalho."

Ele respirou fundo, abalado. "Então tchau."

Ela abriu um sorriso forçado. "Tenha um bom dia."

Khải se inclinou para a frente como se quisesse beijá-la e, por um momento, ela pensou em deixar. Quase conseguia sentir a maciez e o gosto dos lábios dele. Mas virou o rosto no último instante, e, depois de uma breve hesitação, ele se afastou.

"Tchau, mãe". Ele acenou para Cô Nga.

E então se foi.

Os ombros de Esme despencaram, e ela ficou assistindo com olhos marejados ao Porsche sair em alta velocidade do estacionamento. A tristeza tomava forma e a puxava para baixo, e ela ficou levemente impressionada por ainda conseguir ficar de pé. Era uma prova de sua força. Ela daria conta daquilo. Ele era só mais um cara.

Cô Nga se aproximou e se sentou à mesa, parecendo chocada e derrotada. "Eu não entendo quando ele fica assim. Ele prefere ficar com você, isso dá para ver. É claro como o dia. Por que ele falou aquilo? Eu não sei."

Sem dizer nada, Esme se concentrou nos sachês de açúcar. Colocou o último na caixinha preta, encostou-a na parede junto com os molhos sriracha, hoisin e chili e passou para a mesa seguinte. Enquanto pegava os sachês brancos, porém, algumas gotas caíram sobre o papel. Ela limpou na camisa e pegou outro sachê, que também acabou molhado.

"Pronto, pronto, pronto." Cô Nga a puxou para um abraço. "Pronto, pronto, Menina de Ouro."

Ela perdeu o controle e foi sacudida por soluços violentos. Não era assim tão forte, no fim das contas. "Desculpa", Esme falou. "Não sou mais a sua 'menina de ouro'. Eu tentei. Mas aí me apaixonei e não posso ficar com ele numa situação como essa. Vai acabar comigo."

Todo mundo merecia amar e ser amado. *Todo mundo.* Inclusive ela.

Cô Nga esfregou as costas de Esme como se estivesse ralando cenouras. "Pronto, pronto, você sempre vai ser minha Menina de Ouro. Sempre."

Esme a abraçou com mais força antes de enxugar o rosto com a manga da camisa. "Eu ia adorar ter você como sogra."

Cô Nga deu um tapinha em seu rosto, observando-a com olhos tristes e cheios de sabedoria. Em seguida, sacou o celular do avental e o afastou o máximo possível do rosto enquanto olhava para a tela espremendo os olhos, procurou um número e colocou a ligação no viva-voz.

Depois de vários toques, Quân atendeu, com tom de voz distraído. "Oi, mãe. Tudo bem?"

"Você precisa falar com seu irmão", ela falou.

"Isso tem alguma coisa a ver com Esme... com Mỹ? Vocês descobriram onde ela está?"

Cô Nga assentiu com a cabeça, apesar de Quân não poder ver. "Sim, sim, ela está aqui."

"Ah, que bom. Isso é ótimo. Eu vou..." Vozes ao fundo o interromperam, e elas ouviram ruídos abafados, como se ele estivesse cobrindo o telefone para falar com alguém. "Então, eu preciso desligar. Falo com ele à noite."

"À noite não. Agora", insistiu Cô Nga. "E se ele não atender você precisa ir até lá."

"Eu não posso. Estou em Nova York fazendo as apresentações para a próxima rodada de financia..."

Cô Nga interrompeu o filho. "Volte para casa. Isso é *importante*. Ele é seu único irmão e precisa da sua ajuda."

Quân soltou o ar devagar. "Às vezes ele não quer minha ajuda."

"Você precisa tentar. Ele é sua responsabilidade. Trate de ser melhor do que o imprestável do seu pai."

Depois de um longo silêncio do outro lado da linha, Quân falou: "Eu dou um jeito nisso. Mas agora preciso mesmo desligar. Tchau, mãe".

A ligação foi interrompida, Cô Nga resmungou alguma coisa para si mesma e guardou o telefone de volta no avental.

Esme pegou um punhado de sachês de açúcar, mas hesitou antes de colocá-los na caixa. "Não sei o que Anh Quân pode fazer, Cô Nga. Ele parece ocupado." O drama entre Esme e Khải parecia estar longe de ser uma prioridade.

Cô Nga dispensou o comentário de Esme com um gesto da mão. "É preciso ser durona com Quân pra ele se mexer. Eu sei disso, sou a mãe dele. Mas ele faz as coisas quando eu insisto. Você vai ver."

"Ele parece estar se virando muito bem. É um CEO, né? Isso não é pouca coisa." Esme não conseguia se ver fazendo algo parecido.

"Parece importante, mas é uma empresa pequena. Nem se compara com a de Khải," Cô Nga falou com desdém.

Mais uma vez, Esme ficou com a impressão de que elas não estavam falando do mesmo Khải. Por que as pessoas falavam como se ele fosse extremamente bem-sucedido? Ela sacudiu a cabeça e voltou ao trabalho. Não fazia diferença.

Ela precisava pensar na própria vida. Só tinha três semanas até ir embora, e o relógio estava correndo.

Em um país onde havia justiça e igualdade e o povo tinha poder, as oportunidades deviam ser para todos. O casamento e o nascimento não podiam ser as únicas formas de encontrar seu lugar ali. Ela se recusava a acreditar nisso.

Precisava ter alguma outra coisa que pudesse fazer para conquistar um lugar para si, para se provar. Só precisava continuar procurando.

Khai estava sentado à mesa de seu escritório e realmente não se lembrava de ter feito o trajeto de carro até lá, entrado no prédio e subido de elevador. Tinha sido no piloto automático.

Estava ocupado demais assimilando a informação de que Esme estava sã e salva. O dia anterior tinha sido como um borrão. Embora a lógica lhe dissesse que o mais provável era que ela estivesse bem, imagens horríveis passavam pela sua mente sem parar, e ele ficou um caco, sem dormir, sem comer e vendo o noticiário caso ela aparecesse em uma maca de ambulância.

Agora que sabia que ela estava bem, finalmente relaxou e pôde refletir sobre o fato de que Esme não só se recusava a se casar com ele como tinha saído de sua casa antes do previsto. Lá no restaurante, Khai usou os melhores argumentos de que dispunha para convencê-la a ficar. E ela recusou — com razão.

Por outro lado, ele pensou que sofreria uma crise terrível de abstinência quando Esme fosse embora de vez, mas ficou até surpreso ao constatar que estava bem. Estava tudo perfeitamente, perversamente e decepcionantemente *bem*. Ele não estava triste, enlouquecido, nem deprimido. Não estava sentindo... nada.

Quando ligou o computador e viu a tela acender, suas tarefas cotidianas se alinharam sem dificuldades em sua cabeça — e-mails, projetos, coisas importantes. Ele parecia uma maldita máquina. De volta à ativa, pronto para produzir.

Quando abriu o primeiro e-mail, porém, precisou de três tentativas para fazer seus dedos digitarem "Oi, Sidd" corretamente (para Sidd Mathur, o M de *DMSoft*), e ainda assim não sabia se tinha acertado a grafia de "Oi". Era mesmo só um *O* e um *i*? Não parecia ter letras suficientes para expressar um conceito tão importante.

Mas Khai não se deixaria abalar. As pessoas diziam que ele era inteligente. Só precisava se concentrar. Ele era bom nisso, às vezes até demais. Quando terminou o e-mail, olhou no relógio e ficou desolado ao ver que tinha demorado duas horas para escrever um parágrafo curto.

Ele suspirou e levou a mão à testa para massageá-la — e sem querer acabou enfiando o dedo no próprio olho. *Merda*. Agora que estava prestando atenção, sentia a cabeça latejar, o rosto doer e os braços e as pernas esquisitos, como se tivessem sido arrancados de outra pessoa e colados nele. Devia estar ficando doente. Fazia um bom tempo que isso não acontecia, então só podia ser alguma coisa péssima. Pensando bem, fazia anos que não tomava a vacina contra gripe.

Ele abriu a gaveta da escrivaninha, pegou o frasco de ibuprofeno que guardava lá, tirou a tampa e deixou cair alguns comprimidos na palma da mão. Pelo menos, foi isso que visualizou em sua mente. Na realidade tinha derrubado os comprimidos em si mesmo, na mesa e no chão.

Tentou arrumar a bagunça, mas sentiu os comprimidos sendo esmagados sob seus pés e joelhos e escorregando por entre seus dedos. Quando conseguiu recolher a maioria e colocar de volta no frasco, tendo pulverizado o restante por acidente, bateu o cotovelo na cadeira e a cabeça na mesa.

Khai foi até o corredor com a intenção de buscar água na cozinha e percebeu que o prédio estava estranhamente vazio. Era como se estivesse trabalhando no Natal.

Foi quando lembrou que naquele dia eles tinham um evento com toda a empresa para fortalecer o espírito de equipe e tudo o mais. *Caraaalho*. Seu sócio ia encher seu saco de novo por ser tão antissocial. Seu telefone começou a vibrar, e ele o tirou do bolso e atendeu sem ver quem era.

"E aí, sou eu. Como você está?", perguntou uma voz familiar que *não* era a de seu sócio.

"Oi, Quan. Está tudo..." Ele viu os comprimidos esmagados no chão do escritório e percebeu que um de seus cadarços estava desamarrado. "Está tudo bem. Por que você está me ligando?"

"A mamãe disse que eu preciso voltar de Nova York para falar com você por causa de uma emergência. O que foi?"

"Não tem emergência nenhuma."

"E Esme, como está?", Quan perguntou em tom de voz neutro.

"Bem."

Quan ficou calado, à espera.

Quando não aguentava mais o silêncio, Khai falou: "Ela não vai voltar. Encontrou um apartamento perto do restaurante que gostou mais do que da minha casa."

"E como você está com isso?"

"Bem. Eu estou... bem." Mas gostaria de não estar. Se conseguisse demonstrar algum tipo de abalo emocional dramático que comprovasse que ele estava com o coração partido pela perda — e portanto apaixonado —, poderia tê-la de volta.

Mas não. Ele estava supertranquilo.

"Quer que eu volte mais cedo?", Quan ofereceu. "Podemos fazer alguma coisa juntos. Sei lá, tentar conhecer garotas em um seminário sobre escrita fiscal ou coisa do tipo."

"Não, obrigado." Ele não queria saber de nada que envolvesse mulheres por um bom tempo, e a ideia de "conhecer garotas" fez sua dor de cabeça piorar ainda mais, mesmo considerando a contrapartida positiva do seminário sobre escrita fiscal.

"Tem certeza?"

"Tenho."

"Então beleza, mas se precisar de alguma coisa pode me ligar quando quiser. Se eu não atender, ligo de volta assim que der", Quan falou.

"Não precisa dizer isso. Eu já sei." Quan era a presença mais confiável na vida de Khai.

"É só um lembrete. Certo, agora vou deixar você trabalhar. Tchau, irmãozinho."

"Tchau."

Assim que a ligação ficou muda, ele olhou para a empresa vazia, deu um passo e quase caiu de cara no chão. Com um suspiro, se apoiou em um dos joelhos, segurou o cadarço entre os dedos e, apesar de várias tentativas, não conseguiu amarrá-lo. O que tinha de errado com ele, porra? Só podia ser um princípio de gripe. De saco cheio da situação, tirou os sapatos e os levou na mão quando saiu do prédio e voltou andando para casa. De jeito nenhum ele ia dirigir ou comparecer a um evento para fortalecer o entrosamento da equipe naquele estado.

A caminhada foi longa, calorenta e esquisita, porque ele estava sem sapatos, e Khai teve a nítida sensação de que os carros reduziam a velocidade ao passar por ele. Não estava se sentindo um Exterminador do Futuro naquele dia, pelo menos não um Exterminador com condicionamento físico. Ao chegar em casa, estava suado, desidratado e precisando muito de um banho, mas, depois de abrir a porta, ficou parado na entrada, incapaz de dar um passo adiante.

Seu corpo inteiro resistia à ideia de entrar em casa. Sua cabeça girava, seu coração estava disparado, e o estômago, revirado. A casa estava escura demais, e o ar tinha um cheiro de mofo que lhe deu vontade de vomitar. Nada fazia sentido. Mas ele tinha ficado concentrado demais nas possíveis catástrofes envolvendo Esme para se preocupar com qualquer outra coisa.

Ele se sentou nos degraus de cimento na frente da casa e limpou o suor do rosto grudento. Que droga de gripe. Ele estava *exausto*. Sentia que podia passar dias dormindo. Mas antes precisava tomar banho e ventilar a casa. O que quer que fosse aquele cheiro pesado, precisava sair. Talvez uma das frutas de Esme tivesse apodrecido na lixeira e espalhado esporos de mofo pela casa toda.

Cerrando os dentes, Khai se levantou, entrou e jogou os sapatos no chão, sem ligar para onde caíram. Ele não conseguia respirar. O ar estava espesso e opressivo, todo errado.

Esporos de mofo, esporos de mofo.

Foi até a cozinha e abriu a lixeira. Estava vazia. Como assim? Em seguida vasculhou a cozinha em busca de outros locais onde pudesse haver frutas em decomposição. Nada.

Todas as superfícies estavam impecáveis. A única coisa fora de lugar era um copo d'água pela metade no balcão. De Esme. Uma onda de calor percorreu sua pele fria. Ele só percebeu que ia pegar o copo quando viu sua mão se aproximando, e então se deteve antes de fazer contato. Cerrando o punho, se afastou. Não queria pôr aquele copo na lava-louças, como sempre fazia. Queria que ficasse... bem ali.

Aquele ar *sufocante*. Ele percorreu a casa abrindo todas as portas e janelas, mas não adiantava nada. O enjoo piorou tanto que ele passou alguns minutos debruçado na privada, mas não vomitou. Era melhor ir para a cama, mas não suado daquele jeito.

De algum jeito, conseguiu tomar banho sem se machucar no processo e vestiu uma blusa de moletom do avesso (para não ficar com marcas da costura na pele) e um short de ginástica — ele queria camadas, muitas camadas, e estava ansioso para entrar debaixo das cobertas pesadas. Mas, quando ia para a cama, ficou travado e não conseguiu se deitar.

Era oficial. Esme nunca mais dormiria em sua cama.

Não teria mais Esme nua puxando-o, deixando-o entrar em seu corpo, gritando seu nome enquanto se agarrava a ele. Não teria mais o peso de Esme sobre seu corpo como um bicho-preguiça abraçado a uma árvore, quente e macia e perfeita. Não veria mais os sorrisos de Esme à noite, pela manhã, e sempre que a olhasse.

Ele arrancou o edredom da cama e o levou para a sala, se enrolou na coberta e despencou no sofá. Porra, eles tinham transado naquele sofá. E no carpete verde e macio. Em todo lugar. E havia outro copo pela metade deixado por ela na mesinha de centro. Ele não tinha como escapar de Esme — ele nem sabia se queria —, e sua cabeça parecia prestes a explodir.

Cobriu o rosto com o edredom. E inalou o cheiro de Esme. De início, pensou que a náusea fosse piorar, mas, em vez disso, seus músculos relaxaram. O paraíso, o doce paraíso. Se fechasse os olhos, quase conseguia imaginá-la ali, envolvendo-o com os braços, e o sono o arrastou para um lugar onde ele não sentia mais dor.

Ainda bem que ele tinha aquela coberta. Nunca mais ia lavá-la.

Khai acordou várias vezes durante a noite e o dia seguinte: 00h34, 3h45, 6h07, 11h22 e por fim 14h09. Essa última vez o incomodou pela falta de lógica, e ele estava carrancudo mexendo no celular quando Quan entrou pela porta da frente destrancada usando uma calça jeans e uma camiseta preta surrada.

Ao ver os sapatos largados no chão, as janelas abertas e a silhueta de Khai escondida embaixo da coberta no sofá, Quan perguntou: "O que está acontecendo? Você deixou uma pizza queimar no forno ou coisa do tipo? Por que está ventilando a casa?".

Khai se sentou, mas o sangue desceu de sua cabeça rápido demais com o movimento súbito, e ele despencou de volta no sofá. "O ar estava esquisito."

"Você está bem?"

Ele esfregou as têmporas doloridas. "Você não deveria estar em Nova York fazendo apresentações para conseguir sua segunda rodada de investimentos?"

Quan tirou os sapatos e atravessou a sala para colocar a mão na testa de Khai. "Eu cobri os compromissos mais importantes ontem e remarquei o resto. Estava preocupado com você, com esse rompimento e o aniversário da morte do Andy chegando."

Khai afastou a mão do irmão. "É só essa gripe que está circulando por aí. Pode voltar pra Nova York. Eu estou *bem*."

Merda, *o aniversário da morte*. Ele começou a suar frio, sua pele formigava e sua pulsação ficou irregular. Ele havia bloqueado aquilo de sua mente de propósito, porque detestava aquelas coisas, e essa era uma ocasião importante, dez anos da morte dele. Uma cerimônia seria realizada, com mais cantos dos monges e cachoeiras de lágrimas. Sua cabeça latejava e realmente parecia prestes a explodir.

"Não tem gripe *nenhuma* circulando por aí. Estamos no verão." Quan fechou a cara e pôs a mão de novo na testa de Khai. "Você não está com febre."

"Então ainda está incubada." Khai apenas resmungou as palavras, porque o som fazia sua dor de cabeça piorar.

Quan se sentou na mesinha de centro e observou o rosto do irmão como um astrólogo lê as estrelas. Foi se ajeitar para ficar mais confortável e o copo d'água estava no caminho. Estendeu a mão para mudá-lo de lugar, mas Khai o impediu.

"*Não mexe.*"

Quan piscou, confuso, e perguntou: "Por que não?".

"Eu gosto dele aí."

Quan olhou para o copo d'água e voltou a encarar Khai com uma expressão de quem estava começando a entender. "Puta merda, é dela, né? Você tem ideia do quanto isso é bonitinho?" Esfregando a mão no queixo, acrescentou: "E talvez também um pouco emocionalmente instável. Você não está fazendo nada bizarro, né? Tipo vigiar a rotina dela com binóculos, ligar no meio da noite para saber se ela está dormindo sozinha."

"Quê? Não." Mas com quem diabos ela dormiria? Se Quan quis dizer outro homem, isso era perturbador o bastante para justificar longas meditações a respeito.

"Mas não estou dando sugestões", Quan acrescentou. "Não é pra fazer isso."

"Eu não estou fazendo nada disso", Khai respondeu, irritado.

Quan assentiu e, depois de um momento, tirou o telefone do bolso e o segurou como se estivesse tirando uma foto.

"O que você está *fazendo*?", Khai perguntou.

"Mandando uma foto da sua barba pra Vy. Você está meio parecido com o Godfrey Gao assim."

Khai revirou os olhos e coçou o rosto. Quanto tempo fazia que não se barbeava? Ele não conseguia lembrar. Os dias anteriores estavam confusos e caóticos em sua mente.

"Estou falando sério. Olha só", Quan falou, mostrando a foto de Khai no celular. Na opinião de Khai, ele estava parecendo mais um viciado em drogas do que um astro do cinema, mas quem era ele para dizer?

Nesse exato momento, as caixas de texto com as mensagens de Vy apareceram na tela.

Ai, nossa.

Fala para ele não tirar.

Ui, ui, ui.

Khai fez uma careta e coçou a nuca. "Não sei se eu gosto de ver minha irmã falar *assim* de mim."

Quan deu risada, mas em seguida ficou sério. "Só a Esme pode, né?"

Khai refletiu por alguns instantes e assentiu. Atração, sexo, luxúria e desejo — tudo isso orbitava um único foco de atenção para ele. Esse foco era Esme.

"Eu andei pensando no que você falou no casamento do Michael, sobre não estar apaixonado, e sei lá. Pode ser que não esteja mesmo, mas isso aqui..." Quan apontou para a janela aberta, o copo juntando poeira na mesa e Khai encolhido no sofá, depois apoiou os cotovelos no joelho e se inclinou para a frente. "Isso é um sinal de que você está triste, Khai."

Ele franziu a testa para o irmão. Que papo furado era aquele? "Não estou triste. Estou gripado."

Quan inclinou a cabeça para o lado até estalar o pescoço. "Você sabe que já ficou assim antes, né? É um padrão de comportamento previsível seu."

"Sim, eu já fiquei gripado antes."

"Estou falando de ficar com o coração partido", disse Quan, olhando para Khai de um jeito que o deixou desconfortável.

O corpo de Khai se enrijeceu. "Não estou. Eu..."

"Você lembra da separação da mamãe e do papai, quando a gente era criança?", Quan perguntou baixinho.

"Um pouco. Eles estavam juntos e depois não estavam mais. Foi tranquilo." Ele deu de ombros.

"Só que pra você não foi nada tranquilo. Você parou de falar e ficou tão desorientado que precisou faltar na escola por duas semanas." Um sorriso irônico apareceu no rosto de Quan. "Lembro bem disso porque não tinha ninguém pra tomar conta de você, então precisei ficar em casa com você. Eu fazia lámen pra gente no micro-ondas, e você ficava chateado porque não tinha o ovo pochê que a mamãe costumava colocar na tigela."

"Eu não lembro de nada disso." As recordações que ele tinha eram sem cor e sem emoção. Alguém tinha dito a Khai para dar um abraço no pai antes que ele fosse embora da cidade de vez. Ele lembrava de abraçar uma pessoa que costumava ser tão importante e... não sentir nada.

"Acho que você era muito novo. Mas... e depois do enterro do Andy? Dessa época você lembra?"

Uma sensação de irritação subiu pelas costas de Khai, e ele chutou as cobertas para longe, de repente sentindo uma urgência de se ver livre. Queria escovar os dentes e tomar banho, fechar todas as janelas e talvez pôr aquele copo na lava-louças. Não, ele ainda não estava pronto para lavar o copo. "Sim, eu lembro. Eu fiquei bem." Bem até demais. "Podemos não tocar nesse assunto?"

"Por quê?"

"Porque é inútil. Não fiquei de coração partido na época, e não estou agora." Corações de pedras não se partiam. Eram duros demais para isso. "Eu sou como um Exterminador do Futuro, programado para ser lógico e sem sentimentos." Ele abriu um sorriso artificial.

Quan revirou os olhos. "Quanta bobagem. Vai dizer que você não ama ninguém? Eu *sei* que você me ama."

Khai inclinou a cabeça para o lado. Nunca tinha parado para pensar nisso.

"Não existe absolutamente nada que você possa me dizer que vai fazer eu deixar de acreditar nisso", Quan falou, convicto. "Vai em frente. Pode tentar."

"Não fazemos quase nada juntos, não temos muitos interesses em comum e..."

"E você nunca esquece do meu aniversário e sempre divide sua comida comigo mesmo quando é a sua favorita, e eu sei que, sempre que precisar de alguma coisa, posso contar com a sua ajuda, não importa o que seja", Quan complementou.

"Bom... sim." Essas eram regras inflexíveis no universo de Khai.

"Isso é amor de irmão. A gente não fica falando isso porque a gente é homem e tal, mas eu também amo você." Quan deu um soco em seu ombro. "E por que você está usando blusa de moletom em julho, porra?"

Khai esfregou o ombro. "Já falei. Estou gripado."

"Você não está gripado. É assim que você fica quando está na fossa. É tipo, você está magoado demais pro seu cérebro conseguir processar e seu corpo entra em pane também. Você ficou assim depois perder o Andy. Até esse lance de usar uma meia só."

Khai olhou para os pés e, para sua surpresa, estava só com uma meia.

"Pode ter saído enquanto eu dormia." Procurou no meio da coberta, mas não estava lá.

"Ou você esqueceu de calçar. Depois do enterro do Andy, você ficou tão desorientado que a gente ficou com medo que você acabasse morrendo atropelado por um ônibus ou por esquecer de comer.

Khai coçou a barba. "Isso não parece nem um pouco comigo."

Quan riu. "Não mesmo. Por isso todo mundo ficou tão preocupado, e você nunca voltou a ser o mesmo depois. Para ser sincero, nos últimos dois meses você parecia feliz como não ficava fazia um tempão."

Khai cerrou os dentes. Ele não estava *feliz*. Estava inebriado por Esme. Havia uma grande diferença, embora no momento sua mente não tivesse clareza suficiente para identificar qual era. Se sentindo frustrado, arrancou a meia e a jogou no chão. Pronto, agora ele estava simétrico. Mas com uma única meia largada no chão, totalmente fora do lugar.

Quan observou Khai por um tempo antes de dizer: "Está pronto para o aniversário da morte no fim de semana que vem? Conversar ajuda. Você nunca fala sobre isso".

Khai concentrou sua atenção na meia caída no chão. "Eu falei. No casamento da Sara."

Quan soltou o ar com força. "É, eu ouvi dizer. Eu deveria estar lá com você."

"Não é culpa sua se eu magoo as pessoas", Khai falou.

"Também não é sua."

Khai balançou a cabeça para a lógica insensata do irmão e voltou a se concentrar na meia. Ele deveria pegá-la, encontrar o par e colocar os dois pés com as demais roupas para lavar. Era enlouquecedor imaginar suas meias se deslocando separadamente pela casa. Elas haviam sido projetadas para ficar juntas.

Ao contrário de Khai. Ele nasceu para ser um pé de meia sem par. E havia um lugar no mundo para esse tipo de meias. Nem todo mundo tinha os dois pés.

"Quando foi a última vez que você comeu?", Quan perguntou.

Khai deu de ombros. Não lembrava. "Tudo bem. Não estou com fome."

"Bom, eu estou. E você vai comer comigo." Quan se levantou e foi até a cozinha. A geladeira foi aberta, pratos tiniram uns contra os outros, talheres tilintaram e o micro-ondas zuniu e depois apitou. Pouco depois, eles estavam comendo juntos no sofá, e Quan ficou trocando de canal na tv até achar um programa que passava as cotações da bolsa na parte inferior da tela.

Khai não tinha escovado os dentes, tomado banho, nem feito a barba, e estava quase certo de que era um psicopata, mas, com Quan ao seu lado, as coisas pareciam melhores. Comer com seu irmão e ver tv quando estava doente era uma coisa familiar, e lembranças difusas passaram por sua mente.

Talvez ele já tivesse mesmo ficado assim antes, mas, quanto ao resto, a questão do coração partido, nisso Khai não conseguia acreditar.

23

No início da semana seguinte, quando Angelika fez a prova para tirar o diploma do ensino secundário, Esme foi também. Esme não precisava fazer aquela prova, não tinha ninguém que quisesse impressionar e o diploma não a ajudaria no trabalho. Mas não custava muito caro, e ela havia se empenhado um bocado nos estudos. Disse a si mesma que faria aquilo para dar o exemplo a Jade.

Mas, no fundo, sabia que estava fazendo para si mesma também.

Inconscientemente, vinha estudando para isso fazia um bom tempo.

Em geral, ela não conseguia fazer as coisas por falta de oportunidade, mas sempre sentia medo de que não fosse boa o suficiente. Talvez as pessoas ricas fossem ricas porque mereceram. Talvez ela fosse pobre também por merecimento. Mas a oportunidade estava lá, e ela queria tirar a questão a limpo.

O que podia acontecer quando alguém recebia uma oportunidade?

Mais tarde naquela semana, ela ainda não tinha encontrado um jeito de resolver o problema do visto, e a determinação em seu coração havia arrefecido. Quando recebeu o resultado da prova por e-mail, abriu a mensagem com resignação.

Conforme foi lendo ficou inteiramente arrepiada. Verificou o nome três vezes para se certificar de que não tinha recebido o resultado de outra pessoa, mas não, sem sombra de dúvida o nome era Esmeralda Tran.

Em todas as categorias, o resultado era: *Aprovada + Apta ao Ensino Superior + Créditos Acadêmicos Extras*. Ela havia tirado a nota máxima em todas as matérias.

Isso significava que ela era inteligente?

Sim. A prova estava bem ali, na tela de seu celular. Seu coração se encheu de orgulho — dessa vez de si mesma. Bem, não que ela fosse *super*inteligente. Mas um pouquinho sim. A maioria das pessoas nos Estados Unidos se formava no colégio. Só que, para ela, aquilo era muito mais do que poderia sonhar. A menina do interior agora tinha um diploma do ensino secundário.

Isso era importante. Era um feito. Mas sua mente estava eufórica demais de alegria para entender as implicações.

Seu telefone vibrou algumas vezes e, quando olhou para a tela, viu que tinha recebido mensagens de Angelika.

Eu passei!
Vamos comemorar na casa de chá perto da escola.
Vem também!!!!!!

Por que não? Ela queria compartilhar a notícia, mas não era o horário certo de ligar para casa, e falar com Khải estava fora de cogitação.

Digitou uma resposta rápida, conferiu a grafia duas vezes e enviou.

Parabéns! Vejo vocês lá. :)

Depois de ajudar a fechar o restaurante, desamarrou o avental da cintura, guardou-o e se despediu de Cô Nga com um aceno. Levou apenas três minutos para atravessar a rua e chegar à casa de chá e, quando entrou, sentiu a umidade do ambiente envolvê-la como um cobertor. Havia tvs pequenas de tela plana penduradas nas paredes perto dos diferentes grupos de mesas. Uma delas passava um drama taiwanês. Outra, um jogo de futebol americano. Na que estava perto do pequeno grupo de colegas de Esme passava um torneio de golfe.

Esme acenou para todos, pediu e pagou um chá preto com leite e pérolas de tapioca e se sentou ao lado de Angelika. O lugar à sua frente estava ocupado pela srta. Q, que usava uma calça jeans, uma camisa casual e, claro, uma echarpe. Elegante como sempre.

"Eu sabia que você seria aprovada", a srta. Q disse com um sorriso grande.

"Claro que ela foi aprovada." Angelika agitou as mãos como se fosse a coisa mais óbvia, e Esme sorriu.

"Fui mesmo, obrigada. Parabéns para você também. Para todo mundo."

Os outros lugares estavam ocupados por três colegas, Juan, Javier e John, que também a parabenizaram antes de se levantarem.

"Nós precisamos ir, mas foi bom ver você", Juan falou. "Agora é partir pra faculdade, hein?"

Ela piscou algumas vezes, em choque. A ideia nunca tinha lhe ocorrido. "*Talvez*." Ela sorriu, sentindo uma empolgação inesperada antes de cair na real e o sorriso desaparecer de seu rosto enquanto acenava em despedida. "Tchau."

"Por que essa cara?", a srta. Q perguntou depois que os três saíram.

"Eu não tenho como fazer faculdade."

"Por quê?", a srta. Q e Angelika perguntaram ao mesmo tempo.

Esme fez uma careta. "Porque preciso voltar para o Việt Nam dia nove de agosto." E lá ela não teria condições de estudar de jeito nenhum. Sua família dependia de sua renda, que não daria conta das propinas que ela precisaria pagar para validar seus documentos e poder se matricular em uma instituição decente.

"Que tipo de visto você tem?", a srta. Q perguntou.

Esme olhou para seus dedos feios sobre a mesa. "De turista."

"Eu também." Angelika pôs a mão sobre a de Esme e a apertou. Alguma coisa reluzente chamou sua atenção, mas Angelika puxou a mão de volta e a escondeu embaixo da mesa antes que Esme pudesse ver o que era.

"Existem outros tipos de vistos, sabia?", disse a srta. Q. "Se você for admitida em uma faculdade ou universidade daqui, recebe um visto de estudante. E pode até trazer sua família para cá enquanto ele for válido. Depois de se formar, pode pedir um visto de trabalho."

Esme ficou até sem ar. "*Eu* poderia ser admitida em uma faculdade ou universidade daqui?"

Os resultados da prova voltaram à sua mente. *Aprovada + Apta ao Ensino Superior + Créditos Acadêmicos Extras.*

"Claro que sim. Suas notas foram boas?", perguntou a srta. Q.

Ela fez que sim, tentando inutilmente tirar o sorriso do rosto, e mostrou o e-mail no celular. "Obrigada por ter sido a minha professora." Esme tirou cada uma daquelas notas por mérito próprio. Eram *suas*.

E talvez fossem a chave para permanecer no país.

A srta. Q abriu um sorriso que se prolongou enquanto ficava com os olhos marejados. "O prazer foi todo meu."

A empolgação borbulhava dentro de Esme como champanhe de uma garrafa que acabou de ser estourada. Se a srta. Q estivesse certa, ela poderia *até* se tornar uma contadora de verdade. Ou talvez outra coisa. Poderia ser o que *quisesse*. Poderia ser sofisticada e culta um dia e andar de cabeça erguida — inclusive na frente de Khải.

Só havia um problema. "Quanto custa a faculdade?", perguntou, hesitante.

"Depende do lugar. Entre dez mil e cinquenta mil dólares para estudantes de graduação, mas existem bolsas de estudo e programas de financiamento", a srta. Q explicou.

A tensão tomou conta do corpo de Esme. Dez mil dólares americanos eram mais do que ela ganharia em toda a sua vida. Sem um emprego garantido, ela não sabia se teria coragem de pegar um empréstimo como esse uma vez, muito menos quatro. Mas, se continuasse trabalhando para Cô Nga, provavelmente conseguiria se arranjar. As coisas ficariam apertadas, mas isso não era novidade para ela.

Esme já estava fazendo as contas mentalmente, calculando quantos turnos poderia fazer e descontando os custos de moradia, comida e mensalidades, quando a srta. Q acrescentou: "No seu caso, você precisaria de uma bolsa de estudos, porque não poderia trabalhar legalmente com um visto de estudante, mas eu conheço instituições da região que dão bolsas para alunos estrangeiros. Com as notas que você tirou e sua experiência de vida, as chances são boas, Esme. Vou entrar em contato com algumas pessoas que conheço para ver se elas podem analisar o seu caso como uma situação excepcional".

Esme abriu a boca, mas não disse nada. Entendia o significado individual das palavras, mas estava chocada demais para interpretar o conjunto do que estava sendo dito. Ela entendia de fracassos e sacrifícios para conseguir as coisas. Mas uma generosidade como aquela estava além de sua compreensão.

"Fique de olho no seu e-mail, certo? Pode chegar a qualquer momento. Se eu mandar um formulário para você, preencha tudo e me devolva imediatamente. Vou ligar para meus amigos agora. Tchauzinho pra vocês." A srta. Q saiu como se tivesse sido incumbida de uma missão, andando tão rápido que Esme não teve sequer tempo de agradecer.

A srta. Q conseguiria mesmo uma bolsa de estudos para ela? Isso seria... incrível. E, no caso de Esme, tudo que ela precisava. Aquele, ela percebeu, era seu último recurso.

Sua experiência lhe dizia para não se empolgar tanto, mas a srta. Q acreditava nela, e suas notas tinham sido realmente muito boas. Se tinha sido capaz de fazer isso, o que mais ela poderia conseguir se tivesse uma chance? Essa perspectiva era real. Poderia de fato acontecer. E suas esperanças foram às alturas.

Originalmente, ela havia imaginado que se casaria com Khải e continuaria trabalhando como garçonete. Isso era bom, não? Garantiria um futuro maravilhoso para Jade, e ela poderia continuar com Khải. Talvez eles até tivessem mais filhos.

Mas agora um novo sonho tomava forma em seu coração, um que ela jamais ousou alimentar, mas desejava ardentemente: poder *fazer* alguma coisa que a movesse, *mudar* o mundo para melhor, ser *mais*. Ela nem sabia no que era boa, mas se pudesse explorar as possibilidades e aprender...

Um funcionário da loja entregou a Esme seu chá com leite. Ela agradeceu e encheu a boca de chá doce e bolhinhas borrachudas com o canudo largo. A tv mostrou um close de um golfista, e ela conhecia de algum lugar o logo da DMSoft no boné dele.

Em seguida, lembrou que era onde Khải trabalhava. Na salinha do último andar. Devia ser uma empresa grande, para patrocinar torneios de golfe. Bom para Khải. Talvez, se trabalhasse bastante, seria promovido um dia e poderia refazer o jardim de casa.

"O que aconteceu com seu namorado?", Angelika perguntou, quebrando o silêncio.

Esme apertou o copo de chá. "Não é mais namorado. *Nunca* foi namorado." Eles só foram... colegas de quarto que transavam.

Agora que tinha saído de lá, estava torcendo para que ele estivesse subindo pelas paredes de tanta frustração sexual. Torcia para que pensasse nela enquanto era obrigado a sentir prazer sozinho. Porque era isso que precisaria fazer dali em diante.

A não ser que conhecesse outra pessoa.

Seus pelos se arrepiaram quando imaginou Khải com outra mulher, beijando-a do jeito que Esme gostava, acariciando-a do jeito que Esme precisava, deixando-a tocá-lo de um jeito que apenas Esme tinha feito. Ele entregaria seu corpo a outra mulher agora que Esme o havia "iniciado"? Talvez ela devesse sentir orgulho, mas só sentia vontade de cravar as unhas no rosto daquela mulher imaginária como uma felina selvagem.

Balançou a cabeça para afastar os pensamentos violentos e notou que Angelika a olhava com tristeza e compreensão no rosto.

"Ele era um bom partido", Angelika comentou. "Meu noivo tem sessenta anos. E está sempre no trabalho." Ela baixou os olhos para sua deslumbrante aliança de noivado. Tinha sido isso que Esme notou antes. Angelika estava noiva e nem havia lhe contado. "Os filhos dele me odeiam. São mais velhos que eu."

"Com o tempo eles vão entender", Esme falou.

Angelika olhou para a mão direita, cerrou o punho e o escondeu embaixo da mesa. "Duvido. Eles vivem dizendo pra eu voltar pra Rússia e querem convencer o pai a fazer vasectomia... sabe, pra ele não poder ter mais filhos? Estou com medo de que o casamento termine em divórcio. Ou que nem aconteça."

"Por que eles..."

"Pra ficarem com o dinheiro quando ele morrer", Angelika respondeu, amargurada. "Concordei em assinar um contrato antes do casamento, então se terminar em divórcio eu não recebo nada. Mas pra eles isso não é suficiente. E eu sempre quis ter uma família."

"Ele... ama você?", Esme perguntou.

Um sorriso carinhoso se abriu no rosto de Angelika. "Ama, sim. E eu também o amo."

Esme apertou de leve o braço da amiga. "Então vocês vão ficar bem." Ao contrário de Esme e Khải.

Angelika sorriu de novo e ficou pensativa. "Uma bolsa de estudos parece ótimo, mas você já pensou em sair com outras pessoas?"

Esme fez que não.

Angelika lançou para ela um olhar de impaciência. "Só pra se divertir um pouco, Esmeralda."

"Uma diversão com beijos e toques e..." Ela não conseguiu dizer *sexo*. Só a ideia de ficar com outro homem tão cedo lhe deu calafrios. Outra mulher poderia tentar conquistar o primeiro homem desesperado que encontrasse na frente — afinal, ela precisava pensar em Jade —, mas Esme não conseguia fazer isso. Provavelmente era muita ingenuidade pensar assim, mas, se fosse para se casar, precisava ser um casamento *de verdade*. Ela não teria coragem de tirar vantagem de alguém ou acabar destruindo corações. Isso significava que teria que esquecer Khải primeiro. "Ainda não estou pronta pra isso."

Angelika franziu os lábios, mas no fim acabou assentindo. "Estou torcendo para você conseguir essa bolsa de estudos. Não quero que vá embora. Você é minha única amiga aqui."

Esme dizia a si mesma para se preparar para o pior. Mas seu coração se recusava a ouvir. Ela tinha um novo sonho agora, que desejava com uma intensidade que nunca tinha sentido na vida. Segurou a mão de Angelika, que apertou a sua de volta.

"Eu também", Esme falou. "Eu também."

24

Khai já tinha feito aquilo antes. Conseguiria fazer de novo. Estava quase curado da gripe. Sem sapatos, os pés enfiados em meias sobre o piso de madeira, a névoa do incenso, o cheiro floral carregado que emanava dos numerosos buquês brancos e, do outro lado do salão principal, uma grande estátua dourada de Buda, sentado em uma flor de lótus.

Ele passou pelos familiares e amigos, a maioria vestida com túnicas cinza, sentados de pernas cruzadas em tapetes no chão, e se aproximou do altar. Um monge lhe entregou uma vareta de incenso, e Khai aceitou com um gesto constrangido. Não sabia o que fazer com aquilo. Esse era o ambiente da sua mãe, não o seu. Ele o espetou na enorme tigela de arroz junto com os outros incensos e observou a fotografia diante da estátua. Andy ao lado de sua moto Honda azul.

Andy abria aquele mesmo sorriso presunçoso toda vez que dava uma resposta inteligente. Ele sempre tinha uma resposta para dar, sempre. Às vezes, até formulava com antecedência o que dizer, para que estivesse pronto quando a ocasião se apresentasse. Não era como Khai, que ou ficava travado quando as pessoas o provocavam, ou nem percebia que estavam tirando sarro da cara dele para começo de conversa.

Ele passou os dedos pela fotografia, e a frieza do vidro o surpreendeu. Khai não era do tipo que dedicava seu tempo à contemplação de questões filosóficas sobre a vida e a humanidade, mas naquele momento, vendo a imagem de seu primo reproduzida em papel e resina, ficou se perguntando o que fazia de uma pessoa uma pessoa. Seria algo místico, como uma alma? Algo científico, como as conexões neurais do cérebro?

Ou algo mais simples, como a capacidade de fazer alguém sentir sua falta dez anos depois de morrer?

Ele reconheceu em si o vazio deixado pela saudade. Sentia falta de Andy. E de Esme. Mas isso não era o mesmo que ter o coração partido. Quan estava enganado a esse respeito.

Quando ela entrou no templo e tirou os sapatos na porta da frente e os deixou junto com os demais pares, todo o seu corpo congelou.

Esme.

Estava usando o mesmo vestido preto sem forma de antes e, por um instante de confusão, lhe pareceu que ela tinha ido diretamente do casamento de Michael para lá. Mas duas semanas tinham se passado. Khai sabia disso, claro.

Seus olhares se encontraram. Ela estava com uma expressão tensa a princípio, mas, depois de alguns instantes, curvou os lábios de leve. Não era o habitual sorriso desconcertante, mas ainda assim era um sorriso. Ele sentiu sua pele formigar dos pés à cabeça, e precisou fazer força para puxar o ar para os pulmões.

Ela veio caminhando descalça, desviando das pessoas nos tapetes, e parou ao lado dele junto da estátua e da foto de Andy. "Vim ajudar a servir a comida mais tarde", ela falou baixinho.

O monge lhe entregou uma vareta de incenso, e ela baixou a cabeça e agradeceu antes de pressioná-lo entre as palmas das mãos e fazer uma reverência diante da estátua, como Khai deveria ter feito. Depois de espetar a vareta na tigela de arroz, Esme observou a foto de Andy, encostou o dedo na moto e olhou para Khai com uma expressão indecifrável no rosto.

"Era dele?", perguntou.

Ele achou que não ia conseguir falar, então só assentiu. Aquela motocicleta era o bem mais valioso de Andy, e Dì Mai a entregou para Khai, dizendo que seu filho ia gostar que ficasse com ele. Sua mãe ficara furiosa de início, mas, ao notar que Khai não andava nela, esqueceu o assunto.

Na maior parte do tempo, Khai se esquecia também, e preferia assim. Ele empurrou automaticamente a moto e as lembranças relacionadas para o fundo da mente e se concentrou em Esme. Ela estava mais pálida que o normal e tinha perdido peso, mas continuava sendo a mesma e inconfundível Esme. Ninguém mais tinha olhos daquele tom de verde. *Tão lindos.* A necessidade de abraçá-la se transformou em uma dor visceral nos músculos e nos ossos, mas ela se afastou antes que ele pudesse agir.

Esme andou pelo local onde estavam os convidados e se sentou longe de todos. Sua mãe acenou para ele do lugar onde estava junto com Dì Mai, Sara, Quan, Vy, Michael e outros familiares, mas Khai passou direto por eles e foi ficar ao lado de Esme.

"Por que você... Você deveria se sentar com sua família", Esme falou, franzindo a testa.

Uma tigela de metal ressoou, sinalizando o início da cerimônia, e ele se sentiu grato. Não sabia explicar. Precisava ficar ao lado dela, só isso.

Um homem magro de óculos com vestes douradas e um rosário budista começou um discurso sobre perda e sobre como o tempo cura as feridas, e Khai deixou de prestar atenção. Não conseguia respirar. Era como se alguém estivesse aplicando um golpe de estrangulamento invisível nele. Puxou o colarinho da camisa, mas não estava de gravata, e os botões de cima estavam abertos. Não era para estar se sentindo assim.

Os flashes das câmeras estouravam de tempos em tempos, e cinegrafistas filmavam o discurso, que a plateia acompanhava com toda a atenção. Sua tia havia convidado um monge famoso do sul da Califórnia para vir ao templo, e era uma grande honra que ele falasse sobre Andy. Khai, no entanto, preferiria que ele parasse. Toda vez que ouvia o nome do primo, a sensação de sufocamento piorava.

Foi como no casamento de Sara, com a diferença de que seus olhos ardiam e sua pele formigava, como se o sangue estivesse voltando a circular depois de passar um tempo bloqueado. Que porra estava acontecendo?

A tigela de metal ressoou de novo, e incontáveis vozes desafinadas começaram a cantar palavras incompreensíveis. Incenso, cantoria, rostos solenes, Andy. Ele já havia passado por tudo isso antes, mas dessa vez era diferente. Ele havia tido tempo para absorver e processar o acontecido. Tempo de sobra.

E então as barreiras em sua mente desmoronaram, deixando-o em um estado de total confusão. O vazio dentro dele se expandiu. A *ausência* cresceu até sufocá-lo. As lembranças de Andy inundaram sua mente, os dois juntos na infância, juntos na escola, e aquela última noite em que Khai ficou esperando Andy aparecer por tanto tempo. E ele nunca apareceu. Khai sentiu um nó na garganta, seus pulmões doíam, sua pele estava em brasa.

Sentiu um toque na manga de seu paletó e depois por toda a extensão de seu braço até chegar às juntas dos dedos. Ele segurou a mão de Esme com força, e ela o olhou como se compreendesse. Como era possível, se ele mesmo não compreendia?

"Vem", ela murmurou. "Vamos lá pra fora."

Ele se levantou, distraindo o orador celebridade bem no meio de uma frase, e sua mãe o fulminou com o olhar. Esme ignorou todo mundo e, puxando-o pela mão, o conduziu até o lago de carpas do templo.

"Senta um pouco, Khải, você não está bem." Ela o colocou em um banco de pedra virado para a água. Ele se sentou, e Esme afastou os cabelos de sua testa suada com os dedos frios e macios. "Você precisa de um copo d'água."

Quando ela fez menção de se afastar, ele a agarrou pela cintura. "Fica aqui."

"Tudo bem", Esme falou, e o fez apoiar a cabeça no peito dela, passando os dedos de leve por seus cabelos e seu queixo áspero.

Ele sentiu o cheiro de Esme. Estava um pouco diferente do habitual, como se ela tivesse trocado o sabão de lavar roupas, mas Khai logo encontrou o reconfortante perfume feminino por baixo de tudo aquilo. O perfume *dela*. De mulher, de pele limpa e de Esme.

A fumaça do incenso foi se dissipando de seus sentidos, e ele deixou que tudo se esvaísse, menos Esme. A náusea passou. Ele conseguia respirar novamente. Pessoas começaram a passar por eles, primeiro só algumas, mas aos poucos a quantidade aumentava. Mesmo assim, ele não a largou. Precisava do toque, do cheiro e da batida constante do coração dela. Precisava *dela*.

"Mỹ", sua mãe chamou, fazendo Esme ficar tensa. "Venha me ajudar a... ah, deixa. Vou chamar Quân pra me ajudar." Os passos de sua mãe se afastaram rapidamente.

Esme passou os dedos pelos cabelos dele antes de perguntar: "Tem rolinhos fritos. Você quer?"

"Não estou com fome." Apenas alguma coisa catastrófica conseguiria afastá-lo dela naquele momento. Ele era como um animal ferido que havia encontrado alívio para a dor de seus machucados. "Você quer?"

Ela deu uma risadinha. "Não, já comi demais." Ela passou os dedos pela bochecha áspera dele.

Khai pensou que nunca mais fosse ter isso, e deixou seus olhos se fecharem enquanto sentia o toque dela. Era melhor que a luz do sol e o ar fresco.

O tempo passou, ele não sabia quanto, e sua mãe voltou e disse: "É melhor vocês irem. Khải, leve Mỹ pra casa por mim, hã?".

"Cô, eu posso ajudar na limpeza." Esme se afastou dele, que se segurou para não protestar. Queria segurar os braços dela e envolvê-la como uma echarpe. "Tem um monte de potes e..."

"Não, não, não, está tudo sob controle. As pessoas já estão indo embora. Vão pra casa", sua mãe disse, fazendo um gesto para eles a fim de dispensá-los. "Você leva Mỹ de carro, hã, Khải?"

Esme abriu a boca como se fosse dizer algo, e ele se apressou em dizer: "Sim, levo".

"Ótimo, ótimo." Sua mãe se afastou, apressada.

Ele se levantou do banco e respirou fundo. Sua cabeça latejava, mas ele não se sentia tão bem fazia vários dias. "Então vamos."

"Você já está melhor? Podemos esperar", ela disse.

"Sim, estou melhor." Um pouco dolorido e ferido por dentro, mas melhor. Do mesmo jeito que se sentia quando passava vários dias doente e a febre enfim cedia. A única diferença era que ele não teve febre nenhuma.

Enquanto iam para o carro, ele notou a distância respeitosa entre os dois. Esme estava com os dedos entrelaçados e os ombros tensos enquanto se concentrava no caminho à frente. Apenas duas semanas antes, eles estariam de mãos dadas. Apenas duas semanas antes, ela estava apaixonada por ele.

Duas semanas eram suficientes para deixar de amar alguém?

Por mais que isso o tornasse um imbecil egoísta, ele queria esse amor. Queria ser "o par perfeito" para ela, o alvo daqueles sorrisos, o *motivo* daqueles sorrisos, o vício dela. Porque ela era o seu.

Depois de tudo aquilo, ficou claro que ele não estava mesmo gripado. Tinha passado por uma crise de abstinência que foi muito pior do que ele poderia imaginar. Ele precisava arrumar um jeito de fazê-la ficar.

Entraram no carro, Khai ligou motor e segurou o volante. "Onde você está morando agora?"

Esme olhou para os próprios dedos entrelaçados. "No lugar que aluga apartamentos por mês, perto do restaurante."

Ele sentiu um nó no estômago, e uma sensação desagradável se espalhou por sua pele. "Não é um lugar muito bom da cidade."

"É bom o suficiente pra mim."

Não era, não.

Cerrando os dentes, ele saiu do templo em San Jose e tomou o rumo da casa dela pela avenida 880N. Atravessou em alta velocidade o território de prédios comerciais sem vida e galpões, parando diante de um pequeno prédio cinza escondido atrás de uma galeria comercial caindo aos pedaços. No caminho do carro ao apartamento, seus sapatos esmagaram cacos de garrafa de cerveja quebrada, e eles passaram por um carrinho de supermercado tombado.

Ele trancou o carro com o controle do alarme, só por precaução, e olhou ao redor para ver se havia adolescentes desocupados que poderiam querer riscar seu carro ou furar os pneus. Por sorte, não havia nenhum. Sua casa não era grande coisa, mas pelo menos ele não precisava se preocupar com vandalismo.

Quando ela parou diante da porta no andar térreo, o incômodo dele aumentou. *Não é seguro.* Era fácil demais de arrombar. Esme tinha personalidade forte, mas isso não bastava para protegê-la de alguém maior, mais forte e talvez armado. Suas mãos começaram a transpirar quando pensou na possibilidade de algum desgraçado entrar pela janela do apartamento dela para...

"Quer entrar?", ela perguntou, olhando por cima do ombro assim que passou pela porta. "Você não parece estar muito bem."

Ele assentiu em silêncio, e Esme abriu caminho para ele. Era uma quitinete simples, com carpete marrom, um saco de dormir no chão, uma pilha de livros didáticos ao lado, um armário quase vazio e uma cozinha minúscula com piso de linóleo.

Ela o havia trocado por aquilo.

Ele detestou tudo.

"Está com sede?" Sem esperar resposta, ela foi apressada até a cozinha, encheu um copo descartável com água da torneira e lhe entregou.

Ele bebeu fazendo uma careta por causa do gosto ruim e devolveu o copo. Esme voltou para a cozinha, claramente com a intenção de deixar o copo lá, jogá-lo no lixo ou coisa do tipo, e Khai aproveitou a oportunidade para abraçá-la com força. Ela soltou um suspiro de susto, e o copo plástico caiu no carpete horroroso.

"Casa comigo", ele falou.

Ela respirou fundo, e o encarou com seus olhos verdes. "Por quê?"

Ele balançou a cabeça. Não sabia o que responder. Era tanta coisa. E, ao mesmo tempo, não parecia ser suficiente. "Eu senti *muito* a sua falta." Tanto que seu corpo entrou em colapso. "Preciso saber que você está segura e feliz. E quero você por perto. Comigo."

Esme cerrou os punhos contra o peito dele, como fazia quando estava se segurando para não tocar nele, e Khai os segurou e desdobrou seus dedos.

"Volta comigo pra casa e casa comigo."

"Khải..." Ela mordeu o lábio.

Agindo por impulso e desespero, ele inclinou a cabeça dela e a beijou. Esme amoleceu sob seu toque, como sempre, e colou o corpo ao seu, que se enrijeceu de pura euforia. Uma ideia maluca surgiu em sua mente: se ele a beijasse e a tocasse do jeito certo, poderia nublar os sentidos dela a ponto de fazê-la dizer sim sem querer. E, *com certeza*, ele a faria cumprir sua palavra.

"Casa comigo."

O beijo de Khải. O toque de Khải. As mãos dele passeando pelo seu corpo, ávidas, possessivas, fazendo-a se derreter. Ela tentou manter distância, mas a tristeza intensa que ele demonstrou durante a cerimônia de aniversário de morte a deixou preocupada. Esme não sabia como consolá-lo, mas aquilo, *sim*, ela sabia exatamente como fazer. Ele precisava, então ela cedeu.

Ele repetiu. "Casa comigo."

Provavelmente era só sua imaginação, mas ela ouviu *Eu amo você* naquelas palavras. Cada pedido a seduzia mais. Ela sentiu suas costas encontrarem o tecido frio de seu saco de dormir, e ele a cobriu com o corpo. A mão áspera se enfiou por baixo de seu vestido, subiu por suas coxas e a tocou entre as pernas. Dedos que sabiam o que estavam fazendo a acariciaram, e ela encharcou o tecido da calcinha.

"Casa comigo", ele murmurou com os lábios colados ao seu.

"Khải..."

Antes que ela pudesse terminar de falar, ele subiu seu vestido até acima dos seios e a devorou, fazendo uma onda de prazer descer dos mamilos até o meio das pernas. A mão dele voltou a escorregar para dentro de sua calcinha, e dedos melados a acariciaram bem *ali*, roubando sua capacidade de raciocinar. O que ela estava prestes a dizer mesmo? Não lembrava. Estava perdida em desejo — o dele e o seu. Ele nunca tinha demonstrado tanto descontrole, tanta urgência.

Ele beijou seu corpo todo, com lambidas famintas e mordidinhas, e ela se arrepiava a cada arranhão da barba dele em suas costelas, sua barriga, seus quadris. Aquilo era novidade, mas ela gostou. Khải arrancou sua calcinha com um gesto impaciente e levou a boca ao seu sexo. Esme se agarrou ao saco de dormir com força.

O pedido feito repetidamente ecoava em sua cabeça. Ele se voltara para ela naquele momento de necessidade e a deixara se aproximar. Khải a amava, ela *sentia* que sim, e essa certeza quase a levou ao êxtase com um gemido exaltado.

Ele ergueu a cabeça, surpreso. "Só lambi você uma vez."

"*Khải*", ela gemeu, enfiando os dedos nos cabelos dele e o direcionando de volta para onde queria. Ele não podia parar, ainda não. Se parasse, ela ia...

Um sorriso largo surgiu nos lábios dele antes de colocá-los de volta nela, e as convulsões tomaram conta do corpo de Esme. Ela se esfregou no rosto dele, várias e várias vezes, até as ondas de choque se tornarem mais esparsas. Ele então a puxou, beijando sua testa, seu rosto, seu queixo.

"Casa comigo", ele falou com voz grave.

Ela ouviu de novo. *Eu amo você.*

Ele buscou seus lábios e enfiou a língua em sua boca enquanto a agarrava pelos quadris e a esfregava contra sua ereção. "Diz que sim."

O corpo dela amoleceu todo. Sim, ela o queria. Sim, ela o amava. Sim, ela queria se casar com ele. Esme segurou o volume generoso entre as pernas dele e exigiu: "Diz que me ama". Ela precisava ouvi-lo dizer. Ela merecia ouvi-lo dizer.

Khải se esfregou contra a mão dela e um gemido grave escapou de sua garganta.

Ela abriu o zíper, segurou-o firme com a mão e beijou os lábios inchados dele com carinho. "Diz uma vez. Só uma vez." Uma vez bastava.

Ele encheu os pulmões e olhou bem nos olhos dela. "Eu senti sua falta."

Ela o acariciou, deslizando a mão da base de seu sexo até a ponta. "E?"

Ele engoliu ruidosamente. "Eu quero você."

Ela passou uma das pernas por cima do quadril dele e encostou a cabeça do pau em sua abertura úmida. Depois *disso* ele falaria. "E?"

Ele estremeceu, e seus olhos perderam o foco. "Eu preciso de você."

"E?" Ela sentiu um nó na garganta, pressentindo a decepção. *Fala, é só falar.* Por que ele não falava logo?

O rosto dele ficou triste, e Esme se afastou e se sentou, baixando o vestido para encobrir sua nudez. Ele não a havia deixado se aproximar, no fim das contas. Esme estava fazendo amor de novo, enquanto para ele era só sexo, e isso a fez se sentir horrível, vulgar e insignificante. Sentiu vontade de fugir, mas aquele era *seu* apartamento. Ela mesma pagava o aluguel com seu dinheiro suado.

"É melhor você ir", ela disse, se sentindo orgulhosa por conseguir manter a voz firme.

Grunhindo seu nome, ele se levantou e passou os dedos pelos cabelos, frustrado. A excitação dele ainda era visível, e aquela visão fez seu sexo se contrair de desejo.

Ela abraçou o corpo e deu as costas para ele. "Fecha a porta quando sair, por favor."

Houve uma longa pausa até que o som do zíper se fechando quebrasse o silêncio. Ela ouviu os passos no carpete, o barulho que ele fez ao calçar os sapatos e então o rangido da porta sendo aberta e fechada.

Quando o motor do carro roncou, ela trancou a porta, foi para o banheiro e abriu a água quente do chuveiro. Era a sua vez de lavar o cheiro dele do corpo e deixá-lo na mão. Esme se recusou a chorar. Se ele não a amava, ela encontraria outra pessoa. Não se contentaria com um amor não correspondido. Não nessa vida. Nem nunca.

Depois de esfregar a pele até ficar vermelha, saiu do chuveiro, se vestiu e checou seu e-mail. Lá estava. A mensagem da srta. Q. Uma faculdade comunitária local ia analisar sua candidatura. Parecia perfeito. Ela juntou suas coisas e foi para a biblioteca preencher o formulário e enviá-lo o mais rápido possível.

Não podia ter Khải, mas também não precisava dele. Ia conseguir tudo o que queria sozinha, e isso era um bilhão de vezes melhor.

25

Ele deveria ter mentido.

Khai se repreendeu mentalmente durante o caminho de volta. *Eu, amo* e *você* eram apenas palavras, e ele já tinha mentido antes. Quando disse para sua tia Dì Anh que gostava do suco de aloe vera que ela fazia. Não gostava. Não sabia nem se aquilo era comestível. Era gosmento e lhe dava cólicas intestinais toda vez que tomava.

Se mentisse, ele poderia ter Esme por três anos. Ele precisava daqueles três anos. Desesperadamente. Jurava que não a manteria para sempre. Não faria isso com ela. Seriam só três anos. Devia praticar as palavras, dar meia-volta com o carro e mentir para ela naquele exato momento. Ainda não era tarde demais.

"Eu." Limpou a garganta e tentou a segunda palavra, mas não saía. Depois de dirigir por um tempo, apertou a alavanca do câmbio e falou: "*Amo*, droga. Amo, amo, amo".

Merda, seu coração estava disparado, suor brotava de sua pele, e ele se sentia absolutamente ridículo. Não ia funcionar se ele dissesse cada palavra com cinco minutos de intervalo.

Ele se forçou a dizer: "Eu amo. Eu amo. Eu amo. *Eu amo*".

Alarmes soaram em sua cabeça. *Mentira*. O suor brotava de seu lábio e escorria por seu pescoço, e faíscas azuladas flutuavam em seu campo de visão.

Certo, ele precisava parar, ou acabaria batendo o carro. Poderia praticar depois.

Quando chegou em casa, a Ducati preta de Quan estava parada no lugar em que Khai costumava estacionar. E a garagem estava aberta.

Que porra?

Ele virou na entrada da garagem cantando pneu, puxou o freio de mão e desligou a chave na ignição antes de pular do carro.

"O que você está fazendo?", perguntou quando entrou pisando duro na garagem. Quan estava ao lado da moto de Andy. Ele tinha arrancado a lona e colocado o capacete preto em cima do assento.

"Está na hora de você se livrar dessa motinho barata", Quan falou, dando uma boa encarada nele.

Khai cerrou os punhos, e seus músculos se enrijeceram. "Não."

"Você já está pronto."

"Não."

"Certo, então use ela", Quan falou.

"Não." Khai foi até a moto para tirar a chave da ignição.

Antes que pudesse arrancá-la, Quan o segurou pelo pulso e o encarou. "Eu sei por que você está se afastando apesar de estar apaixonado por ela."

"Eu *não* estou apaixonado por ela", Khai falou entre dentes.

Quan ficou boquiaberto. "Como você pode dizer uma coisa dessas? Depois do que aconteceu *hoje*. Você se agarrou a ela como se estivesse desmoronando e só ela pudesse manter você de pé. Ela era exatamente o que você precisava. Porque vocês estão apaixonados um pelo outro, seu bosta."

Ele repetiu: "Eu não estou apaixona...".

"Está, *sim*", retrucou Quan. "Mas tem um monte de coisas bizarras perturbando a sua cabeça. Você se sente responsável pela morte do Andy? Culpado? Tem medo de perder ela, então é por isso que está se afastando? O que está acontecendo? É melhor descobrir hoje mesmo, porque ela vai embora daqui a uma semana, e você vai se arrepender para sempre."

Khai balançou a cabeça enquanto seu cérebro travava. Aquilo não podia estar certo. Não fazia sentido. Não era como ele funcionava.

E, puta que pariu, só faltava uma semana.

"Por que você não anda com essa porra dessa moto?", Quan questionou.

Khai se virou para a parede. "A probabilidade de sofrer um acidente fatal de moto é 5,5 por cento maior do que de carro."

"Mesmo assim é uma chance de 0,07 por cento. É mais fácil morrer por causa da comida da mamãe."

Khai piscou. "Você lembra o número exato?"

Quan revirou os olhos e jogou as mãos para o alto. "Pois é, eu sei ler e tenho memória. Na verdade até sou inteligente."

"Andar de moto não é uma atitude inteligente."

Quan deu uma boa encarada nele. "Às vezes o que as pessoas fazem e no que acreditam não fazem sentido mesmo. Eu me sinto mais vivo quando sinto que posso morrer. E você acha que é incapaz de ter sentimentos e que a atitude mais responsável é evitar as pessoas."

"É assim que as coisas são", Khai respondeu.

"Não, isso é uma puta besteira. Para onde Andy estava indo quando bateu naquele caminhão?"

Khai olhou os arranhões profundos na motocicleta. Eram da noite do acidente. "Estava indo me ver."

"Por quê?"

Khai inclinou a cabeça enquanto seu peito murchava e se encurvava para dentro. "Porque eu convidei. Para me fazer companhia."

Que merda, aquele sentimento horroroso era culpa. Agora ele tinha um nome para isso.

"E nos últimos dez anos você convidou mais alguém para vir ver você?", Quan questionou.

Khai fez que não. "Mas é porque eu não preciso de ninguém por perto. Não me sinto mal sozinho."

"O cara que convidou Andy para ir até a casa dele porque queria companhia não se sente mal sozinho?", perguntou Quan. "E sua gripe, como está? Passou a febre?"

Khai se limitou a encarar o irmão com uma expressão obstinada. Não queria falar sobre uma febre que não teve.

Quan ergueu a sobrancelha. "Então, você vai falar pra ela?"

"Falar o quê?"

"Que está tão apaixonado que chega a ser ridículo, porra", Quan falou, exasperado.

"Quantas vezes eu preciso dizer que *não estou apaixonado por ela*?"

Quan esfregou a testa por alguns instantes antes de respirar fundo e se voltar para Khai com paciência renovada. "Como é que você sabe?"

Khai piscou. "Como eu sei que não estou apaixonado?"

"É, como é que você sabe que não está apaixonado?"

"Eu sei porque sou incapaz de me apaixonar." Ele já tinha dito isso antes e não estava a fim de ficar se repetindo.

"Então, tipo, você nunca pensa nela?", Quan perguntou.

"Não, eu penso nela, sim."

"E não se preocupa com ela? Tipo, se ela estiver triste, você está pouco se lixando?"

"Não, eu me preocupo com ela, sim", Khai respondeu.

"E você não levaria um tiro por ela?", Quan perguntou.

"Levaria. Mas você também. É a coisa certa a fazer."

"Você não gosta mais de ficar com ela do que com qualquer outra pessoa? Trocaria a companhia dela pela de outra pessoa sem se arrepender?"

Khai olhou feio para o irmão, incomodado com aquelas perguntas manipuladoras. "Não, eu gosto muito de ficar com ela e não trocaria a companhia dela pela de ninguém."

Quan lançou um olhar impassível para ele. "Aposto que o sexo deve ser uma merda."

"Isso não é da sua conta." As lembranças de menos de uma hora antes voltaram a sua mente. Esme gozando na sua boca, gemendo seu nome, esfregando seu pau na abertura molhada dela. "Mas não é uma merda."

"Seu sortudo do caralho", murmurou Quan. "Tomara que você perceba que, quando pode afirmar todas essas coisas sobre uma pessoa, é porque está louco por ela."

Khai se afastou da moto, deixando as chaves com Quan. "Não mesmo." Amor e vício eram coisas diferentes.

"Ah, qual é, Khai", esbravejou Quan.

"Eu vou tomar um banho. Depois de decidir o que vai fazer com a moto, fecha a porta da garagem, por favor."

Ele fugiu para dentro de casa pela entrada da garagem. Uma vez lá, tirou os sapatos, levou-os para a porta da frente e se sentou no sofá, apoiando os cotovelos nos joelhos e escondendo o rosto nas mãos. Em meio às batidas aceleradas do seu coração, ouviu a porta da garagem se fechar e o motor da Ducati de Quan ligar. O ronco da moto diminuiu até desaparecer.

Sozinho de novo.

Mas não estava se sentindo mal. Ele gostava.

Gostar não era a palavra certa. Estava habituado a ficar sozinho. Bom, pelo menos antigamente. Até que Esme apareceu.

Na segunda-feira, Esme recebeu um e-mail da srta. Q avisando que a faculdade comunitária tinha recebido suas notas e que sua candidatura estava sendo analisada com prioridade por recomendação dela.

Estava acontecendo de verdade. Esme tinha uma chance de cursar a faculdade e mudar de vida de vez. Tudo por seu próprio mérito. A esperança assumiu uma proporção gigantesca, e o sonho de ser alguém a arrebatou. Ela queria aquilo para si mesma e para sua garotinha. Como seria maravilhoso *mostrar* para Jade o que sua menina poderia conquistar através de seu *exemplo*.

Depois disso os dias passaram em meio a uma névoa de ansiedade, em que ela oscilava entre a confiança extrema e o desespero profundo. Conseguiu também o contato de um advogado especializado em imigração que — se tudo desse certo — poderia ajudá-la a trazer Jade e sua família durante seus estudos, mas não ligou para ele. Só ligaria se conseguisse mesmo a bolsa.

Na quarta-feira, seu avental vibrou enquanto ela tirava um pedido, e Esme *sabia* que era o e-mail que vinha esperando. Estava ocupada demais para ler, mas a mensagem ficou pesando em sua mente enquanto trabalhava na correria da hora do almoço. Quando levava os pedidos para a cozinha, seu coração vibrava de empolgação. Era uma bolsa de estudos integral, e ela estava a caminho de se tornar a Esme contadora de verdade e ser capaz de cuidar de sua família sozinha. Quando voltava com as bandejas de pratos para as mesas, seu coração desanimava. Era uma negativa, e ela voltaria para casa sem ter conseguido muita coisa no tempo que passou nos Estados Unidos.

Idas e vindas. Idas e vindas.

Depois que o último cliente foi embora, deixando uma gorjeta gorda de vinte dólares debaixo do copo de água vazio e dando uma piscadinha para ela, Esme estava uma pilha de nervos. Em vez de pegar o celular imediatamente, ela esvaziou as mesas e depois limpou uma por uma.

A cada passada do pano molhado nos tampos das mesas, ela se preparava para a notícia que viria. Se fosse boa, ligaria para sua mãe na mesma hora, agradeceria à srta. Q e marcaria um horário com o advogado. Se fosse ruim, tudo bem. Havia o lado bom de voltar para casa, e ela ficaria atenta a novas oportunidades.

Mas "Esmeralda Tran, estudante universitária" soava muito bem, não? Ela seria uma ótima aluna na faculdade. Estudaria com o mesmo empenho daquele verão. Faria por merecer cada dólar da bolsa de estudos e, mais tarde, se tornaria alguém na vida.

Depois de limpar a última mesa, sacou o celular do avental, se sentou em sua mesa de sempre e com dedos trêmulos digitou a senha para desbloquear a tela. Sua caixa de entrada tinha um novo e-mail da faculdade comunitária com o assunto "Sobre sua candidatura à bolsa de estudos". Na prévia da mensagem, podia ler o seguinte: "Cara srta. Tran, Sua candidatura foi minuciosamente analisada..."

Isso era bom ou ruim? Poderia ser qualquer coisa.

Seu coração havia disparado, o sangue pulsava na cabeça, e sua boca ficou seca. Estava com medo de abrir e ler o resto. Talvez fosse melhor... apagar o e-mail. Assim o controle de seu fracasso seria *dela*, e não daquelas pessoas que nem a conheciam. Eles a julgaram com base nas notas que tirou em uma prova e meia dúzia de redações que escreveu em uma tarde. Isso não bastava para se avaliar o mérito de uma pessoa.

Ela afastou esses pensamentos absurdos da cabeça e se repreendeu por ser tão covarde. Precisava ler o e-mail. Aquilo poderia ser tudo para ela, sua família e sua menina. Depois de respirar fundo e fazer uma prece ao céu, a Buda e também a Jesus, abriu o e-mail.

Cara srta. Tran,

Sua candidatura foi minuciosamente analisada pela equipe da Faculdade Comunitária de Santa Clara.

Nossas bolsas internacionais de estudo são sempre muito concorridas, e por isso só podem ser concedidas aos mais exemplares entre os estudantes, com potencial acadêmico comprovado.

Embora seu desempenho no exame geral de nivelamento tenha sido elogiável, depois de uma avaliação minuciosa de sua candidatura, lamentamos informar que não podemos lhe oferecer a bolsa de estudos neste momento. Desejamos toda a sorte em seu futuro profissional e acadêmico.

Respeitosamente,
Faculdade Comunitária de Santa Clara

Ela respirou fundo. E continuou puxando o ar. Sua visão ficou borrada, seu rosto ficou quente e seus pulmões ameaçavam explodir. Quando expirou, deixou escapar mais do que o ar. Junto foram embora seus sonhos e suas esperanças, e seu corpo desmoronou.

As lágrimas se derramaram sobre a mesa recém-limpa, e ela deixou que caíssem. Tinha sido avaliada, considerada com pouco ou nenhum valor e descartada. Isso vivia acontecendo com ela. De novo e de novo e de novo. E ela estava tão cansada. Tão cansada.

Como podia mudar de vida estando em um beco sem saída como aquele? Sua história não a definia. Suas origens não a definiam. Ou pelo menos não deveriam. Esme podia ser mais, se tivesse uma chance.

Mas as pessoas não *viam* quem ela era por dentro. Não *sabiam*. E ela não tinha como mostrar, a não ser que recebesse uma oportunidade.

A sineta da porta tocou, e ela levantou a cabeça a tempo de ver Quân vir até sua mesa. Estava de jaqueta de motoqueiro, camiseta de grife e calça jeans, e dominou o ambiente do restaurante com seu corpão e sua presença marcante.

Ele a olhou e franziu o rosto de preocupação. "Ah, não, o que aconteceu?" Ele se virou para a cozinha. "Foi a minha mãe? Ela brigou com você? Vou conversar com ela." Quân começou a se dirigir para lá, e ela enxugou o rosto depressa.

"Não, não foi Cô." Ela soltou um suspiro trêmulo e se levantou. Forçando um sorriso no rosto, perguntou: "Quer alguma coisa? Uma água? Café? Coca-Cola?".

"Não, eu estou bem. É melhor você se sentar. Está um pouco..." Ele balançou a cabeça sem terminar a frase, a conduziu de volta para a mesa e se sentou diante dela. "O que aconteceu?" Esme ficou em silêncio, e ele insistiu: "Alguma coisa com Khai? Eu meio que pensei que vocês fossem reatar esta semana. Tive uma conversa séria com ele".

Ela deu um sorriso amarelo. "Não, nós não estamos juntos." Passou os dedos pelas bordas do celular — na verdade, o celular de *Khải*, já que ela o devolveria antes de ir embora.

"Ele não ligou pra você nem nada?", Quân perguntou.

Ela franziu os lábios. "Não." Esme teria atendido? Ela sabia que não ia ouvir o que queria, mas também não conseguia deixar de se preocupar com ele. A cerimônia no domingo o havia abalado de um jeito que ela nunca tinha visto. "Como ele está?"

Quân alongou o pescoço de um lado para o outro e esfregou a nuca tatuada. "Essa é a grande questão, né? Ninguém sabe. Acho que nem *ele* sabe."

Esme não soube o que responder, então baixou os olhos para o celular.

"Por que as lágrimas?", ele perguntou com um tom tão *gentil* que ela quase caiu no choro de novo.

"Eu recebi uma notícia. Sabia que seria ruim, mas tinha esperanças mesmo assim, e aí..." Ela encolheu os ombros.

"Notícia sobre o quê?"

"Sobre uma bolsa de estudos, pra fazer faculdade aqui. Eu não consegui." Ela fez uma tremenda força para manter o tom de voz leve e regular, mas no fim ficou embargada do mesmo jeito.

"Era esse seu plano? Conseguir uma bolsa de estudos e um visto de estudante?"

Esme assentiu e abriu um sorriso determinado, se preparando para a possibilidade de Quân rir da sua cara, como o pessoal da faculdade comunitária provavelmente tinha feito.

"Khai ama você, sabe", foi o que ele falou.

Ela ficou paralisada como se um raio a tivesse atingido, e seu coração quase parou. "Ele disse isso pra você?"

"Não", ele respondeu, franzindo os lábios. "Ele não me disse isso. Bom, pelo menos não com palavras. Mas dá pra perceber. Você sabe que ele é autista, né?"

Aquela palavra. Esme se lembrava de tê-la ouvido antes. "Sim, ele me contou."

Quân olhou bem para ela. "Você sabe o que isso significa?"

Ela começou a revirar o celular, desconfortável. Para ser sincera, nem tinha pensado muito a respeito. "Pelo que entendi tem a ver com contato físico. Tem um jeito certo de fazer."

"Em parte, sim, mas tem mais. A mente dele é diferente... Não, não é uma doença. O jeito dele de pensar e processar os sentimentos não é igual ao da maioria das pessoas."

Isso a fez refletir. Sim, ele era diferente, mas as diferenças não eram obstáculos insuperáveis. Pelo menos, ela achava que não. Para Esme, Khải era apenas Khải, e ela o aceitava assim.

O que não conseguia aceitar era o fato de que ele não a amava, de que ele não *a aceitava*.

Como se pudesse ler seus pensamentos, Quân falou: "Khai ama você, sim. Ele só não entendeu isso ainda".

Ela não conseguia acreditar naquilo. O amor não era complicado. Ou você sentia, ou não sentia. Não tinha nada para "entender".

O olhar de Quân se tornou mais incisivo, e ele perguntou: "Quer tirar a prova de uma vez por todas? Eu sei como".

Seu orgulho lhe dizia para responder que não, que ela já tinha dado chances suficientes. Mas seu coração precisava saber. Se sentindo vulnerável, Esme perguntou: "Como?".

Ele a olhou bem nos olhos e disse: "Se der errado, você vai acabar casada comigo. Quer arriscar?".

26

Khai ficou olhando para o convite eletrônico em seu celular em estado de estupor. Só podia ser um sonho — não, um pesadelo. Não era possível que fosse verdade.

ESTE É SEU CONVITE PARA O

Casamento de Esmeralda e Quan

Sábado, 8 de agosto
11h-15h
San Francisco, CA
RSVP até 7 de agosto

Quem diabos mandava os convites na mesma semana do casamento? Ninguém. Ele provavelmente ainda estava na cama, abraçado ao travesseiro de Esme porque tinha o cheiro dela. O perfume estava se esvaindo, e ele não sabia o que ia fazer quando sumisse de vez. Talvez começasse a se aninhar na roupa suja que ela deixou para trás.

O telefone vibrou com uma chamada recebida enquanto ele olhava para o convite.

Celular de Quan.

Ele apertou o botão de atender imediatamente. "Acabei de receber seu convite."

Quan deu risada, aquele cuzão.

"Não tem graça nenhuma", Khai rebateu, mas o alívio quase o deixou tonto. Era só uma brincadeira.

"Não era para ter", Quan respondeu. "A gente vai mesmo se casar no sábado."

Aquelas palavras atingiram Khai como um soco no estômago, e ele afundou no sofá. O copo de Esme na mesinha chamou sua atenção. Só restava um pouquinho de água. Provavelmente já estaria seco quando ela se casasse com o traidor do seu irmão.

"Você vai mesmo se casar?", ele perguntou.

"Sim, essa é a ideia."

"Com Esme." *Sua* Esme.

"Era isso ou ela ia embora no domingo", disse Quan. "O principal objetivo é ela conseguir o *green card*, mas eu *gosto* dela. Estou encarando como um período de experiência. Quem sabe, de repente dá certo e a gente segue adiante."

A sensação do soco no estômago piorou, e Khai se agarrou à beirada do sofá e a apertou até seus dedos ficarem pálidos.

"A não ser que você queira fazer isso no meu lugar", Quan acrescentou.

"Eu já fiz essa proposta pra ela."

"E sabe o que precisa fazer se quiser ouvir um sim."

"Eu *não* sou apaixonado por ela", ele esbravejou. Por que as pessoas ficavam insistindo nisso? Khai *não gostava* de dizer que não a amava. Ele queria amá-la. Só não... aconteceu.

"Já se livrou daquela moto?", Quan perguntou em tom casual.

Os músculos de Khai se enrijeceram, e as veias de seu braço saltaram. "Não."

"Pode ser uma boa fazer isso." Khai abriu a boca para retrucar, mas, antes que pudesse dizer alguma coisa, Quan disse: "Preciso desligar, mas você vai aparecer no sábado, certo?".

"Vou", Khai respondeu.

"Legal. A gente se vê lá, então."

A ligação foi encerrada, e a força da gravidade na sala o puxou ainda mais para baixo.

Não era só uma noite para jantar e dançar. Era um casamento. Esme ia se casar com Quan. Os dois morariam no apartamento dele, talvez até dormissem na mesma cama por causa dos pesadelos, ela sorriria para ele todos os dias, preenchendo o silêncio da casa e lendo os livros de contabilidade dele.

Ela ia se apaixonar por Quan. Se conseguiu se apaixonar por Khai, com *certeza* ia se apaixonar por Quan. E ele a amaria também. Quan faria muito bem para ela.

Porra, ele não queria que seu irmão fizesse muito bem para Esme.

Khai apertou os olhos com as palmas das mãos até começarem a doer, mas quando as baixou, estava olhando para o copo dela de novo. Só restavam um ou dois milímetros de água, e então ficaria seco, e a chance de que ela voltasse a enchê-lo era praticamente zero.

O que ele faria? Não podia perdê-la, nem se casar com ela. Mas também não podia deixar aquele casamento acontecer. Nenhuma das opções disponíveis era aceitável.

Ele trincou os dentes e deu um pulo do sofá. Isso significava que precisava encontrar uma alternativa. E Khai sabia exatamente qual seria.

A cerimônia era no dia seguinte, e Khải não tinha telefonado nem tentado encontrar Esme sequer uma vez.

Se estava disposto a permitir que ela se casasse com o irmão, era porque não estava com ciúme.

Quân estava errado.

No momento em que pensou nele, Quân entrou no restaurante. Ela sentiu o peito se contrair quando viu o pacote que ele carregava sobre o ombro.

Dava para saber o que era, e suas mãos começaram a suar.

Ele o colocou na mesa e abriu um sorriso torto para Esme. "Vy pegou emprestado pra você."

Esme limpou as mãos no avental. Depois de pedir permissão para ele com o olhar, levou a mão ao zíper e abriu.

Ao ver o tecido branco diáfano, suspirou e cobriu a boca. Era o vestido Vera Wang de dez mil dólares de Sara.

Quân deu uma risadinha da reação dela. "Descobri que arrumar um lugar pra um casamento de última hora é quase impossível. Você tem que se contentar com o que conseguir, e o que eu consegui foi o prédio da Prefeitura de San Francisco. O casal que tinha reservado brigou feio e cancelou ontem. Você vai querer estar bem-vestida pra ocasião."

"É bonito?"

"Sim, é bem bonito", Quân falou, rindo de novo.

Ela afastou as mãos do vestido e as limpou no avental de novo. Sabia que ele tinha mencionado se casar com ela se Khải não se resolvesse com os sentimentos dele, mas não podia ser sério. Por que Quân ia querer se casar com ela? Eles mal se conheciam.

Franzindo os lábios, ela fechou o zíper da embalagem do vestido. "É melhor cancelar o casamento e devolver isso pra Sara. Anh Khải não me ligou. Não jogue seu dinheiro fora."

"Não dá. Já paguei a taxa da prefeitura, e sua família está a caminho, esqueceu?" Os olhos dele brilharam ao abrir um sorriso para ela, distraindo-a com a centelha de alegria que surgia quando ela pensava que veria sua menina depois de tanto tempo. "Além disso, se você parecer feliz porque está sendo mimada por mim, ele vai ficar com mais ciúme ainda."

"Mais ainda?" Ela sentiu um gosto amargo na boca. Estava na cara que ele não estava com ciúme *nenhum*.

Quân se aproximou e inclinou a cabeça para o lado ao olhá-la. "Ele está se roendo de ciúme. Você sabe disso, né?"

Ela olhou para ele sem dizer nada.

"Eu estava falando sério quando disse que me casaria com você", Quân disse. "Seria só um lance temporário, de todo modo. Eu vivo a minha vida, você vive a sua. Quartos separados. Divorciamos quando passar o tempo necessário."

"Mas..." Ela balançou a cabeça, perplexa. "Mas *por que* me ajudar?"

Um sorriso triste surgiu nos lábios de Quân. "Porque sou o irmão mais velho dele, e preciso fazer a coisa certa." Então o sorriso se tornou mais alegre, até enrugar seus olhos. "E eu gosto de você, e quero o melhor pra sua vida. Não custa nada pra mim, mas é muito importante pra você, né?"

Esme ficou até sem ar, e tudo que conseguiu dizer foi: "*Sim*". Aquilo significava tudo para ela.

Ele lhe devolveu o vestido. "Sério, não custa nada pra mim, a minha mãe está adorando ter você aqui no restaurante. Não vejo nenhuma desvantagem nisso."

Ela sentiu a tensão crescer dentro de si. Precisava contar para ele. Quân merecia saber. Esme olhou para o vestido embrulhado, sem saber se deveria puxá-lo para si ou empurrá-lo para longe. "Eu tenho uma menininha. Jade. Ela estava em casa. No Việt Nam. E Khải..." Ela mordeu o lábio e passou o dedo pelo zíper. "Ele não sabe que ela existe."

Depois de um longo momento de silêncio, Esme arriscou olhar para Quân e o viu sorrindo para ela. Não havia nenhum tipo de julgamento nos olhos dele. "Eu gosto de crianças."

"Gosta?", ela perguntou, soltando o ar.

"Claro."

"M-mas e Anh Khải?"

Ele pensou por um instante e respondeu: "Acho que ele vai gostar da *sua*".

"Você ainda quer se casar?", ela se forçou a perguntar. O suor cobriu sua pele, mas ela continuou: "Quero que ela venha morar comigo... na nossa casa. E minha *má* e *ngoại*".

"Tudo bem", ele falou, rindo. "Vamos em frente. Quanto mais gente melhor, né? E pra mim não faz muita diferença. Eu quase não fico em casa."

Um soluço subiu pela sua garganta, e ela limpou as lágrimas dos olhos com o braço, sentindo seu corpo relaxar de alívio. "Então fico feliz e agradecida por me casar com você. Mas não precisa ser um casamento chique." Sinceramente, ela preferia uma cerimônia barata. Ficaria em dívida com Quân pelo resto da vida e não queria acrescentar um evento caro a sua conta.

Ele balançou a cabeça. "Estou vendo que você está preocupada. Não fique."

"Mas..."

"Não tem problema nenhum mesmo, Esme." E, dessa vez, a voz e a expressão dele estavam bem sérias.

Ela assentiu. "Tudo bem, sem preocupações." Mas era mentira.

O casamento com Quân era a solução para todos os seus problemas. Quando estivesse casada, poderia se candidatar para as faculdades como uma residente legal nos Estados Unidos e trabalhar para pagar as mensalidades. Não dependeria de uma bolsa de estudos para realizar seu novo sonho.

Mas uma parte nada insignificante dela ainda torcia para que Khải interviesse e tinha medo de que isso não acontecesse. Seu futuro, por mais empoderado que fosse, não seria perfeito sem que ele fizesse parte de sua vida. E não como seu cunhado.

27

O dia tinha chegado.

Khai havia feito tudo que era humanamente possível para dar fim àquela loucura. Gastou dinheiro, mexeu pauzinhos, buscou soluções criativas — se comprasse um cavalo de corrida, poderia dizer que Esme era uma treinadora e conseguir um visto especial para ela sob essa alegação —, mas precisaria de mais tempo. E o tempo tinha acabado.

O casamento começava em uma hora.

Ele vestiu o smoking e estava pronto para ir, mas não conseguia criar coragem para entrar no carro. Uma antiga musiquinha de criança ficava martelando em sua cabeça. *Esme e Quan, dois namoradinhos, só falta dar beijinhos...*

Ele perderia a cabeça se visse Esme e Quan se beijando. Só ele podia beijá-la, abraçá-la, tê-la para si e...

Tê-la para si para quê?

Ele não conseguia mais encarar o copo agora vazio na mesinha de centro, então fugiu. Não tinha nenhum destino em mente, mas, claro, acabou lá.

Na garagem.

Apertou o botão do portão e, quando a luz preencheu o espaço escuro, Khai foi até a moto. Partículas de poeira brilhavam ao sol como vagalumes, e ele respirou aquele cheiro de umidade, gasolina e cimento. Por um instante, fechou os olhos, permitindo que o odor o transportasse para outro tempo.

Arrancou a lona de cima da moto, passou os dedos por uma das manoplas pretas do guidão. Tinha uma textura irregular, com ranhuras que os dedos deixavam na borracha, uma superfície fria, sem vida. Sempre foi assim. Sempre decepcionante. Como quando a levou de volta para casa depois que Esme saiu com ela para ir ao mercado.

Khai passou os dedos pelos arranhões profundos na lateral. Meio que esperava encontrar sangue ali, mas seus dedos não encontraram nada além de metal áspero. Contrariando todas as expectativas, esse foi todo o dano que a motocicleta sofreu ao colidir com um caminhão de quatro toneladas. Andy não teve a mesma sorte.

Ele tinha sido aquele 0,07 por cento que acabava se envolvendo em um acidente fatal de moto. Por causa de Khai.

Khai o tinha convidado para ir a sua casa. Talvez *convite* não seja a palavra certa. Ele havia dito algo como: "Vem pra cá. Vamos fazer alguma coisa".

Houve reclamações sobre os trabalhos do curso de verão da escola, e Khai falou que ele poderia levá-los também, os dois poderiam fazer juntos. O mais provável era que Khai acabasse fazendo todos os trabalhos de Andy, mas não se incomodava, desde que tivesse a companhia do primo.

"Até daqui a pouco", foi o que Andy falou.

O trajeto da casa dos pais de Andy em Santa Clara até a da mãe de Khai em East Palo Alto demorava cerca de vinte e cinco minutos pela Central Expressway, que era o caminho que Andy sempre fazia. Ele dizia que ver as árvores passarem em alta velocidade o fazia se sentir fodão.

Mas então vinte e cinco minutos se passaram. Trinta. Quarenta. Uma hora. E nada de Andy. Khai ficou andando de um lado para o outro, preocupado e impaciente, passando mal, folheando as páginas de todos os livros em que conseguiu pôr as mãos até formar orelhas permanentes nas beiradas. Quando o telefone tocou, horas depois, uma *certeza* incompreensível o dominou. Ele não atendeu. Ficou paralisado, pregado no chão, enquanto sua mãe atendia. Então ela ficou pálida e precisou se segurar no balcão, confirmando suas suspeitas.

"Andy morreu."

A cabeça de Khai ficou silenciosa e tranquila. Sem sentimentos, sem sofrimento, sem a preocupação enlouquecedora, só pura lógica. Nesse momento, um padrão surgiu. Dois pontos formavam uma reta, e era possível extrapolar a inclinação e a direção a partir desses pontos de referência. Seu pai abandonou a família para formar uma nova. Andy morreu.

Coisas ruins aconteciam quando ele se apegava às pessoas. Mas Khai era mesmo apegado a eles? Não em comparação com o nível de apego que outras pessoas demonstravam.

Ele pôs o capacete e montou na moto antes mesmo de se dar conta do que estava fazendo. A chave girou na ignição. O motor rugiu com um barulho ensurdecedor.

Khai arrancou para fora da garagem e saiu em alta velocidade para a rua.

Embora não tivesse planejado, suas mãos os guiaram para a Central Expressway. Para os pinheiros passando em alta velocidade. O sol brilhando em um céu sem nuvens. A pressão do vento contra seu corpo. Quantas vezes Andy teria experimentado aquela sensação? Centenas, talvez. Antes de tudo mudar, Khai pretendia comprar uma moto para que os dois pudessem fazer isso juntos. De certo modo, estavam juntos agora. O som do motor encobria o das batidas de seu coração, mas ele as sentia dentro do peito. Sentia tudo. Entusiasmo, medo, empolgação, tristeza. *Mais vivo quando sinto que posso morrer.*

Ele chegou ao local onde as três faixas se tornavam duas, e um calor sufocante o envolveu. Seus pulmões e músculos doíam, seus olhos ardiam. Khai parou no acostamento cantando pneu e desceu da moto, chutando pedras e detritos até conseguir se apoiar em um pinheiro.

O local era aquele. Andy tinha morrido bem ali. Porém não havia mais a fita amarela, nem as marcas profundas no asfalto, nada disso. O sol, a chuva e dez anos de tráfego erodiram o local do acidente, que agora parecia um lugar qualquer. Assim como o tempo foi atenuando seus sentimentos até que seu cérebro conseguisse processá-los. Não era insuportável.

Mas também não era pouca coisa. Era como o aniversário da morte de novo. Só que agora Esme não estava lá, e Khai se viu sozinho com sua tristeza. Ela o arrastava, esmagava e engolia. Ele arrancou o capacete para conseguir respirar, mas também se sentiu sufocado pelo ar. Passou os dedos nos cabelos e esfregou o rosto.

E, quando baixou a mão, seus dedos estavam molhados. Por um

momento, pensou que fosse sangue, mas o fluido era cristalino como a luz do dia.

Lágrimas.

Não porque tivesse poeira nos olhos, frustração, ou alguma dor física. Eram lágrimas de tristeza por Andy. Dez anos depois.

Ele balançou a cabeça. Aquilo era uma "reação tardia" levada ao extremo. Mas ele era uma pessoa dada a extremos.

Seu coração não era de pedra, no fim das contas. Era como o de todo mundo. Mesmo sem as lágrimas, ele saberia disso. Porque reconheceu que tinha passado um bom tempo se iludindo. Quan estava certo.

Era mais fácil manter as pessoas longe quando era para o bem delas, e não para o seu. Desse jeito ele podia ser um herói, e não um covarde.

Mas àquela altura ele não se importava se era um herói ou um covarde. Só o que queria era ficar com Esme.

Quando olhou no relógio, para sua desolação, viu que eram 10h22. Ele estava perdendo tempo com um arroubo de emotividade — logo ele, sendo emotivo — e o casamento começaria em 38 minutos. Ele chegaria atrasado, principalmente porque era impossível encontrar um lugar para estacionar em San Francisco.

Para um carro.

Já uma moto...

Limpou o rosto com a manga no paletó, recolocou o capacete, ligou o motor e saiu em disparada. Central Expressway W, 85N, 101N. Nunca tinha pilotado uma moto por uma via expressa antes, e era algo assustador e empolgante. Não havia nenhuma camada entre ele e os carros que trafegavam a cento e dez, cento e vinte, cento e quarenta quilômetros por hora.

Mais vivo quando sinto que posso morrer. Era verdade. Ele até tentaria bater os cento e sessenta por hora só para sentir a emoção, mas não queria ir além dos 0,07 por cento.

Quando chegou ao trecho mais longo de estrada, enfrentou mentalmente o problema que precisava solucionar: ele tinha que interromper um casamento.

E só havia uma forma de fazer Esme mudar de ideia. Só havia uma coisa que ela queria ouvir.

Três simples palavras.

Na última vez que tentou dizê-las, quase acabou batendo o carro. Então podia praticá-las naquele momento, já que estava se arriscando mesmo.

"Eu..." Ele experimentou a palavra seguinte, mas sua mente e corpo resistiram, teimosos. Era difícil reverter dez anos de condicionamento mental em tão pouco tempo. Ele se forçou a dizer palavra. "Amo."

Seu coração disparou, acompanhando a velocidade da moto.

"Eu. Amo." Ele respirou fundo e seguiu em frente com determinação. "*Eu* amo. Eu *amo*. *Eu amo*. Eu amo, eu amo, eu amo." O vento levava embora a maior parte do som, mas mesmo assim ele se sentia ridículo falando sozinho.

Até acrescentar a última palavra.

"Esme." Khai sentiu tudo se atenuar dentro dele. "Eu amo Esme."

Aquilo o fez se sentir bem. Parecia *certo*.

Ele só esperava que não fosse tarde demais.

28

O ponteiro dos minutos chegou ao número seis do mostrador. Eram dez e meia, e nada de Khải.

Esme pôs as mãos na barriga e olhou para seu reflexo outra vez. O espelho mostrava uma noiva linda e sofisticada — um vestido Vera Wang de dez mil dólares provocava esse efeito em qualquer uma —, e pálida como um cadáver.

Khải não ia impedir a cerimônia. Ela precisaria se casar com o irmão dele.

Esme tinha dito a si mesma mil vezes que ele não viria, mas ainda assim a realidade do fato a soterrou como uma montanha. Lágrimas ameaçavam rolar e estragar sua maquiagem, e ela tratou de piscar várias vezes para segurá-las. Disse a si mesma para ficar feliz. Qualquer outra garota de seu país diria que aquilo era um sonho se realizando. Marido bonito, vestido de grife, um salão na prefeitura da cidade, buquês de flores luxuosos, muitos convidados e, acima de tudo, ela e sua família poderiam ficar no país. Elas teriam uma vida nova e promissora que superava qualquer expectativa. Ela poderia ir em busca de seus sonhos e ser um exemplo para sua filha.

Mas era o marido *errado*. Quân era ótimo, mas não era Khải. Ele não tinha corrido até o consultório médico para vê-la, nem a carregado até o carro depois. Não a tinha beijado como se ela fosse tudo no mundo. Não reservava seus melhores sorrisos apenas para ela.

Sem Khải, aquele casamento parecia uma farsa, mas ela o levaria adiante mesmo assim. Tinha contado tudo para Quân, exposto seus segredos e defeitos, e ele ainda queria lhe dar aquela oportunidade. O governo não se importava com ela, nem o sistema educacional, nem as entidades que concediam bolsas de estudos, mas aquele homem sim, e às vezes uma única pessoa podia fazer uma enorme diferença. Ela faria tudo o que estivesse ao seu alcance para que ele não se arrependesse de a ter ajudado. Ela faria diferença no mundo.

Esme estufou o peito e levantou o queixo, sentindo a determinação crescer dentro de si. Não tinha nenhuma qualidade exterior que fosse muito impressionante, mas tinha aquele fogo interior. Ela podia *senti-lo*. Aquele era seu valor. Era o que tinha de melhor. Ela lutaria pelas pessoas que amava. E lutaria por si mesma. Porque ela era importante. Seu fogo interior era importante. Era capaz de atingir e realizar grandes feitos. As pessoas podiam desdenhar dela, mas ela estava seguindo seu caminho com o máximo de integridade que suas condições permitiam. A mulher no espelho usava um vestido de noiva e salto alto, mas seus olhos brilhavam com a confiança e a garra de uma guerreira.

Se isso não era ter classe, ela não sabia o que era.

"*Má.*"

Esme se virou assim que um corpinho se arremessou contra ela. Os bracinhos a envolveram pela cintura, e seu coração se incendiou. Ela ergueu a menina e a abraçou com força, colando suas bochechas uma na outra como sempre fazia, e um amor imenso cresceu dentro dela. Cheirinho de bebê, pele macia de bebê, o corpinho pequenino — ou melhor, àquela altura não tão pequeno.

"Aqui está a minha menina."

O rostinho se aninhou ao seu e, por cima do ombro da garotinha, Esme viu sua mãe e sua avó entrando no quarto.

Tinham chegado do Việt Nam no dia anterior e deviam estar exaustas e sofrendo com a mudança de fuso horário, mas vestiam seus *áo dài* mais elegantes e sorriam de orelha a orelha. Sua mãe estava maquiada. Esme nunca a tinha visto tão bonita assim, e de súbito ficou contente por Quân ter decidido organizar um casamento tão chique. Os casamentos eram tão importantes para as famílias quanto para os noivos, talvez até mais.

"Ora, já chega. Você vai estragar o vestido dela", sua mãe falou, mandando Jade descer de seu colo. Em seguida, deu um abraço apertado em

Esme, e foi impossível para ela não sentir o leve cheiro de molho de peixe nas roupas, cabelos e sorriso de sua mãe. Esme já devia estar meio americanizada para ter detectado aquele aroma. Mas não achou ruim.

Sua mãe se afastou e deu um suspiro cheio de orgulho maternal quando viu Esme vestida de noiva. "Que menina mais linda, sublime."

"Linda mesmo." Sua avó lhe deu um abraço leve, uma rara expressão de afeto, já que as gerações mais velhas não costumavam abraçar, e Esme sentiu o cheiro de molho de peixe de novo. Em vez de se preocupar em arejar o ambiente, ela inalou o aroma profundamente em seus pulmões. Tinha o cheiro de casa. Ela era uma garota do interior, afinal. Suas origens não a definiam, mas eram parte dela. Esme se recusava a sentir vergonha.

"Má está parecendo uma fada", Jade falou, impressionada, e então franziu a testa. "Cậu Quân vai ser meu pai depois disso?"

Esme suspirou e passou os dedos no rostinho macio da menina. "Não sei. Talvez. Mas não alimente muitas esperanças, certo? Cậu Quân só está casando comigo para ajudar nossa família. Não é um casamento de verdade. Você entende isso?"

Jade ficou séria. "Eu entendo, sim."

"Este lugar é bonito demais para o casamento não ser de verdade", argumentou sua mãe, dando uma olhada nas molduras de gesso das paredes e na mobília. "É tão limpo, tão grande, tem *ar-condicionado*. As intenções dele são boas, Mỹ à."

Esme não teve energia para explicar, então suspirou e ergueu os ombros. As quatro se acomodaram nos sofás, Jade bem ao lado da mãe, e colocaram as fofocas de casa em dia enquanto os minutos corriam no relógio.

Esme ficava mais ansiosa a cada segundo, até que abraçou Jade e fechou os olhos, incapaz de continuar se concentrando na conversa.

Elas ouviram uma batida, e Quân entrou e fechou a porta. Fez um aceno de cabeça para sua mãe e sua avó e deu uma piscadinha para Jade antes de se concentrar em Esme, lindo e perigoso com aquele terno e as tatuagens. Talvez parecesse um pouco atordoado também. Esme nunca esteve tão linda, e sabia disso.

Depois de se recompor, ele disse: "Chegou a hora". Em seguida, ajustou o paletó nos ombros. "Ele não veio, então vamos em frente."

"Tem certeza?", Esme perguntou.

"Absoluta. E você?"

Esme ficou de pé, alisou a saia do vestido, respirou fundo e assentiu. "Sim. Obrigada. Por tudo."

Ele a olhou com os olhos franzidos por um sorriso. "Não tem de quê." Abriu a porta e conduziu Esme e sua família para o corredor, onde um homem mais velho de terno os aguardava com um lindo buquê de rosas brancas nas mãos. "Esse é meu tio. Ele vai levar você até o altar."

O homem sorriu e baixou a cabeça, murmurando cumprimentos educados para todas.

"Não, eu vou levá-la", sua mãe falou, segurando e apertando a mão de Esme. "Sou a mãe e o pai dela desde pequenina. Quem deve fazer isso sou eu."

Quân abriu um sorriso, surpreso. "Tudo bem, então. Bác vai avisar quando chegar a hora de entrar. Vejo vocês lá." Ele assentiu e conduziu sua avó e Jade para o local da cerimônia, deixando Esme e sua mãe no corredor com o tio.

Com a respiração acelerada, ela abriu um sorriso tenso para sua mãe e para o tio de Quân enquanto tentava controlar uma sensação crescente de pânico. Ela estava fazendo a coisa certa, sabia disso. Mas seu coração não se importava. Seu coração sabia o que queria, e não era Quân nem um casamento falso. Era Khải, para sempre.

Passos ruidosos ecoaram pelo piso de mármore e, por um instante, suas esperanças ressurgiram. Talvez ele tivesse vindo, afinal.

Mas os passos se afastaram sem que ninguém tivesse aparecido, e a expectativa de Esme despencou de novo.

Um violoncelo começou a tocar ao longe, e o tio de Quân avisou: "Por aqui".

Ele entregou o buquê para Esme, que sentiu suas mãos ficarem dormentes. Um silêncio ruidoso se instalou em sua cabeça.

Era hora.

Sua mãe lhe deu o braço e um sorriso de incentivo, e elas seguiram o tio de Quân. O prédio inteiro ecoava o som de seus saltos sobre o mármore, *clique-clique*, *clique-clique*, *clique-clique*. Eles entraram na rotunda, onde seria realizada a cerimônia, ao pé da maior escadaria que ela já tinha visto. Um teto abobadado cor de marfim se elevava por muitos andares e tinha pinturas intricadas de anjos — ou talvez gente pelada. De qualquer forma, deviam estar com frio.

Fileiras e mais fileiras de convidados, flores, uma violoncelista e um noivo bonito a aguardavam no altar. Isso deveria deixá-la contente. Mas não deixava.

Ela segurou o buquê com mais força, ergueu o queixo e se preparou para percorrer o corredor que separava as fileiras de convidados.

"O senhor não pode entrar. Tem um casamento acontecendo, senhor..."

Uma confusão atrás dela a fez se virar, com o coração disparado de expectativa.

Mas não era Khải.

Era um homem mais velho, de aparência familiar, embora ela estivesse certa de nunca tê-lo visto antes.

Altura mediana, um pouco barrigudo, calça cáqui, camisa azul-clara, blazer azul-marinho. Cabelos curtos já quase brancos. E olhos que poderiam ser de qualquer cor, vistos àquela distância. Para ela, pareciam castanhos.

Seu coração parou de bater.

Era impressão sua ou ele tinha mãos de caminhoneiro?

"É você mesmo?", ele perguntou, mas não estava olhando para Esme. "Linh?"

A mãe de Esme soltou um suspiro de susto e levou a mão à boca.

O homem se aproximou com movimentos lentos, como se estivesse em transe. "Eu recebi uma mensagem de voz estranhíssima ontem. Alguém perguntando por um Phil que conheceu uma Linh no Vietnã vinte e quatro anos atrás. Ele falou que a filha de Phil ia se casar na Prefeitura de San Francisco hoje e que o pai dela precisava estar presente."

Ele observou o rosto de Esme antes de se concentrar de novo em sua mãe, que se agarrava ao braço dela como se fosse a única coisa que a mantivesse em pé.

"Eu fiquei na dúvida. Achei que as chances eram mínimas. Mas vim assim mesmo", o homem contou enquanto se aproximava mais, dois metros, um metro, e foi quando o tom verde-claro dos olhos dele deixou

Esme sem fôlego. "Eu peguei o primeiro avião, um voo da madrugada, lá de Nova York."

"V-você mora em Nova York?", sua mãe perguntou, e Esme a ouviu falar inglês pela primeira vez na vida.

"Sozinho... moro sozinho em Nova York." Ele limpou a garganta antes de continuar. "Eu voltei para lá. Para ir atrás de você. Procurei você por toda parte. Não encontrei em lugar nenhum. Mas agora acho que sei por quê. Ela...", o olhar dele se voltou de novo para Esme. "Ela é minha?"

Sua mãe empurrou Esme na direção dele e ela perguntou: "Schumacher? É esse seu nome? Phil Schumacher?".

Ele franziu a testa, confuso. "Phil Schuma... Não, esse não é meu nome. Meu nome é Gleaves. Gleaves Philander. Eu preferia que me chamassem de Phil antes de aceitar que me chamo Gleaves", ele falou com um sorriso constrangido antes de arregalar os olhos de terror. "Foi por isso que você não conseguia me encontrar? Você só sabia que eu me chamava Phil. Deve ter procurado por um Philip."

"Não é melhor adiarmos o casamento e ter essa conversa em particular?", Quân perguntou depois de descer do altar e ir até eles.

Antes que alguém pudesse responder, ouviu-se mais uma confusão atrás deles. "Senhor, tem um casamento..."

"Eu vim para o casamento", uma voz familiar falou, e Khải entrou, todo desalinhado, com os cabelos apontando em todas as direções e a respiração ofegante como se tivesse corrido até lá. Ele se virou para Esme e ficou com um olhar sonhador.

"Você chegou atrasado", Quân disse.

Sem tirar os olhos de Esme, Khải respondeu: "Tinha bastante trânsito, mas ainda bem que vim de moto. Deu pra contornar os carros parados".

"Finalmente", Quân disse.

Mas Khải não deu bola para o irmão. Estava olhando para Esme da maneira de sempre, com atenção total e indivisível. "Desculpa estar atrasado... em relação à moto e a isto aqui."

Ela balançou a cabeça. Depois de ter visto a fotografia do primo dele ao lado da moto, tudo fez sentido. "Não precisa se desculpar. Eu entendo."

Khải engoliu em seco e foi até ela, abrindo e fechando a mão algumas vezes. "O casamento já acabou? Tem uma coisa que eu preciso falar pra você."

"Não, ainda não acabou." As mãos de Esme tremiam, então ela apertou ainda mais o buquê. Ele estava lá. Tinha vindo. E tinha uma coisa importante para dizer.

Suas esperanças cresceram tanto que ela não sabia como ainda cabiam dentro de si.

Os ombros dele despencaram de alívio, mas então Khải notou que havia outro penetra ao seu lado. "Quem é você?"

O homem — muito provavelmente o *pai* dela — ficou sem palavras por um instante antes de responder: "Eu sou o Gleaves".

Khải assentiu como se fosse a resposta que esperava. "Você deve ser o Phil certo, então. Que bom que veio."

"Foi você que me deixou a mensagem", Gleaves falou.

"E você não me ligou de volta."

"Mas peguei o primeiro avião pra cá."

"Que bom..." O que quer que Khải fosse dizer em seguida foi interrompido quando Jade veio correndo pelo corredor e se agarrou à barra da saia de Esme.

"Ele é o Cậu Khải", Jade falou.

Khải ficou boquiaberto, olhando para Jade. "Tem uma mini-Esme."

O coração de Esme batia forte enquanto ela olhava para Khải e Gleaves. Os dois pareciam estarrecidos. "O nome dela é Jade. Ela é minha."

Jade chegou mais perto.

O olhar de Khải encontrou o dela. "Você não me contou."

"Cô Nga disse que você não queria uma família, eu fiquei com medo e..." Ela mordeu o lábio. Seus argumentos terminavam aí.

O que ele tinha ido lhe dizer? Aquela notícia mudava alguma coisa?

Ela ergueu o queixo. Se ele considerasse uma falta de classe ter uma filha tão jovem, então não merecia ter nem Esme nem Jade em sua vida.

Para sua surpresa, ele se abaixou, olhou para Jade e estendeu a mão para ela como se fosse uma cliente com quem fazia negócios.

Jade olhou para Esme por um segundo antes de se aproximar de Khải. Depois de observá-lo por um bom tempo, apertou a mão dele como se fosse uma adulta em miniatura.

Nenhum dos dois disse uma palavra, mas Esme ficou com a sensação de que tinham se entendido perfeitamente.

Quando Khải ficou de pé, olhou ao redor, para Gleaves, Jade, Quân e, por fim, para a mãe de Esme. Baixando a cabeça, ele disse: "*Chào, Cô*".

Sua mãe estreitou os olhos. "Ora, o que é essa coisa importante que você tem a dizer? Tem um monte de gente aqui esperando o casamento começar."

Nesse momento, Esme percebeu, horrorizada, que todas as atenções estavam voltadas para eles, centenas de olhares curiosos. "Má, vamos para outro lugar. Se ele falar aqui..."

"Não, tem que ser aqui, para todo mundo ver", sua mãe exigiu com firmeza, enfrentando Khải, apesar do abismo que os separava em termos de riqueza e formação educacional. "Minha filha foi boa para você, e em troca ganhou um coração partido. O que você tem a dizer?"

Ele fez uma careta e passou os olhos pelos convidados. Esme sabia que ele detestava ser o centro das atenções tanto quanto ela. No fim, porém, Khải voltou a se concentrar nela, deu um passo à frente e falou:

"*Anh yêu em*."

Ela deu um suspiro silencioso e cobriu a boca, chocada demais para falar ou fazer qualquer outra coisa. Mesmo em suas fantasias mais loucas, ele sempre dizia aquilo em inglês.

Khải deu outro passo em sua direção, depois outro, até ficarem a um braço de distância. Olhando para ela como se não houvesse mais ninguém no mundo, ele disse: "Eu amo você. Fiquei negando isso pra mim mesmo. Porque estava com medo de perder outra pessoa e porque duvidei de mim, e porque só queria o melhor pra você. Mas o sentimento cresceu tanto que não dá mais pra negar. Meu coração não é como o de todo mundo, mas é todo seu. Você é perfeita pra mim".

Ele apontou para Gleaves e Quân, que se empertigaram.

"Você tem outras opções agora. Não precisa se casar se não quiser. Agora que encontrou seu pai, a questão da papelada vai ficar fácil... quer dizer, mais fácil. Mas se ainda quiser se casar..." Ele respirou fundo e se apoiou sobre um dos joelhos. "Casa *comigo*. E não só por três anos. Pra sempre." Ele bateu as mãos nos bolsos e fez uma careta. "Eu esqueci a aliança, mas juro que comprei uma. É bonita. Deve dar até para cortar vidro se..." Ele limpou a garganta e a olhou com um carinho que a fez se derreter. "Quer se casar comigo? Se ainda me amar?"

Seu coração se dilatou e se dilatou até sua visão ficar borrada por causa das lágrimas. "Eu sempre vou amar você."

"Isso é um sim?", ele perguntou.

Ela entregou o buquê para a mãe e o ajudou a se levantar. "Eu posso não precisar, mas, sim, quero me casar com você."

O maior sorriso que ela já viu surgiu no rosto dele, que ficou marcado com covinhas, e, diante de todos os convidados, ele chegou mais perto e a beijou como se fosse a primeira vez. Lábios colados, corações se fundindo. Não havia mais nenhuma distância entre eles.

Epílogo

QUATRO ANOS DEPOIS

O sol batia forte em Khai nas arquibancadas do estádio da Universidade Stanford, enquanto ele aguardava os estudantes de beca e capelo subirem no palco montado lá no campo. Uma hora antes, Jade ainda estava empolgada, mas àquela altura já se ocupava com um livro infantojuvenil que tinha uma espécie de guerreira mágica na capa. De tempos em tempos, a mãe de Khai tirava pedaços de pera asiática descascada da bolsa e dava para Jade, que comia distraidamente enquanto seus olhos liam com avidez.

"My Ngoc Tran, *summa cum laude*", o locutor anunciou.

Khai e toda a sua família aplaudiram de pé. Durante o processo de naturalização, ela resolvera usar seu nome vietnamita nos documentos oficiais. Ele era o único que a chamava de Esme, e gostava disso.

Esme acenou do palco e, quando jogou um beijo na direção deles, Khai sabia que era só para ele. Jade não gostava mais de beijos — e ele sentia um pouco de falta disso, para ser sincero —, mas em compensação as conversas entre eles eram mais interessantes agora.

Depois que todos os estudantes tinham sido chamados e recebido o diploma, eles foram se encontrar com Esme em um local predeterminado do campus. Assim que os viu, ela se afastou dos amigos e correu para abraçar e beijar Khai.

"Finalmente acabou", ela falou, sorrindo de um jeito que ainda mexia com ele, mesmo depois de quatro anos juntos.

"Na verdade, não", ele respondeu. "Você ainda tem mais uns seis anos de estudo até conseguir seu Ph.D. em finanças internacionais." Pelo que ela havia dito, queria ajudar a resolver os grandes problemas do mundo, que por sua vez envolviam dinheiro.

Esme deu um soco de brincadeira no ombro dele. "Acabou essa parte."

"E só então você vai se casar com ele, afinal?", o pai dela perguntou. "Depois da pós-graduação?"

A mãe dela apertou o braço do marido com quem havia se casado pouco tempo antes. "Sem pressão. Primeiro os estudos, depois casamento."

Gleaves resmungou alguma coisa, mas assentiu.

A mãe de Khai, no entanto, entrou na conversa e falou: "Por que sem pressão? Ela já fez uma filha tão linda. É um desperdício não ter mais".

Os três avós assentiram e murmuraram em aprovação, e Jade revirou os olhos. "Eu também sou simpática e esforçada e várias outras coisas."

Esme abraçou sua garotinha. "Sim, é mesmo. E a mamãe tem orgulho de você."

"E eu tenho orgulho de *você*, mamãe", Jade respondeu, e Esme sorriu com os olhos marejados.

Observando a interação entre mãe e filha, Khai percebeu que quem estava mais orgulhoso era *ele*. Quatro anos antes, achava que havia mulheres demais em sua vida e que não havia lugar para mais nenhuma, mas estava enganado. Tinha espaço suficiente para mais duas, e ele descobriu que seu coração estava muito longe de ser feito de pedra.

Ele as abraçou e beijou Esme na testa. "Eu tenho orgulho de vocês duas."

Esme sorriu e perguntou para Jade: "O que você acha? Está na hora da mamãe se casar com Cậu Khải?".

Jade começou a saltitar. "Sério mesmo? No verão? Em uma capela com drive-thru em Las Vegas?"

Khai deu risada. "Você parece mais empolgada com a ideia do que sua mãe."

"Porque aí você pode me adotar e virar meu pai oficialmente", Jade falou.

Khai sentiu seu coração inflar dentro do peito, mas nem passou por sua cabeça que pudesse ser insolação ou algum problema de saúde. Ele sabia exatamente o que era.

Quando olhou para Esme, os olhos verdes dela se derreteram, e ela passou os dedos por seu queixo. "Olha só esse sorriso com covinhas. Você deve amar muito nós duas."

"Bem mais do que muito. Tem certeza que quer fazer isso neste verão? Eu posso continuar esperando quanto você quiser."

Ele já tinha colocado Esme e Jade em seu testamento, mas elas não sabiam — nem do testamento nem do dinheiro que herdariam porque ele não sabia com que gastar. Essas coisas não importavam.

Só o que importava era que elas ficariam seguras caso alguma coisa acontecesse com ele. Não que precisassem dele, ou de ninguém. Esme era uma força da natureza.

"Estou pronta", Esme falou. Depois abriu um sorriso. "E quero ver o Elvis."

Ele riu. "Não existe nenhum Elvis de verdade em Vegas."

Com os olhos brilhando, ela falou: "Eu sei. Mas talvez eles se sintam como Elvis por dentro. É isso que importa".

Ele colou sua testa à dela e deu risada de novo. "Você definitivamente é mais estranha do que eu."

"De jeito nenhum."

Ele sorriu.

Ela retribuiu o sorriso. "*Em yêu anh.*"

Sem pensar duas vezes, ele respondeu: "*Anh yêu em*".

Aquelas palavras pairavam ao redor deles e os uniam.

Em yêu anh yêu em.

Garota ama garoto ama garota.

FIM

Nota da autora

A maioria das minhas memórias de infância envolvendo minha mãe está relacionada à hora de dormir. Ou eu ficava acordada até tarde para esperá-la voltar do trabalho, ou entrava de fininho no seu quarto de manhã antes de ir para a escola para pegar o dinheiro do almoço na bolsa dela, fazendo de tudo para não acordá-la porque sabia que ela havia trabalhado absurdamente no dia anterior e trabalharia tudo de novo naquele dia. Ela não era igual às mães dos programas de tv ou dos meus colegas de escola, mas, embora nossas interações fossem curtas e sempre espaçadas, nossa relação era suficiente para que eu entendesse que ela me amava e se orgulhava de mim.

E eu com certeza tinha orgulho dela (e sempre vou ter). Minha mãe é uma lenda na nossa família. Sua história é um exemplo clássico do sonho americano. No fim da Guerra do Vietnã, ela e meus quatro irmãos mais velhos (que na época tinham entre três e sete anos), minha avó e mais alguns parentes fugiram para os Estados Unidos como refugiados de guerra. Sem dinheiro, sem contatos, falando mal o inglês, tendo estudado apenas até o oitavo ano e sem nenhuma ajuda dos homens que fizeram parte de sua vida, ela conseguiu se tornar proprietária não só de um, nem dois, nem três, mas de *quatro* restaurantes bem-sucedidos em Minnesota. Ela era e continua sendo minha heroína, meu ídolo e meu modelo de vida. Ela me fez acreditar que eu poderia fazer qualquer coisa, desde que me esforçasse.

No entanto, por mais que eu a admire e ame, não a *conheci* de verdade. Não intimamente. Nunca soube em profundidade quais eram suas motivações, seus medos e suas vulnerabilidades. Como a maioria das pessoas com quem convivo, ela sempre tentou me proteger das coisas ruins, me deixando contente e esperançosa, porém pouco consciente de como na verdade foi difícil para ela se estabelecer nos Estados Unidos. Isso tudo mudou quando escrevi este livro.

Mas, e me envergonho de admitir isso, quando me propus a escrever *O teste do casamento*, Esme — essa personagem que tem tantas coisas em comum com minha mãe — não era a heroína da história. Era a terceira e desprezada parte de um triângulo amoroso, uma mulher vietnamita que a mãe de Khai escolheu, embora ele gostasse de outra. Achei que essa história seria deliciosamente angustiante e talvez um pouco divertida. Apesar dos problemas de comunicação e do choque cultural, Khai se sentiria obrigado a ajudar aquela mulher, mas no fim acabaria encontrando um jeito de ficar com seu verdadeiro amor, uma pessoa nascida nos Estados Unidos.

Uma coisa engraçada aconteceu enquanto eu tentava escrever essa história. Esme ficava ofuscando o tempo todo a personagem que seria o verdadeiro amor de Khai. Esme era corajosa e estava lutando de todas as formas possíveis por uma vida nova para si e para as pessoas que amava. Tinha os motivos certos, tinha profundidade, mas também tinha uma vulnerabilidade notável. Nenhuma de suas "falhas" era relacionada a seu caráter. Eram coisas que fugiam de seu controle: sua origem, seu nível de instrução, a falta de dinheiro, o idioma que falava — coisas que não deveriam importar para se determinar o valor de uma pessoa (se é que isso pode ser feito). Era impossível não amá-la. Depois do primeiro capítulo, eu parei de escrever.

Comecei a me perguntar por que tinha decidido de forma tão automática que minha heroína seria uma pessoa "ocidentalizada". Por que não poderia ter um sotaque e menos educação formal, e se sentir deslocada em uma cultura que não era a sua? A pessoa que eu mais respeitava no mundo era assim. Depois de uma longa reflexão, percebi que inconscientemente estava tentando tornar meu trabalho aceitável para a sociedade, o que era *inaceitável* para mim como filha de uma imigrante. O livro precisava ser repensado. Não só Esme merecia ocupar o centro do palco, como eu *precisava* contar a história dela. Por mim. E pela minha mãe.

Quando recomecei o processo de escrita com uma nova concepção e uma nova heroína, me deparei com outros obstáculos, *ainda mais* difíceis. Eu não sou imigrante. Sou formada em uma universidade de elite. Nunca vivenciei a pobreza. O que eu sei sobre a experiência da imigração? Comecei uma pesquisa séria, esperando encontrar o que procurava em livros e vídeos, como sempre fiz no passado.

Para quem se interessar, aqui estão algumas das fontes que consultei para compreender melhor a experiência de imigração vietnamita:

1. *The Unwanted*, de Kien Nguyen
2. *Inside Out & Back Again*, de Thanhha Lai
3. *It's a Living: Work and Life in Vietnam Today*, organizado por Gerard Sasges
4. *Mai's America*, documentário de Marlo Poras.

Esse material, embora seja maravilhoso, não era suficiente para o que eu pretendia fazer. Eu precisava de acesso direto ao coração de uma mulher vietnamita magnífica, alguém que tinha deixado tudo para trás, recomeçado em um lugar novo e conseguido ser bem-sucedida apesar de todos os desafios. Também ajudaria se essa mulher soubesse como era amar um homem autista com seus próprios problemas. Como meu pai. Foi quando começaram as conversas entre minha mãe e eu.

Pela primeira vez, ela se abriu e me contou todos os lados de sua história, não só a parte boa. Por exemplo, eu sempre soube que ela teve uma infância pobre, mas nunca havia me inteirado dos detalhes. E então ela me contou sobre o tipo de pobreza que lhe provocava calafrios sempre que lembrava. Eu compartilharia essas histórias, porque acho que proporcionam um belíssimo contraste com o presente e ilustram como ela chegou longe — e me fazem sentir ainda mais orgulho. Mas, para minha mãe, isso era uma vergonha terrível, mesmo décadas depois de ela ter se tornado uma empresária de sucesso. Ela me contou que quando era garotinha um militar americano se ofereceu para adotá-la e mandá-la para os Estados Unidos — o que certamente seria melhor para ela do que viver na miséria no Vietnã —, mas, quando seu pai descobriu, chorou sem parar. Eu conhecia a história dos meus familiares que fugiram para os Estados Unidos e foram abrigados por uma família de Minnesota, mas nunca soube que o avião em que vieram havia aterrissado em Camp Pendleton, na Califórnia. Ninguém nunca tinha me contado que eles precisaram fugir para um campo de refugiados em Nebraska porque uma turba violenta de civis jogava coisas neles e gritava que os "chinas" fossem "para casa". Em meio às lágrimas, minha mãe me falou mais sobre a discriminação e o machismo explícitos que enfrentou no trabalho, sobre como ela havia chorado durante seus intervalos, mas jurado que continuaria trabalhando cada vez mais até provar que era capaz. Porque um trabalho bem-feito fala por si, é o que ela sempre diz. E era verdade. Continua sendo.

Por causa dessas conversas, fui capaz de dar a Esme uma profundidade e uma alma que de outra forma não teria conseguido. Espero que isso transpareça na leitura. E o importante é que essas conversas me deram a versão mais plena e autêntica da minha mãe, e agora eu a amo e a respeito ainda mais. Me sinto muito grata pelas horas que passei conversando com ela, e tenho orgulho de compartilhar sua essência com os leitores deste livro através de Esme.

Cordialmente,
Helen

Agradecimentos

Em primeiro lugar, preciso agradecer a *vocês*, queridos leitores. É uma honra para mim que tenham decidido dedicar seu tempo às minhas palavras, e espero que alguma coisa daqui reverbere dentro de vocês, provoque reflexões ou sentimentos.

Este livro foi dificílimo de escrever por uma série de razões, e sinto uma enorme gratidão pelas pessoas que me apoiaram durante o processo. Suzanne Park, você é a pessoa mais atenciosa e trabalhadora que conheço. Uma inspiração para mim. Gwynne Jackson, obrigada por sua gentileza e paciência e por sempre ser tão sincera. Isso significa mais para mim do que sou capaz de expressar. A.R. Lucas, eu sempre vou associar arco-íris a você. Obrigada por estar presente quando as coisas ficam difíceis. Roselle Lim, como é possível só termos nos conhecido este ano? Sinto que somos amigas desde sempre.

Agradeço a ReLynn Vaughn, Jen DeLuca, Shannon Caldwell e minha fantástica mentora do programa Pitch Wars, Brighton Walsh, por lerem as primeiras verões deste livro. Obrigada às Brighton's Bs, por sempre serem tão acolhedoras: Melissa Marino, Anniston Jory, Elizabeth Leis, Ellis Leigh, Esher Hogan, Laura Elizabeth e Suzanne Baltzar.

Agradeço aos meus leitores sensíveis que me proporcionaram outras perspectivas sobre diversidade. Sou muito grata por suas colocações valiosas.

Mãe, obrigada por liderar pelo exemplo e por ser você. Eu não estaria onde estou sem você. Muitos agradecimentos ao resto da minha família por ter me aguentado enquanto eu trabalhava neste livro, principalmente quando fui antissocial e passei todas as nossas férias escrevendo. Eu amo todos vocês. Como cometi o terrível erro de não mencionar minhas sobrinhas e meu sobrinho da outra vez: Sylvers, você é super-hipermegaincrível. E Ava, Elena, Anja e Henry, vocês também.

Meus agradecimentos não estariam completos sem minha sensacional agente, Kim Lionetti. Eu não poderia pedir por uma parceira melhor para essa jornada pelo mundo editorial em que estamos. Você torna tudo isso ainda mais especial, e não tenho como agradecer o suficiente.

Por fim, agradeço à incrível equipe editorial da Berkley: Cindy Hwang, Kristine Swartz, Angela Kim, Megha Jain, Jessica Brock, Fareeda Bullert, Tawanna Sullivan, Colleen Reinhart, entre outras pessoas. Este foi um projeto bastante ambicioso para mim, e vocês me surpreenderam ao terem me dado tanto apoio. Me sinto orgulhosa por trabalhar com vocês.

TIPOGRAFIA Adriane por Marconi Lima
DIAGRAMAÇÃO Verba Editorial
PAPEL Pólen Natural, Suzano S.A.
IMPRESSÃO Gráfica Santa Marta, julho de 2022

A marca FSC® é a garantia de que a madeira utilizada na fabricação do papel deste livro provém de florestas que foram gerenciadas de maneira ambientalmente correta, socialmente justa e economicamente viável, além de outras fontes de origem controlada.